수족관
水族館
すいぞくかん

수족관
すいぞくかん
水族館

유래혁 장편소설

무언가를 치유하는 것들은 모두 소금물이다.
땀, 눈물, 바다와 같이.

카렌 블릭센

The cure for anything is saltwater:
sweat, tears or the sea.
「*karen Blixen*」

차례

수족관　　　　　　　11

수족관 속 나의 모든 친구들에게.

1

 그녀의 말대로 삶은 어쩌면 평생 무언가를 잃어버리고, 훔치고, 찾아내는 과정의 연속일지도 모른다.
 한껏 녹이 슬어버린 캐비닛을 힘겹게 열자 나타난 두꺼운 먹색 노트. 그 첫 장에는 이렇게 한 줄의 문장만이 지워지지 않고 선명하게 쓰여 있었다. 그 외에는 어느 페이지를 넘겨도 새하얀 백사장만이 끝없이 펼쳐졌다.
 이상했다. 내 기억에 이 노트는 정확히 이십 년 전, 이곳 오키나와에서 일 년 가까이 머물며 사용했던 것이었다. 분명 그때의 나는 매일 저녁 더위에도 아랑곳하지 않고 책상에 앉아 펜을 꼭 쥔 채 무언갈 써 내려가고 있었다.

나는 꼭 답을 찾으려는 사람처럼 창밖을 바라보았지만, 풍경은 아무 말도 하지 않았다. 그저 아름다운 바다가 쏟아질 듯 넘실거리고 있었다. 여전히 수면 위로 태어나고 죽기를 반복하는 별들이 있었다. 나는 다시 애도하는 마음이 되어 생각했다. 과연 그때 나는 무엇을 적으려고 했고, 또 어째서 무엇도 적을 수 없었는지. 그것도 아니면 창문 너머로 끊임없이 몰려드는 파도 소리에 조금씩 지워져 버린 걸지도 모른다고.

그러던 도중 멀리서 아스라이 들려오는 버스의 한숨 소리에 끈질기게 이어지던 생각은 한순간 파도의 거품이 되어 사그라졌다. 그러자 신기하게도 노트 위로 희미하게 남아있는 자국들이 점차 만져지기 시작했다. 그래. 오래된 기억은 눈으로 보는 게 아니라 손끝으로 더듬어 보는 것이라고 했던가. 물론 사라진 줄로만 알았던 기억을 되새겨 보는 일에서 그 어떤 의미도 찾을 수 없을지 모르지만, 그사이 내 어깨 위로는 더 많은 시간들이 들러붙어 분명 전보다도 깊은 발자국을 낼 것을 안다.

그러니 이제 나는 누군가 한 번쯤은 그 발자국을 따라 걸어와 당시의 우리를 만나길. 또, 오랜 포옹을 나누고 조금이나마 온기를 나눠 줄 수 있기를. 간절히 기대하며 이 글을 다시 한번 옮겨 적으려 한다.

우리는 서로의 얼마 안 되는 불을 훔쳐 가면서까지 빛을 내던 실로 작고 연약한 모래 알갱이였으니까. 바람이 불면 쉽게 흩어지고야 마는 외로운.

2

 2003년. 당시 나는 열일곱의 눈에 띄지 않는 학생이었다. 학교에 갈 때면 일부러 아주 먼 곳으로 돌아가는 버스를 타고는 했다. 그중에서도 가장 눈에 띄지 않는 맨 뒷좌석 바로 그 앞에 앉길 좋아했다.

 그곳에 홀로 가만히 앉아 창밖을 보고 있으면 도심 속 콘크리트의 눅눅한 풍경들은 순식간에 사라지고, 그 대신 빈자리로 논과 가로수, 색 바랜 보도블록의 틈 사이로 자라난 풀들이 무미건조하게 이어졌다. 이런 지루한 풍경은 그것을 보는 사람마저 희미하게 만들어 주었으니 사실상 버스에 탄 그 순간만이 하루 중 유일하게 마음 놓을 수 있는 시간이었다.

그런 풍경이 재생되다 보면 중간중간 마지못해 만들어둔 것 같은 작은 버스 정류장들을 덤으로 볼 수도 있었다. 그곳은 만들어 둔 노력이 무색하게도 평소 아무도 사용하질 않아 사람의 흔적은 커녕 허리 높이의 잡초들만이 무성했다. 나는 그런 풍경의 쓸쓸함이 꼭 거울을 보는 것만 같아 종종 금방이라도 무너질 것 같은 웃음을 지어 보이곤 했다.

그러나 8월의 두 번째 토요일. 살갗에 닿는 공기가 덫에 걸린 짐승이 거칠게 내뱉는 숨결같이 뜨거웠던 날이었다.

어쩐 일인지 버려진 정류장의 수풀 사이로 누군가 우두커니 서 있는 게 눈에 들어왔다. 그 모습이 마치 광활한 태평양 한가운데 홀로 닻을 내린 작은 배를 떠올리게 했다. 그곳에서 사람을 발견한 건 그때가 처음이었다.

기사님 또한 예상치 못한 승객이었는지 버스는 정류장을 조금 지나쳐 어정쩡한 자세로 멈춰 섰다. 그녀는 버스가 자신을 위해 멈춘 줄도 모른 채 그저 이따금 불어오는 바람에 조금씩 흔들리고만 있었다. 허리까지 오는 긴 머리카락이 바람에 흩날리고 있어 얼굴은 바로 보이지 않았다.

그녀는 버스의 신경질적인 클랙슨 소리가 파랗고 후덥지근한 여름 공기를 세차게 흔들어 놓고 나서야 비로소 고개를 들어 보았는데, 이내 무언가 알아챘다는 듯한 표정을 하고는 그대로 도로를 천천히 걸어와 사뿐히 버스 위로 올라 탔다. 그러고는 수많은 빈자리 중에 하필 내 옆에 풀썩 앉아 버렸다. 나는 당황스러운 마음을 들키지 않으려 가능한 무뚝뚝한 표정으로 그녀를 빤히 쳐다보았으나, 그녀는 내 옆에 앉아서도 어딘가 먼 곳을 응시하고 있을 뿐이었다. 아무런 말도 하지 않았다. 다만 바깥에서부터 들려오는 매미의 울음과 버스의 자동문이 내는 괴로운 소리가 동시에 멎어 들자 그녀는 갑작스레 고개를 돌려 내 가슴에 있는 명찰을 흘겨보더니 '류이치.' 하고 내 이름을 불렀다. 그다지 붙어서 이야기한 게 아니었는데도 아주 가까이서 비밀을 말하는 것처럼 작고 부드러운 목소리였다.

그리고 내가 무어라 대답하기도 전에 '너 시설에 살지?'라며 이어서 말을 꺼냈다.

당시 내가 시설에 사는 것을 아는 사람은 극히 드물었던 데다가, 그녀가 마침 같은 무늬의 교복을 입고 있어 나는 곧장 담임을 의심할 수밖에 없었다. 나는 뒤늦게나마 당황한 표정을 숨기며 그 사실을 학교에서 알게 된 것인지 묻게 되었는데, 그녀는 별다른 대답 대신 대뜸 알겠다는 표정으로 고개만 가만히 끄덕였다. 그 뒤로도 내가 지나치게 태연한 척을 하기에 알아봤다는 모호한 말만 남기고는 어떤 질문에도 제대로 된 답을 하지 않았다. 이따금 조금 웃어 보이거나 그도 아니면 침묵을 지켰다. 그리고 얼마 가지 않아 다음 정거장에서 휙 내려 버렸다.

덩달아 비워져 있던 옆자리도 다시 원래의 모습을 찾을 수 있었지만, 어쩐지 그곳에는 여전히 그녀가 앉아 있는 기분이 들었다. 다시금 창밖을 바라보아도 더는 건조한 바깥의 풍경이 보이질 않았다. 조금 전 나를 혼란에 빠트렸던 기억만이 풍선처럼 매끄럽게 부풀어 올라 이내 차창 위로 선명하게 떠오를 뿐이었다.

깊은 밤의 폭포처럼 침묵한 채 쏟아져 내리는 검은 머리카락과 그 거센 물결을 보기 좋게 반으로 가르고 있는 작고 하얀 귓불. 그보다 더 새하얀 뺨과 코. 그 모든 낙하와는 무관하게 저 홀로 오후의 볕을 마중 나오기라도 하듯 알맞은 높이로 솟아오른 그녀의 입술이 꼭 비디오테이프가 고장이라도 난 것처럼 계속해서 반복되었다. 동시에 오래도록 굳어버린 줄 알았던 가슴도 일정한 속도로 조여지고 풀어지기를 반복했지만 정작 이름을 모른다는 것은 회차 지점에 다다르고서야 깨달았다.

그러나 예상외의 문제는 언제나 연달아 벌어지는 법인지, 우선 버스를 갈아타기 위해 자리에서 일어서자 문득 위쪽 주머니가 허전해진 것이 느껴졌다. 그곳에는 언제나 지갑이 묵직하게 자리하고 있었다. 분명 좌석에 앉을 때까지만 해도 습관처럼 더듬어 가며 그 존재를 확인했었으니 일어나며 실수로 떨어트린 건가 싶어 당장 좌석 아래를 뒤져 보았지만 어느 곳에서도 지갑은 보이지 않았다.

그렇다고 간단히 포기할 수는 없었다. 나는 소년의 티를 벗지 못한 손을 비좁은 의자 사이로 집어넣기까지 하며 안간힘이었지만, 머지않아 내릴 거냐고 묻는 기사님의 짜증스러운 목소리와 표정이 운전석 위로 매달려 있는 볼록 거울을 통해 전해져 와 나는 다음번에 돈을 꼭 드리겠다며 사정사정한 끝에 버스에서 쫓겨나듯 내릴 수 있었다. 그렇게 나는 다음 버스도 타지 못한 채 시설까지 한 시간이나 더위 속에서 걸어야 했는데, 물론 뜨거운 아스팔트 위를 걸으면서도 아주 조금 그녀를 의심했다. 그러나 당시 나는 공중으로 아스라이 흩어지고 마는 옅은 목소리에 홀려 그동안의 내 연기가 얼마나 형편없었는지 몇 번이고 돌아보기에 바빴다.

*

나는 그날을 기점으로 매일같이 끈질기게 찾아오는 까만

밤을 필사적으로 피해 다녀야만 했다. 잠이 들면 망각의 파도가 다가와 잊고 싶지 않은 그녀의 기억을 야금야금 지우려 하니 어쩔 줄을 몰랐던 탓이었다. 덕분에 나는 이름이라는 것이 단순히 무언가를 지칭할 때 쓰이는 것이 아니라 감정이나 기억, 어떤 것이든 담아낼 수 있는 단단한 상자라는 사실을 경험으로 깨달을 수 있었다. 이름이 없는 것들은 끊임없이 몰려오는 망각의 파도를 맨몸으로 받아낼 수밖에 없고, 조금씩 몸이 깎여 나가 끝내 평평해진다. 특별했던 것도 흩어져 모래가 되고 바다가 된다.

하지만 나는 그때로부터 한 달이 다 지나도록 그녀를 만나지 못했다. 분명 같은 학교 학생일 텐데 어째서인지 한 번을 마주치지 못했다. 그것은 기꺼이 파도를 막아줄 이름을 알아내지 못했다는 뜻이었다. 끝끝내 그녀가 새겨진 기억들이 희미해지는 것을 멈출 방법이 떠오르지가 않자 아예 꼬박 밤을 지새우기까지 했는데, 결국 얼마 지나지 않아 몸도, 마음도 모두 파랗게 젖어 지독한 불면증과 여름 감기에 걸릴 수밖에 없었다. 아침이 오면 말끝마다 마른기침을 하거나 자주 졸려했고 끝내 가장 낮이 길었던 하지에 맞춰 보기 좋게 쓰러져 보건실에서 몇 시간이나 누워 앓아야만 했다. 하지만 나는 어리석고 필사적이길 멈추지 않았다. 이따금 잠에서 깨어날 때마지 보이는 모든 것에 그녀를 그려냈다. 하얀 석고 천장과 주위를 감싸고 있는 가림막, 하얀 이불 위까지.

  그럼에도 약 기운 탓인지 쉴 새 없이 쏟아지는 졸음은 이길 수가 없었다. 다시금 쓰러지듯 잠이 든 나는 결국 국기 하강식을 알리는 긴- 종이 울릴 때가 돼서야 겨우 몸을 가눌 수 있었다.

3

 눈을 떠 보니 보건실은 아주 고요했다. 탁상에 올려 둔 안경을 집자 그 소리가 꽤 크게 울렸다. 흐릿했던 시야가 돌아오자마자 손목을 걷어 시계를 확인했다. 여섯 시 일 분. 그러나 주위는 한낮인 것처럼 지나치게 밝았다. 여름 저녁에만 찾아오는 특유의 위화감은 그날 역시 시계가 고장 난 게 아닌지 의심하게 했다.

 게다가 그즈음에는 어떤 사상에 심취한 동급생이 국가가 흘러나오는 별도의 작은 스피커를 완전히 못쓸 만큼 부숴버려, 나는 애써 창을 열고 얼굴을 내밀어 국기가 내려가고 있는 모습을 직접 확인해야 했다. 얼마간 녹음이 짙게 드리운 운동장의 너른 풍경이 눈에 들어왔지만 금세 후덥지근한 여름 공기가 안경을 뿌옇게 만들어 나는 다시 창문을 닫은 뒤 교복 셔츠의 끝단으로 서린 김을 닦아 냈다.

그렇게 한 번 더 안경을 고쳐 쓰려할 때였다. 어깨너머로 미닫이문이 거칠게 열리는 소리가 들려왔다.

"아, 덥다. 류이치. 일어났구나."

어디서나 볼륨을 한 단계 키워 놓은 듯한 목소리. 앞으로 보이는 건 역시 다이스케였다. 이름답게 모든 것이 커다란 사내가 저 작은 미닫이문을 부수지는 않았을지 의심스러웠지만, 그는 그런 것쯤은 전혀 개의치 않는다는 듯 에어컨 앞으로 곧장 다가가더니 송풍구의 슬랫을 자신 쪽으로 내려버렸다. 잔뜩 부푼 근육들이 땀으로 젖은 셔츠 아래로 움직이는 걸 보고 있자면 같은 나이라는 사실이 매번 놀라울 따름이었다. 나는 나를 보러 온 건지 땀을 식히러 온 건지 모르겠다는 농담을 던졌는데, 그는 지금도 누워 있었으면 둘러매서라도 저녁을 먹이려 했다며 능청스럽게 받아쳤다. 조금의 망설임도 없었다. 생각해 보니 영 불가능할 것 같진 않아 마침 잘 일어났구나 싶었다.

"참, 저번에 잃어버렸다던 지갑. 네 사물함에 있더라."

다이스케는 타이트한 셔츠 안쪽으로 억지로 바람을 불어 넣으려다 모양새가 이상했는지 획 뒤돌아서 내게 말했다.

"사물함에? 분명 아침에만 해도 못 봤는데."

"류이치. 가죽 지갑에 요란한 플라스틱 이름표를 덜렁거리는 건 이 세상에 너 하나뿐이야."

마치 내가 헛것을 본 게 아니냐는 듯한 표정을 하자 다이스케는 곧바로 말을 이어 붙였다.

학교에서야 소각장을 뒤져 볼 정도로 안 찾아본 곳이 없었다. 게다가 두어 차례 당시 버스 기사님을 찾아가 여러 질문으로 괴롭히기까지 했었다. 그런 지갑이 한 달이 다 지나서 제 발로 나타났으니 기쁘기보다는 의심스러운 기분이 먼저 들었다.

"그보다 배고프지 않아? 사 줄 테니 같이 좀 나가자."

내가 계속 인상을 쓰고 있으니 다이스케는 금세 화제를 돌렸다.

"좋아. 여기서 조금만 기다려 줄래? 땀 좀 마저 식히고 있어 줘. 이번엔 내가 살게."

현금이 없어진 동안 여러 차례 신세를 졌기에 이번엔 나의 차례였다. 얼마 전 비상금을 마련해 약간의 여유가 있었지만, 혹시라도 돈이 그대로 남아 있을지도 몰랐다. 지갑을 확인해 가능하다면 조금 더 비싼 걸 사 줄 요량이었다.

"안 돼. 밖에 카노코가 기다려."

"카노코가? 왜 같이 안 들어오고?"

"내 땀 냄새가 싫다네." 다이스케는 조금 뜸을 들이더니 본인도 멋쩍은 듯 말했다.

"그건 나도 마찬가지인데, 둘이 따로 먹고 와도 될까?"

다이스케는 평소에도 자신을 놀리는 농담을 더 즐거워하는 편이었다. 심지어는 본인도 농담을 할 때면 스스로를 소재로 쓰기를 좋아했다. 분명 단단한 자존감 탓일 것이라 생각했다. 이런 무르기만 한 말로는 아무런 생채기를 남기지 못하니 그저 간지럽기만 한 것이다. 이때도 역시 나의 농담에 큰 소리로 웃어 보이더니 한 번만 봐 달라며 내 옆을 지나쳐갔고, 얼마 안 가 복도 중간쯤에서 '류이치' 하고 부르는 그의 큰 목소리가 한 번 더 들려왔다.

*

아무리 떠올려 봐도, 지난 17년 사이 잃어버린 물건을 다시 찾게 된 것은 분명 처음 있는 일이었다. 워낙 무언가를 가지는 것을 좋아하지 않는 데다가 어쩌다 한번 가지게 되더라도 집착스럽게 잃어버리지 않으려 했다. 사실 잃어버리기 쉬운 지갑도 그다지 필요하지는 않았다. 지난 생일 카노코와 다이스케가 함께 골라 샀다며 건네줬기에 차마 거절할 수 없어

받았던 것뿐이었다. 그리고 카노코는 이런 내 성격을 어렴풋이 알았는지 이름을 적어 둘 수 있는 투명 플라스틱 네임 택을 함께 선물해 줬다. 다이스케는 거추장스럽다며 못마땅해했지만 카노코의 말에는 두 번 이상 토다는 법이 없었다. 아니, 애초에 말이 잘 없기도 했으니 한번 카노코가 무언갈 요구하거나 주장하면 나조차 그럴 만한 까닭이 있으리라 생각했던 것 같다.

'이렇게 덩치 큰 사내가 수다스러울 수 있는 건 카노코의 조용한 성격 탓이 클 것이다.'

이것이 이 둘을 처음 만나고 가장 먼저 든 생각이었다. 돌아보면 그때 나는 일부러 시설에서 가장 먼 거리의 공립 학교를 고른 탓에 입학했을 당시 아는 사람이 전혀 없었고, 당장엔 이유를 몰랐지만 이 둘도 시의 외곽 쪽에 위치한 작은 중학교에서 구태여 먼 거리의 학교를 지망해 서로를 제외하고는 나와 같은 처지였다.

첫 학기가 시작되자 얼굴에 회벽을 바른 듯 무심한 인상의 담임은 세 명이서 조를 만들라는 말만 남기고는 교실을 나가 버렸다. 반갑다거나, 잘 부탁한다와 같은 별다른 인사말도 없었다. 나는 당장에 인사야 그렇다 치고서라도 어째서 두 명도 아니고 세 명일까 생각했지만, 당시 정원을 세어 보니 정확히 서른세 명이었던 탓에 가만히 고개를 끄덕였다. 그러고는 말없이 맨 뒤에 앉아 저마다 짝을 찾아가길 기다렸다. 시간이 지나면 대충 남는 인원이 있을 것이었고, 그게 누구든 좋았다. 선택하기보다, 선택받길 기다리는 한심한 인간은 내가 아니더라도 두 명쯤 더 있을 게 분명했다. 그 당시 나는 이 세상이라는 게 먼저 손을 내밀어 준 자들에 의해 겨우 그 온도가 유지되고 있다는 사실을 알지 못했다.

교실은 예상대로 모두가 조를 만들기 위해 바쁘게 움직이느라 금세 어수선해졌다. 그리고 그런 풍경을 넋 놓고 보다 보니 갑작스레 책상 위로 두꺼운 손이 턱 하니 올라왔다. 고개를 들자 아주 커다랗고 곧은 사내가 내 명찰을 들여다보고 있었다.

"류이치."

그의 목소리는 발음까지 아주 올곧아서 주변의 소음과는 상관없이 크게 잘 들렸다. 나도 따라 인사를 하려 했는데, 유난히 작아 보이는 명찰에 다이스케라 쓰여 있어 그만 조금 웃어 버렸다. 그러자 그는 왠지 너라면 웃을 줄 알았다며 어느새 앞으로 걸어가 시야에서 사라져 버렸다.

사과를 해야 하나 싶었지만, 막상 일어서 따라가 보니 다이스케라는 사내는 아주 즐거운 표정을 하고 앉아 있었다.

그 옆으로는 머리를 위로 올려 묶은 여자애가 나란히 앉아 있었다. 깃이 짧은 하복 셔츠 덕분인지 가느다란 목선이 눈에 띄어 앉은 모습만 보고도 꽤 마르고 여리다는 것을 알 수 있었다.

"거봐 균형감 있게 걷지?"

내가 가까이 다가서자 다이스케는 옆의 여자애를 향해 의기양양하게 말했고, 여자애는 가뜩이나 얇은 입술을 더 가늘게 만들더니 '이 애가 조금 바보야. 미안해.' 라며 쓴웃음과 함께 나에게 첫인사를 건넸다.

하지만 다이스케는 그 말이 끝나기가 무섭게 '이 친구 이름은 류이치야, 류-이치.' 라며 대뜸 내가 해야 할 말을 뺏어 갔다. 그러고는 동시에 두꺼운 팔을 쭉 뻗어 어디선가 의자를 하나 가져왔다.

"여기는 카노코."

다이스케는 내가 의자에 앉자 여자애를 가리키며 계속해서 말을 이어 갔다. 덕분에 나는 그제야 처음 '안녕.' 하고 목소리를 낼 수 있었다. 이때 다이스케는 '오, 역시 목소리도.' 하며 이해할 수 없는 감탄을 내뱉었는데, 내가 도대체 이 상황이 이해가 어렵다는 뉘앙스로 웃어 보이자 카노코가 질린다는 표정으로 설명을 덧붙여 주었다.

"얘는 뭐든 균형이 중요하다고 여겨. 어디로도 치우치면 안 된다고."

그 뒤로는 다시 다이스케가 변명하듯 말을 이어 나갔다.

"카노코는 항상 너무 조용하단 말이지. 나는 균형을 맞추려 말을 자주 하는 편이고. 이렇게 지나치게 극과 극만 있으면 피곤하거든. 그런데 너는 내가 보기에 이 중에서도 가장 균형이 잡혀 있는 사람이야. 키가 너무 크지도, 작지도 않지. 머리가 길지도, 짧지도 않고. 행동도 아주 균형이 있어. 빠르지도, 느리지도 않아. 게다가 목소리도 그래. 아주 마음에 들어."

처음엔 이 말을 그다지 진심으로 생각하지도, 고맙게 느끼지도 않았다. 그냥 평범하니까, 이렇다 할 모난 게 없어 보였을 것이다. 심지어 그가 말하고 있는 평범은 단지 긴 시간 이어져 온 나의 부단한 노력의 결과였다. 내가 자라온 환경에서 어설픈 개성은 언제나 애처로운 공격의 빌미가 될 뿐이었다. 내가 '아무리 봐도 둘을 섞는다고 나 같은 사람이 만들어지지는 않을 것 같은데.' 하고 농담을 던지니 카노코가 처음 밝게 웃어 보였다.

하지만 그런 나의 첫인상과는 달리 우리 셋의 관계는 꽤 오랜 시간 서로를 지탱해 주었는데, 다이스케의 말처럼 이따금 다양한 상황에서 '균형'이 드러났다. 그게 어떨 때면 꼭 콩트의 한 장면 같아 우리는 자주 웃음을 터트렸다.

가령 시험을 준비할 때는 가장 성적이 뛰어난 카노코가 가르치는 역할을 맡기로 했음에도 유난히 자신의 머릿속을 설명하길 어려워하는 까닭에 우선 내가 차분히 그것들을 끄집어내어 알기 쉽게 다듬어야만 했다. 그렇지 않으면 가만히 듣고 있던 다이스케는 어느새 가부좌를 틀고 앉아 꾸벅꾸벅 졸아 버렸다. 그렇다고 다이스케의 머리가 나빴다거나 학업에 흥미가 없다거나 한 것은 아니었다. 그는 단지 세상을 아주 바르게 보려는 사람이었다. 단어나 물건을 접하면 피상적인 쓸모나 생김새보다 깊이 숨겨져 있는 의미들을 먼저 보려 했다. 단순한 지식 따위를 암기할 때 튀어나와야 할 적당한 융통성마저 그 커다란 몸으로 짓누르고 있는 것 같았다. 껍데기만 보고는 무게를 알 수 없고, 무게를 알 수 없으면 균형을 잡을 수 없다는 게 그의 논지였다.

당시 다이스케의 아버지는 은퇴한 유도 선수로, 지역에서 꽤나 명망있는 유도장을 차리신 후 쭉 지도자로 활동하고 계셨다. 따라서 다이스케도 어릴 적부터 그러한 단단한 정신과 육체를 물려받은 것이었다. 하지만 대회에서 여러 차례 우승을 거둘 만큼의 재능과 끈기마저도 아버지를 닮았음에도 삶에서 유도가 지나치게 비중이 커지는 것이 못마땅하다는 이유로 선수 생활을 그만둔 것을 보면 그가 단순히 아버지의 인생을 따라가는 존재가 아닌 아주 개별적으로 존재한다는 확신을 주었다.

그럼에도 운동 자체에 대한 애정은 그대로였는지, 주말만 되면 나를 몇 번이나 번쩍 들어 유도장 바닥에 내팽개치곤 했다. 매번 건강을 위해 여러 동작과 기술을 가르쳐 주겠다는 명목이었지만, 사실은 자신의 사상을 이해시키기 위한 준비 운동 같은 게 아니었을까 싶었다.

"먼저 자신의 균형과 무게의 중심을 알아야 해. 류이치. 너도 네 균형을 알고 나면 나처럼 커다란 사람도 보기 좋게 매칠 수 있을 거야."

운동을 끝내고 집으로 돌아가는 길엔 이런 말들을 사뭇 진지하게 하니 나는 가만히 듣다 말고 이따금 '응.' 이나, '그렇지.' 와 같은 추임새만 넣을 뿐이었다.

"단순히 실체가 있는 것뿐만이 아냐. 예컨대 보이지 않는 감정들이나 상황들도 균형만 잡혀 있으면 문제없어."

그는 심지어 개개인의 운명 같은 것도 그 무게의 중심을 알기만 하면 깃을 잡아 확- 넘겨 버릴 수 있을 거라 믿고 있었다. 한판승. 나는 그가 세상을 바라보는 방식이 지극히 본인스러워서 또 웃음이 났다.

반면 카노코는 세상을 숫자로써 명쾌하게 설명하고 싶어

했다. 보통의 여학생과는 달리 시를 읽을 때면 그 안에 숨겨진 뜻보다도 행과 연의 수에 감탄을 했고, 도시락에 들어가는 반찬마저 꼭 아름다운 수식에 의해 준비된 듯 그 숫자가 언제나 일정했다. 그것은 전적으로 카노코의 부모님께서 두 분 모두 대학에서 수학을 다루는 교수와 연구원이었던 탓이었다. 하지만 고리타분할 줄 알았던 직업적인 이미지와는 달리 두 분은 카노코가 어릴 때부터 여러 가지 경험을 시켜 주려 했다고 한다. 덕분에 여리고 작은 몸집에도 어린 시절 유도를 배우며 다이스케와 만나게 된 것이었다.

물론 카노코 또한 유전적으로 영향을 받은 것인지 수리적 사고방식에 더 큰 흥미를 느껴 운동은 일찍이 그만두긴 했으나, 그 뒤로 둘은 서로가 보지 못하는 풍경을 볼 수 있다는 점에서 균형을 이루며 계속 함께해 온 모양이었다. 겁내지 않고 각자의 맹점을 말해 줄 수 있는 친구가 있다는 건 큰 행운이라는 말에 나는 전적으로 동의했다.

그럼에도 서로가 비슷한 모습. 비슷한 취향의 상대여야 자신의 생각이나 감정을 비교적 안전하게 내비칠 수 있는 게 보통의 사람이다. 게다가 상처받을 위험이 최소화된 이러한 구조는 특히 이 나이대에서 경험할 수 있는 관계의 대부분을 차지하기 마련이었다. 누구나 그렇겠지만, 당시에는 친구라는 존재가 세상에서 비정상적일 만큼 커다란 비중을 차지하고 있어 그들이 조금이라도 인상을 찡그려 트리면 그게 마치 온 세상이 나를 부정하는 듯한 쓰라린 아픔을 주는 탓이었다. 하지만 우리는 지나치게 닮은 구석이 없어 어딜 가든 여러 의심을 사고는 했다.

한 번은 담임이 우리에게 자투리 모임이 아니냐는 말을 했던 게 기억난다. 아마 이 셋은 끝까지 조에 끼질 못하고 남게 된 사람들끼리 어쩔 수 없이 만나게 된 것으로 생각한 모양이었다. 지적인 향을 풍기는 차분한 여자애와 활동적이고 약간은 산만해 보이는 거하. 그리고 아무런 특징도 찾아볼 수 없는 중간인 나. 나조차도 우리가 가장 먼저 결성된 조였다고 하면 믿기 어려웠을 것이다. 게다가 학기가 끝나고 학교의 커리큘럼과 교복 아래로 가려져 있던 각자의 고유한 '색'이 보색 관계로써 더욱 여실히 드러나게 되면 이런 의심은 더욱 심해질 수밖에 없었다.

유도복을 입고 서점에 서 있는 다이스케. 기합 소리로 시끄러운 유도장 한쪽 편에서 귀마개를 한 채 책을 읽는 카노코. 그리고 보통의 학생은 들를 수 없을 것 같은 재즈 바에서 논 알코올 음료를 마시고 있는 나. 서점은 오래전부터 나의 안식처였고, 유도장은 다이스케, 재즈 바는 카노코의 단골집이었다.

이처럼 우리는 외모만큼이나 가지고 있던 색이 아주 달랐지만 서로를 적극적으로 섞어 가며 딱히 불편해하거나 균형을 위해 참는다는 생각은 하지 않았다. 억지로 즐기려 노력한 것도 아니었다. 그저 한 명이 기뻐하면, 나머지가 그 기쁨을 고루 나눠 받았다. 마음에 밝은 빛이 비치면 깨끗한 거울을 들어 서로에게 흩뿌려 주듯.

그렇기에 방학 중 약속 장소를 정할 때면 이곳들을 한 번씩 차례대로 들러 보는 것이 우리의 암묵적인 룰이었으나 당시엔 나의 취향이 선택되는 경우가 조금 더 잦았다. 둘은 이미 오래전부터 서로의 감각으로 세상을 더듬어 왔기에 나와도 시야의 균형을 맞추려 했던 것 같다.

*

우선 서점이 나의 안식처가 된 이유를 설명하기 위해서는 중학생이 되고 첫 겨울 방학을 보내고 있던 때로 잠시 돌아가야 한다. 당시 나는 어느 작가가 내뱉은 농담을 라디오에서 들은 적이 있었다. 자신에게 책이란 건 그저 흘러넘친 자의식을 종이와 활자로 닦아낸 결과물이 아니겠냐는 자조 섞인 말이었는데, 물론 우스갯소리처럼 떠들던 말이니 금방 잊어버릴 줄 알았지만, 그 말은 어쩐지 마음 한구석에 푹 박혀 며칠이고 가슴속에서 빠져나가질 못했다. 나는 그렇게 따끔거리는 감각을 참지 못해 평소 눈여겨봤던 서점을 꼭 병원이라도 되는 양 처음 문을 열게 된 것이었다.

안 그래도 나는 이 말이 가진 시니컬한 뉘앙스에 비해 그 뜻을 아주 긍정적으로 해석한 편이기도 했다. 그도 그럴 것이 어렸을 때부터 항상 모든 일에 괜찮다는 표정만을 지으며 살아와 자신을 껍데기만 있는 건조한 인간으로 취급했기 때문이었다. 애초에 나에겐 넘칠만한 자의식이 조금도 없었다는 뜻이다. 게다가 인간으로서 제대로 된 자의식을 가지기 위해서는 한 번쯤 자신이 딛고 있는 땅을 용기 내 쳐다보았어야 했으나, 나는 오래도록 그러지를 못했다. 단 한 번이라도 나의 뿌리와 그로부터 시작된 불행을 인정하고 축축한 눈물을 흘리면 쌓여 있던 슬픔의 무게에 정신이 와르르- 무너질 것만 같았다. 나는 어려서부터 매일 마른 마음이 되기 위해 부단히 애를 써 왔다.

실제로 책을 활짝 펼친 뒤 종이를 힘껏 읽고, 짜내어 흘러나오는 작가들의 자의식을 마실 때면, 타는 듯했던 목마름이 어느 정도 해소돼 형용할 수 없는 기쁨을 느낄 수 있었다. 그렇게 서점은 점차 나의 하나뿐인 안식처 겸 식당이 되어간 것이다. 물론 취미라 여겨질 만큼 자주 들락거릴 수 있었던 건 무엇을 사지 않아도 시간을 보낼 수 있는 곳이 도서관이나 서점밖에 없었다는 이유도 한몫했다.

유도장에 가는 날은 보통 토요일이었는데, 그날은 학교를 일찍 마치니 땀을 흠뻑 쏟아 낸다 해도 다음 일정에 큰 무리가 없다는 이유에서였다. 다이스케와 몇몇 수련생들 사이에서 어색한 기합을 내지르다 보면 어느새 시간이 훌쩍 지나가고, 몸이 피로한 만큼 긴 시간 잡념이 사라져 정신까지 개운했다.

그럼에도 처음 한두 달 정도는 유도장 한편에서 혼자 기다리고 있던 카노코에게 마음이 쓰였다. 본래 내가 이 둘 사이에 껴들기 전까지는 카노코도 새하얀 도복을 입고 기본적인 운동을 했었으나, 다이스케가 더는 혼자 심심해하지 않을 것 같다며 땀 흘리기를 거부하고 도장 한편에 앉아 우리를 구경하기 시작한 탓이었다. 하지만 다 같이 서점에 들른 뒤부터는 한가득 사 온 책들을 읽기 시작해 점차 그 시간을 우리보다 더 즐거워하는 눈치가 됐다. 거의 다 읽었다며 조금만 기다려 달라는 카노코 옆에 바짝 붙어 앉아 땀 냄새를 풍겨야만 자리에서 겨우 일어날 정도였다.

끝으로 '버드'라는 이름의 재즈 바는 내부의 세련된 이미지와는 달리 비교적 도심의 바깥쪽에 자리 잡고 있었다.

학교로부터 역을 여섯 번 정도 지나쳐야 했고, 어두운 유흥가가 아닌 전자 상가와 조명 가게가 즐비한 구역에서도 일층에 자리 잡고 있었다. 점심부터 영업을 시작하는 데다가 퍽 유쾌한 이미지의 간판을 달고 있어 들어가면서도 별다른 눈치를 보지 않을 수 있었다.

단골답게 카노코를 살갑게 맞이해주는 주인아저씨는 우리를 위해 메뉴에 없는 여러 무알콜 칵테일들과 간식거리를 내어 줄 정도로 친근한 이미지였다. 한 번은 우리가 학생답게 '마스터'라는 호칭 대신, '엉클'이라는 별명을 붙여 주자 코에 걸쳐진 안경이 흘러내릴 정도로 기뻐하기도 했다.

그리고 엉클은 우리를 여러모로 세심히 배려한 것인지 아니면 자신의 취향이 원래 그러한 것인지 모르지만, 방문할 때면 항상 베니 굿맨이나 글렌 밀러의 곡같이 비교적 대중적으로 알려진 스윙 재즈들을 오래된 전축을 통해 들려주었다. 덕분에 음악에 대해 아는 게 없었던 나도 편안한 마음이 되어 이곳의 분위기를 즐길 수 있었다. 심지어 다이스케마저 입을 닫고 엉클의 이야기와 이어지는 선곡들을 가만히 듣고 있길 좋아했다.

그 외에는 가끔 근교의 바닷가로 놀러 나가 함께 수영을 하거나 나를 제외한 서로의 집에 들러 밥을 먹고는 했지만,

이 년이 넘는 시간 동안 대부분 우리는 이러한 균형과 루틴을 지키려 노력했다. 물론 아주 간혹 셋이 아닌 둘이 되기도 했다. 물론 다이스케와 단둘이 있는 것은 그다지 신경 쓸 것이 없었다. 그저 함께 운동하고 밥을 먹는 게 전부였다. 애초에 다이스케는 항상 먼저 나서서 이런저런 감상들을 늘어뜨리길 좋아하니 아무 말 않고 가만히 듣기만 해도 우리 사이로 어색한 침묵이 앉을자리는 없었다. 그러나 카노코와 단둘이 있게 될 경우에는 이야기가 달랐다. 애초에 처음 나를 불렀던 것도 다이스케였고, 여태 다양한 의견을 앞장서서 내는 쪽도 다이스케였다.

지갑을 잃어버리기 몇 주 전이었다. 도쿄에서 개최되는 유도 대회에 아버지와 함께 선수들을 보조해 주기 위해 다이스케가 며칠 자리를 비운 적이 있었다. 짐을 싸고 떠나기 전날 다이스케는 구태여 나를 따로 불러내어 그동안 카노코를 잘 부탁한다는 말을 남겼다.

나는 네가 없이는 조금 어색하거나 심심하겠지만 별일 없을 것이라는 말을 건네며 어딘가 불안해 보이는 다이스케를 안심시키려 했는데, 헤어지는 그의 뒷모습마저 역시 평소 같질 않아 잠이 들 때까지도 의아한 마음은 마음 어딘가에 필사적으로 매달려 좀처럼 떨어지질 않았다.

확실히 다음 날 만난 카노코는 어딘가 조금 더 차분해 보였지만, 그 외에 크게 다른 점은 없었다. 우리는 평소처럼 함께 서점에 갔다가 밥을 먹으며 책에 관한 이야기를 짧게 나누고 헤어졌다.

그렇게 이틀 정도가 더 지난 때였다. 저녁도 거르고 서점에 들러 책을 읽고 있던 나를 카노코가 찾아내었다.

"저기, 류이치. 시간 좀 내줄래?"

고개를 들어 앞을 보니 카노코는 평소와는 달리 검정 면 스커트와 짙은 밤색의 실크 블라우스를 입고 있었다.

"아, 카노코구나. 그런데 날 어떻게 찾은 거야?"

당시 나는 전화가 없었기 때문에 미리 약속을 하지 않고 만나는 일이 아주 드물었다.

"오늘은 신간들이 입고되는 요일이니까."

나는 쉽게 수긍했다. 그러고는 잠시 기다려 달라는 말을 남기고 읽던 책들을 다시 가지런히 모아 본래의 자리로 가져다 두었다. 카노코는 서점 입구 쪽에 비치된 의자에 앉아 나를 기다리고 있었다.

"나가자, 밥은 먹었지?"

"응."

바깥은 어느새 붉게 달궈진 태양이 산등성이에 걸려 아

스라이 저물어 가고 있었지만, 일렁이는 공기는 여전히 한낮의 열기를 가득 머금은 듯했다. 거리를 헤매는 사람들도 하나같이 짧은 옷차림에도 숨이 막힌 듯 연신 손부채 질을 하고 있었다. 이 가운데 혼자 긴 옷을 입고 있던 카노코는 마치 다른 계절의 나라에서 이곳 날씨를 잘 모른 채 방금 막 입국한 사람같이 보였다.

"다이스케가 없어서 그런지, 조금 덜 더운 것 같기도 하네."

나는 곧장 둘 사이에 놓인 어색함을 건너기 위해 다이스케의 공백과 여름의 더위같이 뻔한 사실들을 얼기설기 엮어 급조해낸 로프를 어설프게 건네 보았으나, 그날 카노코는 어쩐 일인지 조금의 미소로도 붙잡아 주지를 않았다.

그 대신 곧바로 작은 목소리로 무어라 이야기하는 듯했는데, 갑작스레 끼어든 자동차 경적 소리에 말의 중간이 툭 끊어져 버렸다.

"응? 뭐라고 했어?"

"너만 괜찮다면 버드에…."

이날 도시의 소음은 한낮 동안 땀을 많이 흘려 평소보다 더 허기진 모양이었는지 계속해서 카노코의 말을 군데군데 잡아먹었다. 그나마 두 번째 시도에서는 다행히 '버드-'라고 말하는 입 모양과 목소리가 가까스로 살아남아 나에게로 날아왔다.

"그래. 그러자, 마침 더웠으니까."

나는 혹여나 내 말까지 잡아먹힐까 최대한 힘주어 말한 뒤 곧장 근처 역이 있는 방향으로 손짓하며 걷기 시작했다.

물론 걸으면서도 평소답지 않은 카노코의 태도나 상황에 의아한 마음이 들었다. 그러나 마침 모아 둔 약간의 용돈도 있겠다, 버드에 들를 때가 오기도 했었으니 별다른 이유를 묻지는 않았다. 안 그래도 서점에서는 고작 두 정거장 떨어져 있었기에 가는 길 사이 구태여 서로 말을 하지 않아도 대화의 공백이 생길 틈은 없었다.

역 입구의 긴 계단을 오르고 흐르는 땀을 닦는다. 줄을 서 티켓을 산 뒤 떠밀려 가듯 개찰구를 통과하고 시끄러운 소리를 내며 멈춰 서는 열차를 지켜본다. 쏟아져 나오는 사람들에 밀려나지 않도록 미리 몸을 얇게 비틀어 두면 곧 문이 열리는데, 그 사이로 겨우 몸을 집어넣는다. 그러면 카노코와 나 사이에는 어쩔 수 없이 여러 사람분의 거리가 생겨 별다른 말을 할 수 없게 된다. 그 대신 머리 위로 흔들거리는 손잡이를 잡느라 들어 올려진 각양각색의 팔들, 그 가느다란 틈 사이로 창밖을 구경한다. 해가 낮게 떠 있음에도 땅거미 진 곳의 간판들은 벌써 밤이 찾아온 듯 환하게 빛을 내고 있다. 도중에 열차가 육교와 꽤 가까운 거리로 지나쳐 갈 때엔 그 위를 걷고 있는 사람들의 옷이나 표정까지 쉽게 알 수 있어, 나는 습관처럼 그들의 기나긴 생애를 떠올려 본다. 그러다 곧이어 도착하는 역의 이름이 방송을 통해 들려오면 한 번도 만나 보지 못한 사람들에 대한 그리움만을 남기고 전동 문을 향해 조금씩 움직인다. 인파의 밀물과 썰물에 휩쓸리지 않고 무사히 빠져나와 계단 앞에서 기다리고 있는 카노코를 찾아 손을 흔든다. 여기서부터는 길을 더 잘 아는 카노코가 앞장을 서고 나는 그 뒤를 따른다. 그렇게 얼마 안 가 버드에 도착하고 기분 좋은 음악이 이어지게 된다.

*

우리는 평소 셋이 앉던 자리에 누군가 앉아 있어 조금 더 안쪽에 위치한 작은 테이블에 서로를 마주 본 채 앉았다. 그러자 머지않아 엉클이 다가와 주문하지 않은 에그 샐러드와 물 두 잔을 내어 주었다. 엉클과는 항상 반갑게 인사를 건네며 안부를 묻곤 했는데, 마침 흘러나오는 곡이 아주 조용하고 느린 템포여서 우리는 간단히 눈인사만 주고받았다. 곧이어 카노코가 물을 마시자, 나도 따라 물을 마셨다.

"갑자기 이렇게 불러내 미안해."

카노코는 물컵을 테이블의 한쪽 구석에 내려놓은 뒤 그 자리에 남아 있던 코스터를 손끝으로 만지작거리며 운을 떼었다.

"괜찮아. 마침 다 읽어 가던 때였으니까, 그렇게 미안해할 필요는 없어."

내가 애써 어색한 손짓으로 덩그러니 놓인 샐러드를 가리키자, 카노코는 천천히 고개를 저은 뒤 다시 말을 이어 나갔다.

"…류이치. 혹시 나에게 언니가 있었던 걸 알아?"

카노코와는 보통 날씨나, 여러 인사치레 같은 것들을 주고받으며 이야기를 시작하는 게 일반적이었다. 그러나 그날은 무언가 단단히 결심을 한 듯 자리에 앉자마자 본격적으로 이야기를 시작하니 서점에서부터 조금씩 쌓여가던 긴장감이 왈칵 쏟아지며 셔츠의 소맷단을 푹 적시는 듯했다.

"전혀. 여태 외동인 줄로만 알았는데."

"있었어. 언니가."

카노코는 갑작스레 커진 본인의 목소리에 당황했는지 마주 보고 있던 시선을 다시 테이블 위로 떨어트렸다. 그러곤 머지않아 손에 쥐고 있던 코스터를 원래 자리에 내려놓았다.

"…사실 여기도 언니가 처음 데려왔었던 거야."

나는 곧장 주위를 둘러보며 카노코와 언니가 어디에 앉았을지 떠올려 보았으나 허겁지겁 뛰어들어온 상상은 금세 카노코의 말이 다시 시작된 탓에 자리를 잡지 못한 채 어딘가로 사라져 버렸다.

"부모님은 해외 포럼과 연구 일정으로 매번 바쁘셨던 탓에 사실상 나를 돌봐 준 건 거의 언니였거든. 물론 두 분 모두 최대한 시간을 내어 우리 둘에게 사랑을 쏟아 주었지만, 나에겐 언니가 세상 전부였다고 해도 무방할 정도였어. 게다가 언니는 자그마치 구 년이라는 시간을 먼저 살아왔음에도 항상 나와 이야기할 땐 구태여 어느 게 좋다, 나쁘다 이런 말을 거의 하지 않는 멋진 사람이었다? 내가 뭐든 직접 느끼고 판단할 수 있게 말이야. 생각해 보면 다이스케를 만날 수 있었던 것도 언니 덕분이니까."

이때 카노코는 이야기를 시작하기에 앞서 잠시 고개를 숙이는 듯했는데, 어느 순간부터는 옛날 사진을 꺼내 본 사람처럼 가볍게 웃음을 짓기 시작했다.

"그래. 아마 내가 일곱 살 때쯤이었겠다. 부모님 권유로 유도장에 처음 다녀와서, 언니에게 그런 말을 했었어. 다이스케라는 애가 있는데, 너무 크고, 땀 냄새가 나서 싫다고. 말도 잘 안 해서 재미도 없다고. 그러자 이 말을 들은 언니가 갑자기 공원에 가자고 하더니, 나를 등에 업은 채로 막- 뛰어다녔어. 나는 키가 커진 것 같아 재밌어했지만, 그 대신 언니 혼자 금방 땀범벅이 되어서 같이 한참을 웃고⋯. 그리고 언니는 숨을 몇 번 고른 뒤 자판기에서 음료수 하나를 뽑아와 건네주면서 그랬어. '카노코, 언니 등에서도 땀 냄새가 났지? 땀 냄새는 있잖아, 오늘처럼 너무 재밌는 일을 하면 나는 거야.' 하고.

응. 그래서일까. 나는 그 주말에 괜히 미안한 마음이 들어 다이스케를 집으로 데려오게 된 거였어. 물론 저녁쯤 집에 돌아온 언니에게도 소개해 줬는데, 언니는 무엇 때문인지 다이스케를 보자마자 참 마음에 들어 했어. 나도 다이스케가 어린 나이에도 묵묵하게 말을 듣고는 간단한 자신의 감상 정도만 말하는 게 꼭 언니를 닮아 싫지는 않았지만⋯.

그 뒤로 언니는 꼭 셋이서. 그래, 지금 우리처럼 말이야. 되도록 셋이 모이려고 애썼어. 주말이 되면 항상 다이스케를 불렀고, 함께 매번 다른 장소에 가 보려 노력했던 것 같아. 테니스장이나, 야구장 같은 곳에 가서 떨어진 공을 줍고 놀거나, 이른 아침부터 전자 상가를, 오후엔 시외에 위치한 작은 동물원에 가는 이상한 날도 있었지. 그리고 저녁이 찾아오면 빼먹지 않고 우리를 다양한 나라의 음식점에 데려갔어. 비교적 친숙한 중국과 인도 음식부터, 그리스, 영국,

터키, 심지어 남미의 음식들까지. 우린 그걸 세계 여행이라 부르며 아주 신나 했었고. 응. 몇 년간 정말 행복했었어. 게다가 나, 그땐 말을 엄청 많이 했다? 상상이 돼?"

카노코는 말을 잠시 멈추고 숨을 길게 몰아쉬었다. 그러더니 이번엔 작은 은색 포크를 들어 한쪽이 하얗게 무너지고만 삶은 계란을 푹, 찍어 내 쪽을 향해 들어 올렸다.

"류이치. 너는 아픈 곳 없지?"

"그럼, 보시다시피."

나는 평범하기 그지없는 내 몸을 처음으로 자랑스럽게 가리키며 말했다.

"응, 그렇다면 정말 다행이야. 진심으로. …하지만 언니는 말이야. 태어날 때부터 어쩐지 이 계란 같았다고 해. 단순히 몸이 연약한 편인 줄로만 알았는데, 그래. 벌써 사 년 전쯤이야. 한 번은 같이 식사를 하는데 갑자기 음식을 좀처럼 삼킬 수가 없다는 거야. 삼켜도 삼켜도 자꾸만 도로 나오는 것 같다고. 처음엔 단순히 체한 게 아닌가 싶었지만, 혀에 저린 느낌까지 들고, 며칠이나 증상이 지속되니 가족 모두 당황할 수밖에 없었어. 그래도 마침 부모님이 다니시던 대학에 꽤 큰 병원이 딸려 있어 다행히 비교적 빠르게 검사를 받아 볼 수 있기는 했지만…"

나는 카노코의 굳은 표정과 중간중간 쉼표처럼 등장하는

짧은 침묵을 통해 앞으로의 상황을 어렵지 않게 예상할 수 있어 고개만 연신 끄덕일 뿐이었다.

"물론 처음엔 다들 큰 걱정은 하지 않았어. 소식을 들은 다이스케가 유도장에서 옷도 안 갈아입고 달려왔는데, 괜히 걱정스러운 눈치로 안절부절못하고 있으니 언니는 대뜸 그 작은 몸으로 유도복의 깃을 잡아 휙- 업어치는 시늉도 했는걸. '이렇게 하는 거 맞지?' 하면서. 자기도 밥 좀 먹을 수 있게 되면 소화도 시킬 겸 유도장에 나가겠다고, 거기선 봐주지 않을 거라는 말까지 했으니까.

하지만 언니는 시간이 지날수록 무엇이든 삼키는 것을 더욱 힘들어했어. 어느 날은 말을 하려다 갑자기 혀가 꼬인 듯한 소리가 나와서 나도, 언니도 엄청 당황하기도 했고. 게다가 그 며칠 뒤엔 내가 학교에 간 사이 부모님과 언니 그렇게 셋이서만 한 번 더 병원에 다녀왔는지, 학교에서 돌아와 보니 집 안이 정말 조용한 거야. 문틈 너머로 엄마가 우는 소리만 간간이 들렸어. 나는 겁먹은 채 언니 방으로 가 뒤돌아 누워 있는 언니에게 괜찮냐고 물었는데, 항상 내 눈을 보면서 또박또박 말하던 언니가 그때만큼은 등을 돌린 채 그저 약간 어눌한 말투로 오늘만 혼자 있게 해 달라고 말했어.

처음 보는 언니의 그런 의기소침한 모습도 낯설었지만, 언니가 나에게 무언가를 부탁하는 게 그때가 처음이었거든.

그게 꼭 열어선 안 되는 상자를 열고 그 안을 들여다본 기분이었어. 그대로 도망치듯 문을 닫고 부모님께 달려가 이런저런 질문을 하고 울기도 많이 울었지. 엄마도, 아빠도 나에게 병명이나, 다른 것들에 대해 자세히 말씀해 주시지 않았지만, 그 대신 언니가 앞으로 많이 아파질 거라고, 내가 언니를 많이 도와줘야 한다고 하셨어.

하지만 나는 그날 밤, 언니의 첫 부탁도 무시하고 언니의 그 작은 등을 꼭 끌어안았어. 언니 등에 처음 업혔던 그때를 떠올리면서. 그러자 그제야 언니도 뒤를 돌아보더니 등이 너무 축축하고 간지럽다며 자기는 괜찮으니까 나야말로 걱정 말라고 말해줬어. 평소처럼 밝게 웃고, 내 눈을 보면서 말이야…"

카노코는 손에 쥐고 있던 포크를 샐러드 접시 위로 내려놓더니 어느새 볼에 맺힌 눈물을 새하얀 손목으로 훔치기 시작했다. 나는 잠시 자리에서 일어나 엉클에게서 티슈를 받아 와 카노코에게 조심스레 건넸다.

"아, 응. 고마워… 그렇지만 류이치. 언니는 나보다 훨씬 마음이 단단한 사람이었어. 너처럼 농담도 잘했어. 한동안은 죽 같은 음식을 겨우 먹어 가면서도 그게 그렇게 맛있다며 한 그릇 더 먹겠다고 우기기도 하고, 살이 빠지니 조금 더 예뻐진 것 같다며 나와 사진을 찍자고 조르기도 했으니까. 그리고 한동안 다이스케와 셋이서 다니던 세계 여행도 멀리는 아니지만 빠지지 않고 다녔는데, 그것마저도 조금씩 팔과 다리까지 힘이 빠지고 저리기 시작해 금세 그만두곤 대부분 언니의 방에서 모였던 것 같아.

하지만 언니는 말도 점점 더 어눌해져 간단한 보드게임을 하는 것조차 힘에 부쳐 하기 시작했어. 그게 또 신경이 쓰였는지 어느 날엔 방 안에 하얀 화이트보드와 낡은 카세트 플레이어를 준비해 뒀더라고. 같이 놀러 다니지 못해서 미안하지만 대신 같이 이런저런 음악을 들어 보자면서. 물론 셋 모두 평소에 음악을 듣질 않아 우선 각자 들어 보고 싶었던 테이프를 사 와 매일 몇 시간이고 같이 듣고 이야기를 나눠야 했어도, 한동안은 아무 일 없었던 것처럼 나름 즐거운 시간이 이어졌어.

그러다 겨우 재즈가 가장 우리 취향인 것을 알게 될 때쯤이였어. 새벽 사이 무언가 굴러 떨어지는 큰 소리에 가족 모두 곧장 언니 방으로 달려가 보았는데 언니는 침대가 아닌 바닥에 엎드려 숨이 막힌 듯 정말 괴로워하고 있었어. 급히 병원으로 데려가 잔뜩 오그라든 혀를 겨우 펴내 숨을 쉴 수 있게 되었지만, 결국 언니는 그날을 기점으로 입원을 해야 했고, 셋의 모임은 그렇게 끝이 날 수밖에 없었어.

언니는 병원 침대에 붙잡히게 된 지 불과 한 달 만에 팔과 발 모두 움직이질 못하게 되었지. 마치 연약한 곤충이 끈끈

한 무언가에 달라붙은 것처럼 말이야. 가족들이 차례로 언니 곁을 지키며 모두 많이 울었던 것 같아. 물론 언니는 언니답게 가만히 누워서도 되레 우리를 더 걱정하고 안심시키려 했지만, 나는 그런 언니의 애쓰는 마음이 오히려 더 슬프게 느껴져 애써 갖은 이야기를 떠들어댈 뿐이었어. 학교에서 있었던 시답지 않은 일들이나 다이스케의 경기 소식, 거기에 신문에 실린 따분한 이야기들까지. 나는 몇 시간이고 쉴 새 없이 말했어. 조금이라도 덜 울고 싶어서. 그래도 언니는 한동안 내 이야기를 들으며 이따금 작게 웃어 보이기도 하고 어느새 편안한 얼굴로 잠이 들곤 했어.

그렇게 언니는 계속해서 움직이지 못하는 부분이 더 많아졌어. 얼굴 근육도 조금씩 굳어 가는 바람에 웃음도 눈에 띄게 줄어들었어. 내가 아무리 우스꽝스럽게 다이스케 흉내를 내도 소용이 없었어. 그리고 어느새 창문을 열면 무언가 불에 탄 듯한 겨울 냄새가 물밀듯 들어올 때가 되자, 언니는 겨우 눈동자와 손가락만 움직일 수 있게 되어 버렸어. 나는 그때부터 학교를 잠시 쉰 다음 언니 옆에서 아예 살다시피 했는데, 언니도, 가족도 모두 그러길 말렸지만 나만큼은 알았던 것 같아. 어떤 불씨가 눈에 띄게 약해졌다는 걸. 바람이 휙, 하고 불면 희뿌연 연기를 내며 꺼질 날이 며칠도 안 남았다는 걸.

그때부터는 정말이지 필사적이었어. 평소보다 배는 더 많이 이야기하고, 손이 아플 정도로 언니의 온몸을 주물렀어. 잠도 거의 안 자면서. 혹시라도 내가 잠든 사이에 언니의 불이 꺼지지는 않을까 정말 무서웠으니까. 언니는 날 걱정한답시고 충분히 그럴 사람이었어. 제발 하루만 더. 매일 밤 하지도 않던 기도까지 했어. 여름부터 시작된 일이 겨우 겨울밖에 되지 않았는데. 언니는 뭐가 그렇게 급했던 걸까.

그런데 하루는 있지. 깜빡 졸았다 눈을 떠 보니 언니가 꽤 바른 자세로 침대에 기대어 앉아 있는 거야. 어떻게 쥐고 있었는지는 모르지만, 손에는 작은 쪽지도 하나 쥐어져 있었어. 계속 눈짓으로 손을 가리키길래 쪽지를 살펴보니, 종이 위로는 '카노코. 날씨가 좋다. 답답한데 오랜만에 같이 여행 갈까?' 이렇게 쓰여 있더라고.

그것도 아주 삐뚤빼뚤하게, 어떤 주소랑 함께.

하지만 밖은 우습게도 며칠이나 금방 진눈깨비가 내릴 것 같이 어두웠거든. 그러니 아직은 손을 움직일 수 있을 때 미리 써 둔 쪽지겠구나 싶어 나는 또 울음이 나왔는데, 언니는 힘내서 웃으려는 건지 계속 눈만 바쁘게 움직이고 있었어. 그래서 나도 결국 마지못해 날씨가 좋다고, 그러자고 말한 뒤, 부모님께 달려가 언니가 갈아입을 옷 좀 가져와 줄 수 있겠냐고 부탁해야 했어. 언니도 오랜만에 꽤 괜찮은 것 같으니까 걱정 말고 집에 가서 목욕도 좀 하라고, 괜한 너스레도 덧붙였어. 물론 부모님도 걱정하는 눈치였지만 내 미소에 못 이겨 잠시 자리를 비웠고 나는 그사이 언니를 씻긴다는 핑계로 간호사 언니랑 같이 언니를 휠체어에 옮길 수 있었어. 우리는 그렇게 병원을 몰래 빠져나온 거야.

예상대로 바깥 날씨는 아주 흐리고 추웠는데, 언니는 나와 오랜만에 바깥에 나온 것만으로도 너무 행복해 보였어. 얼굴 근육을 거의 움직이지 못했고 말도 하지 못했지만 나는 알 수 있었어. 둘 다 땀이 날 때까지 내달렸으니까. 땀이 나면 너무 재밌는 일을 하는 거니까….

그리고 지나가는 행인 분께 주소를 물어보니 마침 그 근처라며 쪽지 위에 간단히 지도를 그려 주신 덕분에 어렵지 않게 찾아갈 수 있었어. 사실 찾아가는 곳이 어떤 곳일지는 하나도 안 중요했거든? 나는 계속 지금의 언니를 기억하자. 울지 말자. 잠깐이라도 슬퍼하지 말자. 그런 다짐만 되뇌기 바빴어.

그런데 류이치. 네가 믿을 수 있을지 몰라도 그렇게 도착한 곳이 바로 여기였어. 버드 말이야. 그날 입구엔 작은 공연이 있는 듯 전단지가 여러 장 붙어 있었고, 안에서는 무언가 따듯한 소리가 나지막이 울리고 있었어. 그 옆에서 언니는 뻣뻣하게 굳은 손가락 두 개를 겨우 조금 들어 보이면서 마치 잘했지? 하는 듯 나를 큰 눈으로 보고 있었지. 언니는 분명 함께 테이프를 들으며 언젠간 꼭 같이 라이브로 들어 보자고. 그렇게 지나가듯 약속했던 걸 잊지 않은 거야."

카노코의 눈은 쉼 없이 눈물을 내보이면서도 마치 저 먼 곳의 누군가를 보는 것처럼 조금도 흔들리지 않고 있었다.

"그런데 저기 저 문을 봐. 그때도 저렇게 좁았어. 딱 봐도 휠체어를 접지는 않고는 못 들어갈 것 같지 않아?"

천천히 카노코의 손끝을 따라가 보니 그 문은 꼭 대낮의 고양이 동공처럼 위아래로 길쭉한 모양이었다. 평소에는 전혀 몰랐던 사실이지만, 카노코의 상황을 떠올려 보니 그게 점점 터무니없이 좁은 틈같이 느껴졌다.

"우리는 결국 안에 들어가진 못했어. 그래도 나는 언니가 괜히 미안해할까, 문 앞에 놓인 벤치에 그대로 앉아 버렸어. 휠체어에 앉은 언니와 서로 마주 본 채로. 차가워진 손을 꼭 잡고 옅게 흘러나오는 소리에 맞춰 고개를 끄덕이며… 그렇게 한 시간이나 그 자리에서 음악을 들었어. 곡이 끝날 때마다 들려오는 인사소리에 같이 손뼉도 치고. 술을 마시는 흉내도 내며 장난도 쳤어. 중간중간 차가워진 언니의 볼에 손을 가져다 대고는 했는데, 언니는 필사적으로 울지 않으려 했던 건지 아니면 필사적으로 웃어 보이려 했던 건지 볼이 조금씩, 아주 조금씩 떨리고 있었어. 끊어지기 직전의 필라멘트가 온몸을 파르르 떨듯이.

 나는 그게 또 너무 슬퍼서 많이 춥다고. 그만 돌아갈까 하고 여러 번 물어봤는데 언니는 자꾸만 괜찮다며, 끝으로 한 곡만 더 듣자는 것처럼 눈을 꼭 감아 버렸어. 그 때문에 우리는 결국 한차례 공연이 끝나 안쪽에서 자리를 정리하는 듯 분주한 소리가 이어지고 나서야 병원으로 돌아올 수 있었어. 가 보니 부모님은 아직 돌아오지 않으셨었어. 아마 그날에 대해서는 여태 모르시는 것 같아. 대신 도와줬던 간호사 언니한테 들켜 추운 날씨에 어딜 다녀온 거냐며 꾸지람을 들어야 했지만, 그래도 나랑 언니는 한 번 더 여행을 한 거야. 그것도 아주 즐거운."

 카노코는 눈물을 흘려보내느라 어느새 부어 버린 눈이 부끄러운지 고개를 푹 숙이고 얼굴 이곳저곳에 흩어진 눈물을 마저 닦아 냈다. 그리고 다시 고개를 들었을 때에는 평소처럼 옅은 미소를 지어 보이고 있었다.

 "그 뒤로는 슬프고 괴로운 기억들뿐이었어. 언니는 결국 숨조차 기계에 의존해서 쉬게 되었고, 가끔 가늘게 눈을 뜨거든 하염없이 천장만 바라봤으니까. 내가 아무리 불러도 눈길을 주지 않았어. 그날 여행에서 언니는 마지막 인사를 하려고 했던 게 아닐까. 그런 즐거운 모습만 기억해 주길 바랐던 게 아닐까. 그래서 더 아쓱간이 내 눈을 피하는 게 아닐까.

그런 생각이 들 정도로 어떤 매정함까지 느껴졌어. 하지만 류이치. 나는 오히려 더 아무렇지 않게 계속 이야기를 했어. 마치 즐겁게 캐치볼을 하다가, 공을 받아 줄 사람이 없어져 뻔뻔스럽게 혼자 저글링을 하게 된 사람처럼. 우습지.

그런데 하루는 내가 뉴올리언스에 대해 말했던 게 기억이 나. 나 혼자서라도 다녀오겠다고. 가서 그날보다 더 멋진 재즈 공연 많이 보고 올 거니까 부러워하라면서. 나도 전날 잡지에서 봤던 내용을 떠든 것뿐, 딱히 진심도 아니었거든? 바로 그때였어. 언니가 갑자기 눈을 힘겹게 뜨더니 나에게 눈길을 주는 거야. 세상에서 가장 희미한 검은색. 오랜만에 마주 본 언니의 눈동자는 어느새 그런 색으로 변해 있었어. 그리고 그 눈동자는 또렷이 날 향한 채로 아주 천천히였지만 분명 위, 아래로 움직였어. 마치 나에게 꼭 다녀오라는 듯이. 나는 그게 또 참을 수 없이 슬퍼서, 그 먼 곳에 같이 가야지 왜 혼자 가게 하느냐고 말하곤 병실을 나와 버렸어."

카노코는 말을 마치자 마술을 보여 주려는 사람처럼 샐러드 접시에 비스듬히 걸쳐져 있던 은색 포크를 다시 한번 들어 올려 보였다. 그러곤 아까보다도 더 형태가 허물어진 계란을 집어 입에 쏙 넣었다. 그대로 몇 차례 씹는 것 같더니 금세 꿀꺽 삼켜 버렸다.

"끝. 언니의 이야기는 이렇게 끝이야."

나는 카노코의 긴 이야기 끝에 당장 무어라 말을 해야 할지 몰라 우선 한쪽에 치워져 있던 물컵을 들어 카노코에게 건넸다. 그녀는 받아 든 물을 아주 조금 입에 머금고는 말았지만, 한결 기분이 나아졌는지 숨을 크게 내쉬었다.

그리고 이때, 카노코의 머리카락에 가려져 있던 짙은 밤색의 블라우스가 빛을 받아 반짝거렸다.

"아."

나는 그제야 다이스케가 남기고 간 다정한 불안과 계절에 맞지 않는 카노코의 옷이 이해가 되어 나도 모르게 작은 탄성을 내뱉었다.

"맞아. 언니의 기일. 오늘로 세 번째야 벌써. 사실 언니를 잃어버린 이후로 나는 한동안 과거를 더듬어 가며 살았거든. 몇 달 만에 연기처럼 사라져 버린 언니가 너무 거짓말 같아서. 다이스케와 함께 가던 음식점들을 다시 돌아보고…"

"카노코. 안 그래도 다이스케가 떠나기 전에 널 잘 부탁한다고 말했어. 그것도 아주 걱정스러운 눈빛으로."

"다이스케는… 맞아. 언제나 그렇지. 걔는 내가 언니의 공백, 그 커다란 틈으로 가라앉지 않도록 필사적이야. 그 점이 때로는 나를 더 슬프게 하지만."

카노코는 말을 잇지 못하고 무언가 생각에 잠긴 듯 한참 자신의 손등만 간지럽혔다. 그러다 생각지도 못한 타이밍에 짧은 웃음소리를 내었다.

"류이치. 나 솔직히, 이 안쪽을 보고 싶지는 않았다?"

카노코는 이번에도 주변을 쓰다듬듯 바라보며 말했다.

"그날 문밖에서 언니와 함께 상상한 그 모습이 아닐까 봐. 생각보다 너무 멋이 없어서 그 기억마저 별것 아닌 것처럼 느껴질까 봐. 가능한 한 이곳만큼은 다시 오지 않으려 했어."

다행히 카노코의 걱정과는 달리 버드는 입구에서부터 풍겨 오는 세련되고 담백한 느낌이 실내까지 잘 이어지는 편이었다. 우선 테이블과 벽이 모두 짙은 색의 월넛 목재로 만들어져 결이나 만듦새가 아주 단단했다. 실내의 조명들은 모두 탁자 위에 놓여있거나 머리 정도 높이의 플로어 램프들로만 이루어져 있어 약간 어둡지만 전체적으로 차분한 분위기를 연출하고 있었다. 그 외에는 들어서자마자 라이브 공연을 위한 매끈한 나무 단상이 눈에 곧장 띄었고, 시원하게 뻗어 있는 기다란 바와 엘피판들이 빽빽하게 꽂혀 있는 벽걸이 장이 기억에 남는 정도였다. 그중에서도 칵테일을 만들기 위해 준비된 테이블, 그 안쪽으로 다양한 종류의 술병들만이 유일하게 뚜렷한 색을 가지고 있었는데, 자신들만 조명의 주목받는 게 부끄러운지 대부분 붉거나 노란 홍조를 띠고 있었다.

"겨울이 끝나고, 중학교 졸업식 날 학교를 나설 때였어.

다이스케는 어딜 가는지 말도 안 하고 계속 내 손만 잡고 어디론가 이끄는 거야. 그렇게 도착한 곳이 하필 이곳이었어. 여긴 학생도 환영이라며. 잡지에서 봤다고. 같이 오면 기뻐할 거라 생각했나 봐. 나는 당황해서 무어라 설명을 하려 머뭇거리고 있었는데 다이스케는 내가 단지 어색해서 못 들어오는 줄 알고는 먼저 문을 벌컥 열어 버렸어. 나는 그렇게 결국 안쪽을 보게 된 거고. 하지만 보시다시피 여긴 내 우려와는 달리 꽤 멋진 장소잖아. 다행이었어.

그리고 나는 짧은 복도를 걸으며 그런 생각을 했어. 언니도 다이스케와 같은 잡지를 봤구나. 처음부터 이 안쪽이 어떤 모습인지 알고 있었고, 그래서 더욱 나랑 함께 와보려고 했었구나. 단 한 가지, 문이 이렇게 좁을 줄은 몰랐겠구나. 나는 그때의 언니 마음이 자꾸만 더듬어져서 자리에 앉자마자 오늘처럼 한참을 울기만 했어. 겨우 진정이 되고 나서야 다이스케에게 그날의 여행에 대해 말해 줄 수 있었지. 그리고 다이스케는… 말 안 해도 알지?"

"당황해서 땀 흘리고, 엄청 미안해했지?"

"응. 바보 같았어, 정말. 그 큰 덩치로 놀라면 주위 사람들이 다 우리만 본다니까."

"마음이 너무 넓어서 그래. 몸이 이 정도는 되어야 균형이 맞잖아."

내가 어깨를 활짝 펴며 다이스케를 따라 했더니 카노코는 또 한 번 고개를 숙이며 옅게 웃었다.

"내가 아까 말했던가? 다이스케는 묵묵한 성격이었다고."

"그랬지. 하지만 나는 네가 말이 많았다는 게 더 믿기 힘든걸."

"별것 없어. 오늘 내 모습을 떠올려 보면 돼."

카노코는 이번에도 조용히 자신의 블라우스의 소매를 매만지며 말했다. 다만 이렇게 거추장스러운 옷은 잘 안 입었었다고 한마디 덧붙였다.

"그러니까, 류이치. 혹시 우리에게 평생 사용할 수 있는 말의 수가 정해져 있다면, 꼭 물이 솟아나는 우물처럼 말이야. 나는 나에게 주어진 양을 모두 언니에게 부어 버린 모양이었어. 어느새 마른 바닥이 보이는 줄도 모르고. 그러니 항상 말을 하려 하면 목이 갈라진 듯 말이 잘 안 나왔어. 끝내 말을 하면 쥐어짜는 듯 고통스러웠고. 그래. 분명 널 만나기 전까지는 그랬어."

"나를?"

"응. 너를."

이때, 카노코의 목소리는 한순간 또렷하게 변해 있었다. 꼭 바람에 흔들리던 갈대가 갑작스레 곧게 바로 선 듯했다.

"물론 제대로 된 말을 하기까지는 다이스케의 도움이 정말 컸어. 그렇게 시종일관 진지하기만 하던 애가 내가 입을 꾹 다물게 되자 점차 말을 많이 하기 시작했거든. 꼭 마중물을 붓는 모양새로. 그런 자신이 어색하고, 또 힘들었을 텐데… 아마 그 애만의 방식으로 나와의 균형을 맞춰 보려 했던 것 같아. 그렇지만 류이치. 다이스케는 당시의 나만큼이나 이별에 서툴렀어. 얼마나 서툴렀으면, 언니의 첫 번째 기일에 그런 말을 했겠어? 자신에게 끈을 묶어 두라고. 그럼 얼마든지 슬퍼하고 마음껏 가라앉아도 괜찮을 거라고. 그러니까, 다이스케는 방향이 아니라 방식에 있어서 아주 서툴렀던 거야. 나는 덕분에 아주 깊은 곳으로 빠지지는 않았지만, 오히려 더 자주 무릎 높이의 슬픔에 빠지게 되었거든. 나는 그곳에서 한참을 허우적거리기만 하고.

심지어 '말'에 대한 것도 그래. 비록 얼마간이었지만, 내가 애써 남겨 둔 공백마저 다이스케가 서둘러 채워 버리니 나는 더 말을 하지 않게 되었던 것 같아. 아니, 더 정확히는 말을 할 필요를 못 느끼게 된 거지. 그리고, 아마 선수 생활을 그만둔 것조차 나 때문이 아닐까 생각해. 대회가 있으면 지금처럼 며칠씩, 혹은 몇 주씩이나 다른 도시로 가야만 했거든. 아마도 다이스케는 끈이 끊어진 채로 혼자 남겨질 내가 걱정이 되어서…"

카노코는 다이스케를 떠올리고 있는지 조금 더 밝게 웃는듯했지만, 그 모습이 굉장히 메마르고, 쓸쓸해 보였다.

"나는 그렇게 점점 늘어만 가는 다이스케에 대한 부채감이 너무 선명하게 느껴져서 어쩔 줄을 몰랐어. 나도 그 애를 많이 좋아했는데, 나에게 더 잘해 줄수록 나는 더 힘내서 좋아해 줘야 할 것 같았어. 그 애가 나를 위해 포기하는 것들이 많아질수록, 나 또한 많은 것을 포기해야 할 것 같았고. 내 말 이해가 돼?"

"응. 그것도 어쩌면 균형이겠지. 서로 항상 같은 무게를 유지해야 하니까. 마음 위로 얹히는 게 좋은 것이든, 좋지 않은 것이든."

우리는 이 말을 끝으로 한동안 흘러나오는 노래에 자리를 비켜 주고, 침묵의 장막 뒤에서 숨을 골랐다. 먼저 무대 위로 올라온 것은 카노코였다.

"사실 우리가 지금 이렇게 먼 학교까지 오게 된 이유도 그래. 집 주변에는 언니가 다녔던 학교 하나뿐이었거든. 그걸 다이스케도 알았을 거야. 그 이유를 직접 입 밖으로 내뱉지는 않았었지만, 이 학교가 집에서 멀긴 해도 수학 관련된 전국 대회에서 여러 번 입상했다고, 내가 좋아할 것 같다며 에둘러 말해 줬어. 아마 졸업과 동시에 무언가 결심이 선 건지 다이스케는 더 적극적으로 줄을 당기기 시작한 것 같아.

그만 내가 슬픔에서 빠져나올 수 있도록. 그리고 그런 노력 중 하나가 류이치. 바로 너였어."

나는 곧장 무어라 대답을 하려 했으나 주변은 어느새 저녁 공연을 준비하고 있는지 꽤 소란스러워져 있었다. 그 때문에 나는 목소리가 묻힐까 싶어 몸을 카노코가 있는 방향으로 기울여야 했는데, 카노코는 그것이 내 대답의 전부인 줄 아는 듯 서둘러 말을 이어 갔다.

"오해는 하지 않았으면 좋겠어. 하지만 류이치. 너와 내가 당장 달에 있다고 생각해 봐. 그럼 공기가 없으니 지금처럼 간단히 말을 전달할 수 없을 거야. 맞아. 나와 다이스케의 상황이 정확히 그랬어. 갑작스레 언니라는 공기가 증발해 우리는 제대로 의사소통을 할 수가 없게 되었어. 진공 속에서 우리는 평소처럼 계속 입만 뻐금거리기만 하고… 어려서부터 가장 작은 단위이긴 해도, 세 명이라는 사회의 관계 속에서 말하는 것에 익숙해지면 어느새 한 사람대 한 사람으로서의 의사소통은 꽤 낯설게 되거든. 게다가 아까 말했듯 언니는 아홉 살이나 많았으니까. 우리가 마음을 조금만 내비쳐도 그 마음을 본인이 가장 빠르게 캐치하고 엇나가지 않게 잘 이어 줄 수 있었어. 이상하리만큼 의존적이었다는 건 인정해. 하지만 우린 미래가 어떻게 될 줄도 모르고 그저 이런 관계가 오랜 시간 지속될 기라 생각했어

그러니 다이스케는 아주 다급했을 거야. 좀처럼 걱정하는 마음이 나에게 잘 닿지 않고 대부분 진공 속으로 흩어져 버린다는 걸 본인도 느꼈고, 더 이상 오해가 쌓이면 손쓸 수 없다는 것도 알게 됐겠지. 그 때문에 시간을 들여 새로운 의사소통의 방법을 찾기보다는 당장 '언니' 같은 사람을, 우리에게 필요한 공기를 찾아내려 한 거였어. 나는 그게 단순히 언니를 대신하려는 것 같아 달가워하지는 않았지만, 워낙 완강한 다이스케의 설득에 져 버리고 말았어."

카노코는 내가 자신의 말에 비난이라도 할까 두려웠는지 어느새 나를 따라 몸을 앞으로 숙였고, 쉬지 않고 말을 가로챘다.

"물론 네가 언니랑 생김새는 영 딴판일지 몰라도, 솔직히 널 처음 보고 많이 놀랄 수밖에 없었어. 분위기나, 행동이. 특히 가볍게 농담만 툭 꺼내 놓는 그런 말투가 정말 언니를 떠올리게 했으니까. 하지만 류이치. 우리가 너와 함께할 때엔 언니를 잊어버릴 만큼 즐거웠어. 게다가 우리는 셋 다 같은 나이잖아. 오히려 모든 게 더 자연스러워서 언니에게 미안할 정도였는 걸. 그리고 넌 분명히 고유한 한 사람이야. 아니, 고유한 것을 떠나서 아주 소중해."

이쯤부터 나는 카노코에게 언니분의 사진이라도 보여 달라고 하고 싶을 지경이었다. 이들을 만나 처음으로 있는 그대로의 내 모습을 찾아가고 있다고 생각했는데, 이조차도 결국 누군가의 역할을 하고 있었던 게 된다.

하지만 동시에 그녀가 끝으로 내뱉은 소중하다는 말에서는 깊고 따듯한 감정이 느껴졌다. 카노코는 평소에 이렇다 할 살가운 말을 하지 않았기에 나에겐 그 이야기가 더욱 혼란스럽게 다가왔고, 덕분에 머릿속은 약간의 배신감과 다정함으로 푹 젖어 긴 시간 나를 침묵하게 했다. 나는 한동안 가만히 입을 다문 채 유리컵을 쥔 손에 힘을 줘 가며 카노코의 언니 이야기를 다시 떠올려 보고, 그 위로 나를 다시 덮어씌워 볼 뿐이었다.

"있잖아 나, 사실 여태껏 네가 떠나갈까 봐 용기가 안 났어. 그러니 아예 이런 이야기를 끝까지 말하지 않거나, 그것도 아니면 다이스케에게 대신해 달라고도 할 수도 있었지. 그런데 너는 너야. 아무나 데리고 와 대체할 수 있는 사람이 아니라는 걸 우린 처음부터 알았어. 네가 버릇처럼 스스로를 평범하다 해도 말이야. 류이치. 생각해 봐. 저울의 양 끝단에 서 있는 두 사람만큼이나 가장 정중앙에 서 있는 사람도 단 한 명인걸. 우리는 널 그렇게 생각했어. 그리고 나는 지금 떨어질 각오를 하고 그 저울의 끝에서 너에게 걸어온 기야. 이 무런 줄도 잡지 않고…"

말을 끝마칠 때쯤에는 카노코의 얼굴이 작은 테이블의 중앙에 위치할 정도로 나에게 가까워져 있었다. 주위로 조명이 불안정하게 일렁였고, 위태로운 감정이 얼굴 위에서 금방이라도 쓰러질 듯 춤을 추었다. 네가 이 손을 잡아 주지 않으면 나는 곧 떨어지고 말아. 카노코는 표정을 통해 이런 말을 덧붙이는 듯했다. 그 때문에 나는 당장 괜찮다거나, 이해한다는 말들을 엮어 카노코에게 던져 주려 했다. '우선 이거라도 잡아.' 하고.

하지만 이런 허름한 끈은 쉽게 끊어지고 말 게 분명했다. 그러니 나는 여태 말하지 못했던 나의 과거에 대해, 몇 번이나 바뀌었던 나의 이름에 대해 말해 주기로 마음먹었다. 나 또한 저울의 한가운데에서 벗어나 카노코 쪽으로 걸어가기로. 함께 위태로운 입장이 될지라도 직접 손을 내밀고 싶었다.

그러나 곧 라이브 공연이 시작되려는지 갑작스레 주변의 조명이 어두워져 카노코의 얼굴은 순식간에 어둠 속으로 사라져 버렸다. 거기에 무대 위로 올라온 트럼펫과 콘트라베이스가 조율을 하며 전축보다 배 이상 큰 소리를 내는 탓에 더 이상 어떤 말을 꺼낼 수도 없게 되었다.

나는 결국 입을 다물고 카노코에게 손짓을 통해 밖으로 나가자고 한 뒤 엉클에게 다가갔다. 엉클은 오늘 계산은 됐으니 공연을 꼭 보고 가라며 인상 좋게 웃어 보였지만, 나는 애써 손목에 있는 시계를 가리키며 아쉽다는 표정을 지었다. 뒤를 쫓아온 카노코도 엉클에게 간단한 눈인사를 건넸고, 우리는 그렇게 다시 후덥지근한 도심의 공기 속으로 나오게 되었다.

바깥은 어느새 완연한 밤이었다. 무더운 여름답게 하늘과 구름에는 아주 옅은 푸른빛이 맴돌았다. 눈이 한동안 어둠에 익숙해져 있었다 보니, 수많은 간판들과 조명 가게의 조명들이 유난히 더 눈부시게 느껴졌다.

멀리서부터 들려오는 전철 소리와 사이렌 소리. 닫힌 문에서 옅게 새어 나오는 음악 소리. 자동차들의 클랙슨과 엔진 소리. 길을 걷는 수많은 사람들의 웃음소리와 발소리까지. 도시의 번잡한 합주가 낮 동안 달궈진 바닥에 닿지 않으려는 듯 뜨거운 공기 위를 아지랑이처럼 헤엄치고 있었다. 우린 그 속에서 한참을 아무 말 않고 서 있었다. 먼저 말을 걸어온 것은 카노코였다.

"저기, 류이치. 화난 건 아니지?"

"아, 응. 단지 조금 혼란스러웠을 뿐이야."

"하지만, 나 있지. 정말 용기 낸 거야. 네가 온전히 이해해 주지 못해도 어쩔 수 없지만, 그래도…"

"카노코. 사람과 사람이 오로지 선의만으로 이어질 수 없다는 건 나도 잘 알아. 게다가 나도 너희에게 아직 말하지 못한 게 많아. 그렇게 걱정하지 않아도 돼."

"응. 잠시만… 전화가 와서."

카노코는 이야기를 이어 가려다 말고, 스커트 안에서 숨죽인 채 울고 있던 전화기를 들어 내 쪽으로 들어 보이며 말했다. 내가 약간 미소를 지어 괜찮다는 뜻을 내비치자 그녀는 곧바로 뒤돌아 앞을 향해 몇 발자국 걸어가며 전화를 받았다. 그사이 나는 하얗게 드러난 카노코의 목 위에 앉아있던 시선을 가능한 먼 곳으로 놓아주었다. 그리고 내 과거를 어떻게 이야기해야 할지, 건조한 기억을 더듬어 보다 보니 문득 습관적으로 목이 마르다는 걸 느꼈다.

"미안해. 부모님 전화였어. 안 그래도 오늘이 언니 기일이니까. 걱정이 많으신 것 같아. 류이치. 혹시 내일은 시간 어때?"

단조롭게 반복되는 도시의 소리 가운데 불쑥 눈에 띄는 변화가 생겨 뒤를 돌아보자, 어느새 카노코가 가까이 와 있었다.

"내일이면 다이스케가 돌아오잖아. 약속대로 역에서 보자. 내 걱정 말고 어서 들어가 봐."

"맞다. 벌써 내일이었구나."

"응. 아마 한 시에 플랫폼으로 도착한다고 했을 거야."
"기억나. 그럼, 먼저 가 볼게. 류이치."
"그래. 조심히 들어가."
"너도. 안녕."

그러나 우리는 한여름 피부가 닿았다가 떨어질 때 끈적이는 것처럼, 안녕이라고 말한 뒤에도 아스팔트에 붙어 있는 발을 쉽게 떼지 못했다. 짧지 않은 침묵 끝에 카노코가 먼저 역으로 사라졌고, 나는 가만히 서서 그 뒷모습을 바라봤다. 나는 멀리서 전철이 들어와 뜨거운 한숨을 크게 내쉰 뒤 다시 발을 질질 끌며 힘겹게 떠나가는 모습을 끝까지 지켜보고 나서야 한껏 치켜들고 있던 고개를 떨어트릴 수 있었는데, 불현듯 버드의 간판에서부터 쏟아지는 빛에 짙어진 그림자가 바닥 위로 드리워져 있는 게 눈에 띄었다. 마치 가위로 공간을 싹둑 오려 낸 듯, 넘어지면 끝을 모르고 떨어질 것같이 선명했다. 덩달아 나는 나도 모르게 한 발짝 뒷걸음질 쳐 빛이 닿지 않는 간판 아래로 숨어들었다. 다시 모든 게 흐려져 마음이 놓였다.

마침 옆으로 벤치가 있어 풀썩 앉아 버렸고, 하루 사이 피로해진 눈을 지그시 눌렀다. 나는 그렇게 눈을 감은 채 한참이나 다이스케와 나, 카노코를 떠올렸다.

그 해 여름과 우리의 균형에 대해서.

4

 다시 한번 말하지만 나에게 잃어버린 것을 되찾는 건 아주 처음 있는 일이었다. 무엇보다 지갑은 잃어버리면 가장 곤란한 것 중 하나였으니 좀처럼 수상한 기분을 지울 수 없었다. 가령 회중시계를 손에 쥔 채 뛰어가는 이상한 나라의 토끼와 마주친 게 아닐까 하는, 그런 기분. 그 탓에 나는 일층에 다이스케와 카노코가 기다리고 있다는 걸 알면서도 한참을 제자리에서 망설였고, 결국 서둘러 지갑을 확인하고 올 요량으로 교실을 향해 발걸음을 돌리고 말았다.

복도에는 붉게 물든 햇빛이 수평에 가깝게 들어오고 있어 기다랗게 늘어진 창틀의 그림자가 한가득이었다. 복도를 걷는 게 아니라 거대한 피아노의 건반 위를 걷는 기분이 들 정도였다. 하지만 다들 저녁을 먹으러 나갔는지 누구에게도 들리지 않는 곡을 부지런히 연주하면서도 나는 쭉 혼자였다. 그 대신 교실 문을 열자 덜그럭거리는 소리를 내며 돌아가는 선풍기 한 대가 이따금 펼쳐져 있는 책들을 부드럽게 넘기고 있었다. 밖에서부터 뛰어다니는 남자아이들의 목소리까지 들려와 그다지 적막한 분위기는 아니었다.

　나는 곧장 사물함 앞으로 향한 뒤 내 이름을 찾기 위해 반 아이들의 이름을 한눈에 쭉 훑어보았는데, 문득 저마다 자신과 꼭 닮은 자물쇠를 매달아 두고 있다는 사실을 깨닫게 되었다. 아이들에게 무관심한 담임조차 자물쇠만 보고도 출석을 부를 수 있을 것 같을 정도였다. 보기에도 무거워 보이는 커다란 자물쇠부터, 나처럼 아무것도 걸어 두지 않는 사람까지 다양했다. 보통 가장 두껍고 무거운 자물쇠를 매달아 둔 사람이 사람을 믿지 못할 것이고, 아무것도 매달아 두지 않은 사람이 활짝 열린 마음을 갖고 있을 것이라 생각하기 쉽지만, 당시 나는 아주 반대로 생각하고 있었다. 저렇게나 잃어버리고 싶지 않은 것을 고작 사물함에 두고 다니는 것이야말로 인간을 신뢰하는 증표라고. 나는 애초에 무엇도 잃어버리고 싶지 않아서, 언제나 사물함에는 아무것도 두지 않았다. 겉에 붙은 이름표만 나의 것이지, 실상은 카노코와 다이스케가 가끔 체육복이나 간식들을 넣어두는 공용 우체통에 가까웠다. 그러니 다이스케가 나의 지갑을 먼저 발견한 것도 그다지 놀랍지 않았다.

게다가 당시 나의 사물함은 가슴 높이 정도에 위치한 데다가 경첩이 오래된 탓인지 항상 조금씩 열려 있어 단번에 찾기가 쉬웠다. 그날 역시 사물함은 약간의 허술한 틈을 보이고 있었다. 하지만 예상과 달리 그 사이로 곧장 지갑 보이지 않아 문을 활짝 열고 고개를 숙여 안쪽을 자세히 살펴보아야 했는데, 쌓여 있는 카노코의 책들과 다이스케의 스포츠 백 사이에 플라스틱 네임 택이 머리를 조심스레 내밀고 있는 게 눈에 띄었다. 카노코의 글씨체로 적혀 있는 이름을 보니 괜히 밉다가도 금세 반가운 마음이 불쑥 들었다. 그러나 곧장 손을 집어넣어 어렵지 않게 지갑을 꺼내 보일 때였다. 불현듯 머릿속으로 이름도 모르는 그녀의 기억이 새벽 사이 몰래 내리는 눈처럼 쏟아지기 시작했다.

피부에 닿으면 금세 녹아 버리고 마는 목소리. 까만 밤하늘에 별이 지나간 궤적을 그리듯 지상을 향해 완만히 쏟아져 내려오는 머리카락. 북극성처럼 밝게 피어오른 하얀 귓불.

생각해 보면 지갑은 실체가 있는 것 중 유일하게 그녀의 기억을 담고 있는 것이었다. 마침 지갑에서는 낯선 향까지 나고 있었다. 꼭 너른 초원에 비가 내리고 나면 맡을 수 있는 그런 향이었다. 나는 공기 중으로 뛰어가는 그 향을 좇아 한동안 헤매었지만, 이정표가 될 만한 게 아무것도 없는 초원에서는 금세 길을 잃게 될 뿐이었다. 다른 단서가 있을까 하는 기대를 가지고 지갑을 구석구석 살펴보았으나 예상대로 지폐는 없었고 겨우 동전 한두 개 정도만 깊숙이 숨어 있을 뿐이었다. 그 외에는 지난겨울 다이스케와 카노코, 그렇게 셋이 함께 찍은 사진과 버스 카드가 전부였다.

아쉽게도 토끼가 남긴 흔적은 그걸로 끝이었다.

*

더운 날씨에 아무런 소득도 없이 둘을 기다리게 한 게 아닌가 싶어 서둘러 내려가 보니 예상과 달리 카노코는 없고 어쩐지 다이스케만 혼자 서 있었다. 그리고 다이스케는 나를 발견하자마자 대뜸 카노코의 행방을 물어 왔다.

"뭐야, 류이치. 카노코는?"
"나는 당연히 너랑 있는 줄 알았는데."

"화장실에 다녀온 거 아니었어? 네가 보건실에서 곧장 내려오지 않고 꽤 늦어서 카노코한테도 그렇게 둘러댔더니 자신도 화장실에 다녀오겠다며 갔거든."

"아, 잠깐 교실에 다녀왔어. 그리고 아쉽지만 오늘은 소바로 결정이야. 하필이면 지폐만 없어졌더라고."

"음. 마침 잘됐네. 나도 오늘은 입맛이 없어서."

"그럼 딱 두 그릇만 먹는 걸로?"

"아니, 세 그릇."

"그래. 카노코랑 나는 굶으면 되니까."

다이스케와 내가 우스갯소리를 주고받으며 요 근래 일어난 일이 모두 별일 아니라는 듯 굴고 있자, 때마침 뒤편에서 카노코의 목소리가 들려왔다.

"지갑 찾았구나?"

"응. 오늘 소바 괜찮지?"

"아무래도 좋아. 그나저나 어디서 찾은 거야?"

"사물함에 덩그러니 놓여 있던걸."

내가 대답 대신 옆을 바라보자, 그 자리에 서 있던 다이스케가 사뭇 자랑스럽게 말했다.

"잃어버리지 말라고 내가 이름표도 두 개나 달아 뒀잖아. 류이치."

"미안, 대신 하나 더 달아 둘게. 세 개쯤 되면 훔쳐 가는 사람도 뭔가 무서워서 포기하고 말 거야."

"됐어. 그보다 몸은 좀 어때?"

카노코는 나의 허물없는 너스레에 포기했다는 듯 쓴웃음을 지어 보이며 말했다.

"이젠 걱정 안 해도 돼. 정말이지 오랜만에 푹 잤거든. 다이스케를 업고 다녀도 될 정도야."

"농담 말고, 진짜 괜찮은 거야?"

나는 이때 가만히 서 있다가는 괜히 카노코의 걱정만 더욱 짙어질 것 같아, 종일 아무것도 먹질 못했으니 우선 걸으면서 이야기하자며 한 번 더 대답을 얼버무렸다.

그 당시 도심이라면 어디든 길이 비좁았던 탓도 있었지만, 나는 언제나 뒤에서 걷는 게 마음이 편해 먼저 걷는 이 둘의 뒷모습을 바라볼 기회가 많았다. 특히 평소보다 땅에 가까워진 해가 따가운 빛을 내리쬐면 다이스케는 의식적으로 카노코보다 약간 앞에서 걸었는데, 저 커다란 몸으로 기꺼이 그늘이 되어 주는 걸 볼 때마다 마음이 간지러웠다. 다만 큰 그늘을 만들수록 그만큼 많은 부분으로 햇빛에 막아야 하니 다이스케는 평소보다 많은 양의 땀을 묵묵히 흘릴 뿐이었다.

그날 역시 어찌나 땀을 많이 쏟아 내던지 나는 식당까지

가는 짧은 거리 동안 흘러넘친 애정을 주워 먹으며 배가 부를 지경이었다. 그러나 도착한 식당이라고 그다지 시원하지는 않았다. 나는 실망한 다이스케의 모습을 보며 카노코와 눈웃음을 주고받았고 자판기에서 각자 다른 메뉴를 시킨 뒤 주방을 마주 보며 한 줄로 나란히 앉았다. 언제나 다이스케는 자신의 큰 덩치가 걸리적거리지 않도록 가장 안쪽에 앉는 버릇이 있어 이날도 자연스레 나와 카노코, 다이스케 순으로 앉게 되었다.

"다이스케, 정말 한 그릇으로 괜찮겠어?"

더위 탓인지 가게에는 제법 사람이 많았다. 그러나 그런 어수선한 상황에서도 다이스케의 넓은 손에 올라가 있는 작은 교환권은 유독 나의 눈에 띄었다.

"나중에 잃어버린 돈들도 사물함까지 찾아오지 않을까? 지갑처럼 제 발로. 그때 가서 또 사 주면 돼."

"그렇지만, 지폐에는 이름을 써 놓질 않았어."

"으음, 하긴. 이름을 쓰건 네 얼굴을 그려 놓건 지폐에 낙서는 범죄니까. 어쩔 수 없지."

"훔쳐 간 사람. 역시 우리 학교 사람이야."

옆에 앉아 가만히 말을 듣고 있던 카노코가 갑작스레 입을 열었다.

"응. 내 사물함까지 아는 것 보면 그럴 수도 있겠다."

"그렇지만 신기해. 분명 버스에서 잃어버렸다고 했잖아."
"아마도 거기서 주웠나 봐. 우연히 같은 학교였고."
"의심 가는 사람은 없어?"
"음, 다이스케?"
"저기, 난 진지하단 말이야. 진짜로 없는 거야?"
카노코는 어느새 혼자 꽤 심각한 표정이 되어 있었다.
"응. 당장은."

나는 그렇게 말하면서도 속으로는 분명 이름 없는 그녀일 것이라 생각했다. 그럼에도 어디서부터 그녀에 대해 이야기를 시작해야 할지 몰랐고, 어쩐지 그녀가 이 둘에게 밉보이지 않았으면 하는 마음이 나도 모르게 가장 먼저 앞섰다.

"지갑 잠깐 봐도 될까?"
"그러시죠, 수사관님."

애초에 카노코가 처음 선물해 준 것이기도 했으니, 나는 미안한 마음을 표현하면서도 동시에 점점 더 무거워질 것 같은 분위기를 피하려 계속해서 애를 썼다. 지갑을 받아 든 카노코는 이리저리 살피더니 달려 있던 이름표 하나가 없어진 것을 금세 알아챘다.

"저기 류이치. 이름표도 하나뿐이야."
"정말? 흠, 그래도 그것까지 훔쳐 간 건 아닐 거야. 어딘가 떨어뜨리거나 하지 않았을까."

"당연하지. 누구도 그걸 가지고 싶어 하진 않을 테니."

다이스케는 애초에 지갑에 네임택을 다는 것에 반대했었기에 이번에도 만족스러운 듯 웃으며 이야기에 끼어들었다.

"카노코. 다시는 잃어버리지 않을게, 약속해. 게다가 우리 사진은 무사히 돌아왔잖아."

나는 하얀 눈이 펑펑 내리는데도 소매를 힘껏 걷어붙인 다이스케와 한 뼘 두께의 목도리로 입을 가리고 있는 카노코, 오래된 카멜색 양모 코트를 입고 있는 내 모습을 가리키며 멋쩍은 듯 말했다.

"약속이야. 두 번째엔 안 봐줄 거니까 조심해."

다행히 카노코는 평소의 표정으로 돌아와 있었다.

"그 사진 오랜만이다."

사진을 찍었을 때가 생각난 듯 다이스케는 내 쪽을 향해 커다란 손을 내밀었다. 나는 신분증 따위가 있어야 할 자리에 껴 두었던 사진을 조심스럽게 빼내어 건네줬고, 카노코도 생각에 잠긴 듯 옆에서 사진을 흘겨보며 말했다.

"이때가 재작년 겨울, 첫눈 내릴 때였지? 크리스마스가 다 와서야 눈이 내려서 꽤 늦는구나 싶었어."

"그야 셋이 동시에 본 눈을 첫눈으로 치기로 했었으니까. 난 그때 벌써 네 번째 첫눈이었다고. 너희들은 조금이라도 추워지면 안에만 있으려 해서 항상 나보다 첫눈이 늦어."

다이스케는 제법 억울한 듯 대답했지만, 당시를 떠올리는 듯 표정은 변함없이 즐거워 보였다.

"우리는 너처럼 추위를 잘 못 버티는걸. 겨울에는 서점 같은 곳이 좋단 말이야. 그렇지?"

카노코는 그렇게 말하면서도 어느새 고개를 반대로 돌려 나를 보고 있었다.

하지만 나도 당시 이미 두 번이나 눈을 봤었다며, 고백 아닌 고백을 하려다 다이스케가 주문한 음식이 나와 슬며시 입을 닫았다. 그러자 사진도 자연스레 다이스케의 손에서 다시 나의 손으로 넘어왔다.

나는 곧장 사진을 받아 들자마자 원래 자리에 넣어 두려 했는데, 어쩐지 뺄 때와는 달리 쉽게 안쪽으로 들어가질 않아 한동안 애를 먹었다. 그사이 카노코의 음식까지 준비되어 둘은 먼저 식사를 시작했다. 머지않아 내가 주문한 음식도 나올 차례라는 뜻이었다.

그 때문에 나는 덩달아 마음이 급해져 살짝 벌어진 틈 사이로 사진의 한쪽 모서리를 걸치고 무리하게 힘을 줘 밀어 넣어 보았는데, 사진은 성공적으로 조금씩 들어가는 듯하다 이내 어딘가에 막혀 볼썽사납게 구겨지고 말았다. 허둥지둥 살펴보니 사진의 중간쯤에 커다란 금이 가 있었다.

어딘가 불길했다. 심장 한쪽이 균형을 잃고 미세하게 무거워지는 걸 느꼈다. 심지어 내가 구김을 조금이라도 펴 보기 위해 사진을 반대로 뒤집자 예상치 않게 드러난 새하얀 뒷면에는 여태 보지 못했던 무언가가 쓰여 있었다.
'A동, 5층. 토요일 방과 후에 봐.'
바람에도 지워질 듯 아주 연하고 부드러운 글씨였다.

한 달이 넘도록 솜씨 좋게 도망 다니던 토끼가 바로 이곳, 하얀 눈밭에 숨어 있었다. 나는 주름을 펴야 한다는 사실도 까맣게 잊어버리고 누군가 볼까 싶어 재빨리 사진을 다시 뒤집었다. 그러고는 사진을 제자리에 껴 두는 대신, 지폐가 있는 곳에 대충 비집어 넣고 지갑을 주머니에 숨겼다.
'분명 그녀일 것이다. 그녀가 나를 기다리고 있다.'
머릿속에는 이미 그런 생각만이 펑펑 쏟아져 눈앞을 하얗게 뒤덮고 있었다.

그러나 무언가에 홀린 듯 그 새하얀 눈밭으로 발을 내디디려던 찰나였다. 갑작스레 얼굴 앞으로 뜨거운 김이 올라오더니 내 앞에 두껍게 쌓인 모든 눈을 순식간에 녹여 버리고 말았다. 알고 보니 주인아저씨께서는 한참이나 소바면이 담긴 그릇을 들고 계셨던 모양이었다. 나는 죄송하다는 사과와 함께 쟁반을 받아 들었다. 그 뒤로는 가능한 한 아무렇지 않은 척 식사를 이어 갔다. 한여름에 뜨거운 국물을 잘도 먹는다며 누군가 말을 건넸고, 다이스케와 음식을 한두 번 바꿔 먹기도 했지만, 나는 건조한 웃음만 밖에 세워 둔 채 속으로는 도저히 정신이 없었다.

어째서 이렇게까지 기쁜지. 그녀를 떠올릴 때마다 어딘가가 가시에 찔리는 듯한 이 느낌은 무엇인지. 여태 아무도 다니지 않아 무성한 잡초로 가려져 있던 마음에 설렘같이 여린 것이 어떻게 찾아온 건지. 그래. 지난 몇 년간 카노코와 다이스케가 오고 가며 버려진 숲 같은 마음 한구석 어딘가로 오솔길이 새로 생겨난 덕분이다. 식사가 끝날 때쯤에는 이렇듯 떠오르는 여러 가지 생각들을 식히지도 않고 먹느라 가슴이 한편이 덴 것처럼 아프고 시큰시큰했다.

가게에서 나온 우리는 근처 편의점에 들러 기다란 아이스크림 바를 사 먹었다. 이때도 다이스케와 카노코가 무어라 큰 목소리로 떠들었지만, 나는 여전히 한마디 말도 꺼내지 못했다. 묘한 설렘이 새어 나오면 무어라 둘러댈 수 없을 게 분명했다. 겨우 적당히 웃고, 인사하며 헤어질 때 즈음에는 완전한 밤이었다. 나는 둘이 떠나고도 혼자 남아 한참을 도심 한복판에 가만히 서 있었는데, 왜인지 귀가 먹먹해 주변의 소음이 잘 들리지 않았다. 세상이 나를 중심으로 멈춘 듯 아주 고요했다. 작은 심장 소리만 불규칙적으로 들려왔다. 그러다 커다란 광고판이 갑작스레 새하얀 불빛을 사방에 뿌려 대는 탓에 감고 있던 눈을 뜨게 되었다. 내일로, 어서 내일로 가고 싶다는 마음이 솟아나는 걸 느끼면서.

그 뒤로 나는 한동안 멈춰 있던 발을 움직여 평소보다 빠른 걸음으로 정류장으로 향했다. 그러고는 평소에 타던 노선의 버스를 잡아탔다. 앉은자리도 매번 같은 곳이었다. 다만 이날은 창밖으로 건조한 풍경을 보는 대신 지갑에서 구겨진 사진을 꺼내 그녀의 안개 낀 글씨를 몇 번이고 읽어 보았다. 마치 몰래 숨겨 둔 사탕이라도 되는 듯 기분이 묘했다. 시설에 도착할 때쯤엔 사진을 아예 거꾸로 뒤집어 지갑 안에 넣었다. 가방의 짐을 풀어 정리하고, 몸을 정성 들여 씻고 나서도 여전히 잠들기엔 이른 시간이었다.

그럼에도 도저히 책이 손에 잡히질 않아 일찍 자리에 누워 눈을 감았고, 습관처럼 그녀를 몇 번이고 떠올리다 보니 오랜만에 이른 졸음이 밀려왔다. 어김없이 파도 소리 또한 점점 크게 들려왔는데, 그날은 어쩐지 다가오는 파도가 조금도 두렵지 않았다.

*

운이 좋았던 건지, 나빴던 건지 그다음 날이 바로 토요일이었다. 학교는 휴일 전날의 들뜬 분위기로 가득 차 있어 유난히 부산스러웠지만 나는 카노코와 다이스케에게 무어라 둘러대고 유도장에 가는 약속에서 빠져나올 수 있을지 고민하고 있었기에 저 혼자 월요일인 학생 같았다.

수업 도중 몰래 곁눈질로 시계를 보면 뾰족한 초침이 몸 어딘가를 찌르는 듯해 잠시도 앉아 있기가 어려웠다. 실제로 이곳저곳 식은땀이 조금씩 배어 나왔다. 그런 상황 속에 한참을 고민하다, 역시 아직 몸이 다 낫지 않은 것 같다고 이야기하기로 마음먹자 어느새 오전 수업의 끝을 알리는 종소리가 들려왔다.

"류이치. 너 안색이 어쩐지 다시 안 좋아진 것 같은데, 괜찮은 거야?"

나는 수업이 끝나기 몇 분 전부터 쭉 엎드려 있었음에도 나무로 된 교실의 바닥이 유난히 괴로운 소리를 내어 걸어오는 사람이 다이스케라는 것을 일찍부터 알았다.

하지만 얼굴을 마주 보려 일어나 보니 이마와 맞닿아 있던 팔뚝 위로 땀이 꽤 흥건하게 묻어 있어 스스로도 조금 놀랐다.

"음, 역시 오늘은 쉬는 게 좋겠다. 게다가 오늘은 아버지가 지도하시는 날이니까 걸리면 한참 붙잡혀서 고생할 게 뻔해."

다이스케도 땀으로 젖은 내 이마를 보고는 걱정스러운 듯 말했다.

"그렇지만, 나라도 없으면 너만 두 배로 바닥에 나뒹굴 텐데."

"내 걱정은 마. 카노코한테도 알아서 말해 놓을게. 참, 밥은 거르지 말고."

"… 그럼, 부탁 좀 할게. 너도 무리하지는 마."

"응. 그럴 테니까. 밥 꼭 챙겨 먹어. 월요일에 보자."

다이스케는 본인답게 그 짧은 대화에서도 밥이라는 단어를 두 번이나 썼으니 나는 배 속에 자리 잡은 허기짐까지 미안한 마음의 일부분인 것처럼 느껴져, 복도로 향하는 그의 뒷모습을 차마 끝까지 지켜볼 수가 없었다.

그 뒤로도 나는 고개를 숙인 채 하루 정도는 카노코와 마주치지 않도록 보건실로 잠시 자리를 피해야겠다고 생각할 뿐이었다. 며칠 전 다이스케의 말에 의하면 카노코는 내가 자신에게서 선물 받은 지갑을 잃어버려 기운이 없었던 게 아닌가 하며 계속해서 걱정을 한 모양이었다. 물론 지갑도 지갑이지만, 그동안 고백하기로 했던 나의 과거에 대해 여태 말도 꺼내지 못한 데다가 오히려 지갑을 훔쳐 간 그녀를 기억하기 위해 한동안 아팠다는 사실을 숨기기까지 했으니, 카노코를 보면 한껏 무거워진 죄책감에 고개 들기가 어려웠다.

곧이어 반 아이들이 본격적으로 빠져나가며 여기저기 창문과 미닫이문들이 거칠게 열리기 시작했다. 그 대신 밖에서부터 어디로 가자, 어디에서 만나자 하는 말소리가 한가득 뛰어들어와 교실의 빈자리를 채워 나갔다. 나는 그 가운데 천천히 몸을 일으켜 한껏 뜨거워진 공기와 산만한 분위기 속에 숨어 조심스레 보건실로 향했다. 그러고는 오직 에어컨의 바람 소리만 나지막이 올라가 있는 흰색 침대 위에 다시 몸을 누였다. 차가워진 베갯잇에 볼이 닿고 나서야 비로소 얼굴에서 열이 나고 있음을 실감했다. 역시 하루 만에 몸이 다 낫는다는 건 무리였겠다는 생각이 들었지만, 지갑을 꺼내 그녀가 남긴 글씨를 읽으며 지친 듯 느려지려는 심장에 몇 번이고 새하얗고 빳빳한 긴장감을 입혔다.

그렇게 십 분 정도의 시간이 지났을까. 바깥에서 들려오는 작은 소음마저 뜨거운 열기에 녹아내린 듯 어디론가 사라져 버렸다. 이제 숨을 꾹 참고 한껏 들뜬 여름 공기에 숨어 두 번의 층계만 오르면 지갑을 훔쳐 간 그녀와 만날 수 있었다. 조심스레 미닫이문을 열어 주위를 살펴보자 시간은 마침 정오를 지나고 있었는지 창문으로는 직접 빛이 들어오지 않아 한낮임에도 주위가 지나치게 어두웠다. 그 당시 학교의 그림자에는 언제나 약간의 푸른색이 섞여 있었기에 학교 전체가 커다란 하나의 수족관처럼 보였는데, 실제로 복도에 나와 계단까지 걷고 있으니 그 안에서 홀로 헤엄치는 물고기가 된 듯 기분이 간지러웠다. 그렇게 긴장감 때문인지, 숨이 부족한 탓인지, 자꾸만 느려지려는 발을 꼬집어 가며 복도 끝에 위치한 계단을 오를 때였다. 나는 뒤늦게 이 건물엔 4층까지밖에 없다는 사실을 깨달았다. 5층. 아무리 생각해 봐도 5층은 옥상이었다. 아니나 다를까 오르던 계단은 어딘가 툭, 하고 잘려 버린 것처럼 허무하게 끝났다. 옥상에 갈 수 있는 곳은 오직 중앙 계단뿐이어서 나는 다시 한번 긴 복도를 걸어야 했다.

4층 복도는 한 학년 아래 아이들이 쓰고 있어 그다지 와 볼 일이 없었지만, 조금 더 어질러져 있는 듯한 것 말고는 크게 달라 보이지 않았다. 다만 이곳은 소란스러운 1층과 가장 멀기 때문에 다른 층에 비해 지나치게 고요해 걸을 때마다 울려 퍼지는 발소리가 부담스러울 정도였다. 덕분에 나는 중앙 계단에 이르기까지 바닥으로 떨어지는 수많은 생각을 소리 없이 받아 내야만 했다. 그 애가 나를 어떻게 알았는지,

지갑은 어떤 이유로 훔쳤고, 어째서 다시 보자고 한 건지, 이름은 도대체 무엇인지, 만나면 무슨 말을 먼저 건네야 할지. 너무 많은 생각을 한 번에 껴안게 되어 다리가 조금씩 떨리고 숨이 차오를 지경이었다.

그러다 가까스로 무엇도 깨트리지 않고 옥상으로 향하는 마지막 계단 앞에 다다랐을 때였다. 나는 멀리서부터 금속과 금속이 서로 부딪치는 소리가 들려와 한참 전부터 고개를 치켜들고 있었는데, 별안간 오래도록 기억하려 애썼던 그녀의 목소리가 붉게 달아오른 나의 뺨 위로 사뿐히 내려앉았다.

"어서 와."

첫눈 같이 조용한 목소리가 녹지도 않고 피부에 닿으니 나는 흠칫 놀라 구름 뒤에 숨은 해를 찾으려는 사람처럼 더더욱 위쪽을 쳐다보게 되었다. 그녀는 긴 머리를 한쪽으로 모두 넘긴 채 한 층 위 계단 난간에 기대어 나를 굽어보고 있었다.

"조금 늦었네."

그녀는 가느다란 손목을 보면서 말했다.

아주 작게 말을 하는 탓인지, 아니면 옥상까지 이어진 높은 층고에 목소리가 울리는 덕분인지, 입술이 먼저 움직이고 목소리가 한참이나 늦게 도착하는 듯했다.

나는 곧장 대답으로 한 달이나 벼려 둔 뾰족한 질문을 꺼내 보이려 했으나 여러모로 당황한 탓인지 모서리가 둥글고 애매모호한 질문이 제멋대로 튀어나왔다.

"…저기, 넌 누구야?"

"아카리."

"아카리?"

"응. 하시모토 아카리."

주위가 여전히 어두웠음에도 아카리는 신기할 만큼 선명하게 보였다. 마치 자신의 이름처럼.

"그것보다 류이치. 괜찮으면 더 가까이 와 줄래? 깨물지 않을게."

나는 이때 버스에서 봤던 그녀의 옅은 미소를 다시 볼 수 있었는데, 그녀는 역시 자신이 어떻게 웃어야 그 아름다움을 상대방 깊숙이 찌를 수 있는지 알고 있는 듯했다. 속수무책으로 마음을 찔리고 나면 무조건 항복이다. 그런 까닭에 나는 겨우 두 번째 만남이었음에도 끝내 패전하여 가진 모든 것을 내어 주게 될 것이라 쉽게 예상할 수 있었다.

심지어 계단을 오르며 아카리에게 가까이 다가갈수록 점점 웃음이 나올 것 같으면서도 동시에 슬픈 표정이 지어지려고 하니 나는 점점 더 자신을 알 수가 없었다. 사람은 아주 차가운 것이든, 아주 뜨거운 것이든 피부에 닿을 때엔 얼마간 같은 감각을 느낀다고 한다. 그러니 나는 아마 아주 슬프거나, 기쁜 것에 다가가고 있구나, 생각했다.

동상을 입을지, 화상을 입을지는 나중의 일이었다.

마침 계단이 옥상까지 한 번 꺾인 채 이어져 있는 구조였던 탓에, 중간쯤부터는 아카리를 마주 보며 올라가야 해 마음을 가다듬기가 더욱 어려웠다.

아카리는 난간에 기댄 채 고개만 돌려 계속 내쪽을 바라만 보다, 내가 같은 높이에 도착하고 나서야 몸을 바로 세워 앞으로 한 발짝 다가왔다.

"되게 느리게 걷는다. 너."

아카리는 그렇게 한 번 더 아름답게 웃었다. 나를 완전히 무릎 꿇릴 셈이었다.

"너는 꽤 키가 작네. 그땐 몰랐어."

"이러면 같아질걸."

이런 나의 소심한 저항이 우습다는 듯 아카리는 곧장 내 옆으로 몇 발자국 더 다가와 뒤꿈치를 들어 올려 보이며 더욱 위협적으로 그 아름다움을 과시했는데, 나는 그 순간 나를 똑바로 올려다보는 아카리의 왼쪽 눈. 그 검정 동공에서 아주 깊은 바다를 보게 되었다. 빛조차 가닿지 못할 만큼 깊은지 바나는 저 혼자 한밤중이었다.

"그런데, 아카리. 왜 나를 여기까지 부른 거야?"

나는 금방이라도 그곳으로 발을 헛디딜 것만 같아 이번에도 아무렇게나 떠오르는 질문을 대신 밀어 떨어트려야 했다.

하지만 아카리는 내 질문에 말도 없이 획- 뒤돌았고, 자신의 가벼운 움직임을 따라 흩날리는 긴 머리카락을 보여준 뒤에야 한 템포 늦게 대답했다. 그게 마치 연극이 끝난 뒤, 눈 앞으로 부드러운 막이 드리워지는 것 같았다.

"류이치, 그동안 나 보고 싶지 않았어?"

"뭐라고?"

"나한테 네 지갑이 있었잖아. 되찾아야 한다거나, 밉다거나 그랬을 테니까. 솔직히 말해 줘. 날 몇 번쯤 떠올렸어?"

나는 그 터무니없는 자신감에 놀라 꼭 고해성사라도 하듯 아카리의 검은 머리카락에 대고 '아주 많이'라고 말할 뻔했으나, 아랫입술을 깨무는 것으로 간신히 입을 닫을 수 있었다. 최소한의 체면이라도 지키기 위해 내가 할 수 있는 건 침묵 밖에 없었다.

그러자 아카리는 내 대답을 얼마간 기다리다 말고 갑작스레 주머니에서 무언가를 꺼내 손에 쥐어 들었다. 이어서 조금 전 들었던 금속 소리가 한 번 더 들려왔고, 마침 손을 옥상으로 향하는 문의 손잡이로 가져가는 모습이 눈에 들어와, 그것이 열쇠일 것이라 나는 쉽게 짐작할 수 있었다.

하지만 문고리는 어딘가 간지러운 듯 몇 번이나 카랑카랑 소리를 내며 웃어 댔음에도 끝내 문을 열어 주지는 않는 듯했다.

"흐음. 역시 문고리가 아예 바뀌어 버렸어. 이 너머에 너에게 줄 게 있는데."

"거긴 옥상 아니야?"

"응. 옥상이니까. 평소에는 잠겨 있어서 아무도 안 가는 데다가, 숨길 곳도 많거든."

"그러니까, 나에게 줄 걸 저기에 숨겨 뒀다는 말이지?"

"맞아. 그러니 류이치, 나를 좀 도와줬으면 해."

부탁인지, 협박인지 모를 말이었다.

그 뒤로 그녀는 내 대답은 듣지도 않고 유령처럼 조용히 내 옆을 지나쳐 갔고, 그대로 계단을 소리 없이 내려가더니 4층과 옥상, 그 사이의 층계참에 멈춰 섰다. 그곳엔 오래되거나 망가진 의자와 책상들이 한쪽에 켜켜이 쌓여 있었는데, 아카리는 곧장 그것들을 안쓰럽게 여기는 듯 손을 올려 부드럽게 먼지를 털어 내기 시작했다. 그 모습을 지켜보던 나는 얼떨결 소스라치게 차가운 금속 문고리를 움켜쥐어 보고 난 뒤에야 놀란 듯 말을 건넬 수 있었다.

"하지만 나는 네 생각만큼 힘이 세거나, 손재주가 있지는 않은데."

"그 문은 잘못한 게 없는걸. 부순다거나, 괴롭힐 생각은 없어."

"그러면 어떻게 옥상으로 간다는 거야?"

그녀는 당장의 대답 대신 하얗고 작은 손으로 낡은 의자 하나를 힘겹게 들어 올려 층계참의 한가운데에 가져다 놓더니, 그 위로 불쑥 올라서서 말했다.

"바로 저기야. 같이 창문으로 넘어가자."

나는 마침 반 층 더 높이 위치해 있어 그녀가 한껏 올려다보고 있는 창문을 시선 높이에서 어렵지 않게 발견할 수 있었다.

"여기 있는 책상이랑 의자를 차곡차곡 쌓는 거야. 계단처럼. 그리고 그걸 타고 올라가면 돼. 하지만 나 혼자서는 두 개까지가 한계였어."

아카리의 말대로 조금 위험해 보이긴 해도 얼핏 보니 의자나 책상을 세 개 정도만 쌓으면 창문까지 어렵지 않게 닿을 수 있을 것 같았다. 그리고 아카리는 이미 내가 당연하게 도와줄 것이라 생각하는 듯 계속해서 쓸 만한 책상이나 의자를 찾기에 바빠 보였기에, 나는 마지못해 계단을 타고 반 층 아래로 향했고, 곧장 가운데에 덩그러니 놓인 의자를 치운 뒤 그 자리에 적당한 책상을 가져다 두었다. 가장 아래에는 적어도 몇 개의 책상이 필요해 보여 나는 계속해서 멀쩡해 보이는 것들을 한데 모아 갔다. 하지만 이어지는 적막 속에서 땀만 뚝뚝 흘리다 보니 문득 이 일을 돕는 게 구태여 나일 필요가 있는지 궁금해졌다.

"그런데 아카리. 이런 거라면 내가 아니라 누구든 도와줄 수 있는 거 아니야?"

"응. 그렇기는 하지만, 우린 서로 닮았거든. 도와달라고 부탁하기 좀 더 편하지 않을까 했어. 말했듯이 줄 것도 있고."

아카리는 어느새 자신이 방해가 된다는 걸 알았는지 잠시 뒤로 물러나 계단에 비스듬히 앉으며 말했다.

"아무리 생각해 봐도 나는 잘 모르겠는데. 어디가 닮았는지."

나는 그녀의 말에 곧장 다이스케와 카노코. 그 둘과의 첫 만남을 떠올릴 수밖에 없었다. 우리는 서로 가장 닮지 않았기에 만났는데, 이번엔 반대로 가장 닮았다는 게 그 이유였다.

"시설에 사는 것. 이것만 해도 우린 꽤 닮았을걸."

"네가?"

떠올려 보면 아카리는 처음부터 내가 시설에 사는 것을 알고 있었다. 하지만 나와는 달리 그녀는 뾰족하게 아름다운 외모로 어디에서나 눈에 띌 것 같은 분위기였다. 여태 여러 시설을 전전했지만, 이렇게 툭 튀어나온 아이는 본 적이 없었기에 내심 놀랄 수밖에 없었다.

"응. 그런데 류이치. 우리 여기서 이렇게 떠들고 있다가는 누구든 수상하게 볼 것 같지 않아? 오늘은 특히 더운 것 같으니까."

아카리는 내가 계속해서 식은땀을 흘리고 있다는 걸 눈치챘는지 걱정스럽게 말했다. 하지만 나는 이미 여섯 개의 책상으로 만든 첫 번째 받침대 위에서 다른 책상들을 올려 두고 있었기에, 어떤 대답 대신 곧바로 그녀를 책상 위로 불러낼 뿐이었다. 그러자 아카리도 내게로 와 먼저 손을 내밀었고, 나는 더위 속에 별다른 망설임 없이 그 손을 덥석 잡았다.

"네 손, 꽤 잘생겼어."

아카리는 흔들리는 책상 위에서 금새 균형을 잡더니, 손을 놓으며 불쑥 이런 말을 꺼냈다. 손이 잘생겼다니. 태어나서 처음 들어 보는 말이었다. 나는 더위 뒤로 숨어 있던 어색함과 부끄러움에 당황한 나머지 서두르듯 더 높은 책상 위로 아카리를 올려 줄 뿐이었다.

"안 그래도 이 손 다시 잡아야 해. 위로 한 번 더 올라가 볼래? 여기에 의자를 놓으면 이제 끝이야."

그러나 두 번째 책상 위에 올라선 아카리는 어쩐지 서로의 손을 놓자 조금 전과 달리 쉽게 일어서지 못했다. 책상의 상판을 잡은 채 숨을 고르는 듯 그 위에서 쪼그려 앉아만 있었다. 덩달아 나는 책상다리를 꽉 잡은 채 곧장 하늘을 올려다보게 되었는데, 아카리의 얼굴을 이토록 가까이서 본 건 이때가 처음이었다. 오른뺨의 부드러운 솜털이 창문에서 내려오는 조각 빛에 찔려 아프게 빛나고 있었다.

그리고 이때, 아카리는 분명 눈을 질끈 감고 있었다.

"아카리. 괜찮은 거야?"

내 걱정스러운 목소리에 눈을 살짝 뜨는 듯했지만, 아카리는 아래를 잠시 흘겨보다 말고 재빨리 눈을 다시 감아 버렸다. 긴장한 탓에 잔뜩 얇아진 입술이 약간씩 떨리는 게 보였다. 아카리는 결국 내 어깨 위로 작은 손을 올리며 조심스럽게 아래로 내려오기 시작했다.

"미안해, 예상보다 꽤 높아서."

"이런 건 전혀 안 무서워하는 줄 알았어."

아카리는 미안하다는 듯 연신 쓴웃음을 지어 보였다. 그러고는 얼마 안 가 바닥까지 내려가 버렸다. 나는 별수 없이 미리 올려 둔 의자를 두 번째 단의 책상 위로 올린 뒤, 계단을 타듯 그다지 어렵지 않게 창문에 닿을 수 있었다. 나는 창문을 열며 다시 말을 건넸다.

"내가 먼저 넘어가서 문을 열어 줄게. 생각해 보니 처음부터 그러면 됐을걸."

"응. 정말 그러네. 그래도 조심해야 해."

창틀 너머로 머리를 내민 탓에 아카리의 걱정이 불어오는 바람에 한 겹 가려진 채 들려왔다. 흐르던 땀이 조금씩 마르는 게 느껴질 정도로 산뜻한 바람이었다. 창문에서 옥상 바닥까지는 어린아이의 키보다 낮은 정도였기에 나는 그다지 힘들이지 않고 문의 반대편에 도착할 수 있었다. 그게 꼭 달의 뒷면에 닿는 기분이었다. 아주 낯설지만, 어쩐지 익숙한 기억이 있는 그런.

그 뒤로는 문을 열어주기 위해 별다른 생각 없이 손잡이를 쥐었는데, 나는 곧장 뒷걸음질을 치고 말았다. 은색의 금속 손잡이가 여름의 뜨거운 햇빛에 오래도록 달궈진 모양이었다. 얼마간 손바닥이 욱신거려 화상을 입은 게 아닌가 생각이 들 정도였다. 분명 연결된 같은 손잡이인데 등골을 서늘하게 할 정도로 차가웠던 안쪽과 달리 이렇게나 다른 온도라니. 나는 그런 점에 한 번 더 놀랐다.

그럼에도 안쪽에 겹쳐 입은 티셔츠로 손잡이를 감싼 채 십여 초간 뻑뻑한 잠금장치를 잡고 힘을 주자 문은 다행히 얼마 안 가 안쪽으로 자연스레 밀려나 주었다. 그러나 문 앞에서 기다리고 있을 줄 알았던 아카리는 곧바로 보이지 않았다. 혹시나 아래 층계에 앉아서 쉬고 있나 싶어 몇 계단쯤 내려가며 아래를 천천히 살펴보았지만 어디에서도 아카리의 모습을 찾을 수 없었다.

"아카리. 어디야?"

대답은 고사하고, 주변은 작은 인기척도 없었다. 어색한 내 목소리만이 끝없이 메아리치며 복도를 얇게 감싸 안았다. 그렇게 한번 더 주위를 살피며 조심스레 아카리의 이름을 부를 때였다. 이번엔 별안간 뒤쪽에서 열려 있던 문이 쿵, 하고 닫히더니 주변을 일순간 까맣게 뒤덮어 버렸다. 그 뒤로 나지막이 아카리의 목소리가 들려왔다.

"고마웠어. 잘 가, 류이치."

금속으로 된 문 너머에서 전해진 탓인지 감정이나 떨림이 체에 걸러진 듯 아카리의 목소리는 꼭 녹음기에서 흘러나오는 것만큼이나 지나치게 일정하고, 매끄러웠다.

게다가 곧이어 덜그럭하며 문이 잠기는 소리가 나기까지 하니, 말이 나오질 않을 만큼 당황스러웠다. 어색한 정적 속 오직 반대편 복도에서부터 들려오는 바람 소리만이 빙글 제자리를 돌고 있었다.

상황을 이해하고자 주변을 돌아보니 굳게 닫혀 있는 창문이 비로 눈에 띄었다. 조금 전 나는 분명 창문을 열어 뒀었다.

보아하니 아카리는 내가 문 뒤편에 도착했을 때, 이미 책상과 의자를 타고 나를 따라 옥상으로 넘어간 듯했다. 물론 조금 전 아카리의 하얀 피부와 입술, 책상을 꼭 부여잡은 손까지. 그녀의 모든 것이 서로 공명하듯 두려움에 파르르 떨던 모습을 생생하게 떠올릴 수 있었지만, 당장엔 이러한 가정 말고는 설명이 안 되었다. 나는 아카리에게 벌써 두 번이나 속았다는 사실에 긴장이 풀려 어느새 열려 있던 입술 사이로 웃음이 흘러나올 뻔했다. 얼마간 스스로가 바보 같았다.

하지만 그것도 잠시였다. 내가 결국 버려진 음료수 캔을 발로 차듯 씁쓸한 심정이 되어 계단을 내려가려 하자, 갑작스레 문고리가 다시 시끄러운 소리를 내기 시작했다. 그리고는 곧장 공연 중인 무대 위로 조명을 비추듯 내 주변으로 커다란 빛이 쏟아져 들어왔는데, 그때 나는 정확히 빛을 등지고 있어 바닥 위로 날 닮은 그림자가 태어나는 찰나의 순간을 똑똑히 지켜볼 수 있었다. 이어서 아카리의 가벼운 웃음소리가 텅 빈 공간을 채우기 시작했다.

"류이치, 놀랐어?"

다시 돌아보니 아카리도 빛을 등진 채 문턱 위에 서 있었다. 그리고 아카리는 흐느끼듯 터져 나오는 웃음과 웃음, 그 좁은 틈 사이로 능숙하게 사과를 끼워 보였다.

"미안. 계속 진지한 표정이길래 놀려 주고 싶어서."

아카리는 그렇게 한참을 제자리에서 웃었다. 그러다 진정이 되었을 때엔 별다른 말 없이 따라오라는 듯 손짓을 하더니 다시 뒤돌아 빛 속으로 가볍게 뛰어들었다.

다시 떠올려 봐도 짓궂은 장난이었다. 하지만 이상하게 화는 나지 않았다. 생각해 보면 지난번 지갑을 잃어버리고도 어쩐지 화가 나지 않았으니, 아카리는 지금도 나의 무언가를 훔쳐 간 게 분명했다. 그걸 알기 위해서는 눈밭으로 도망친 토끼를 한 번 더 따라가야 했다.

물론 어두운 곳에 서 있었기에 바깥이 하얗게 보였을 뿐 당시 옥상은 녹색 우레탄으로 뒤덮여 있어 사실 눈밭이 아니라 인공의 초원에 가까웠다. 그날 역시 옥상에 들어서자 한여름의 세상은 녹색과 파란색으로 깔끔하게 반씩 칠해져 있었다. 나는 눈이 시린 것도 참아내고 풍경을 한 바퀴 쭉 둘러보았으나 아카리는 예상대로 한 번에 발견되지 않았다. 다만 옥상에 설치되어 있던 커다란 스테인리스 저수조가 햇빛을 곧장 나를 향해 반사하고 있어 시선은 자연스레 그쪽으로 쏠릴 수밖에 없었다. 몇 개의 안테나와 에어컨 실외기 외에는 마땅히 몸을 숨길 만한 곳이 없는 옥상이었으니 저수조 뒤쪽 어딘가에 그녀가 있는 게 분명했다. 그 때문에 나는 곧장 저수조를 향해 걸었고, 동시에 혼란스러운 마음을 더듬어 보았다. '이번엔 무엇을 잃어버린 걸까' 하고. 하지만 나의 손에 만져진 것이라곤 고작 따듯한 땀과 햇살뿐이었다.

셔츠 아랫단에 흘린 땀을 모두 닦아 내자, 저수조 너머 난간 아래에 기대어 앉아 햇빛을 피하고 있는 아카리가 조금씩 보이기 시작했다. 한데 모은 발끝부터 수면 위로 드러나듯 천천히.

"아, 재밌었지. 정말."

아카리도 걸어오는 나를 발견했는지, 그 짧은 시간 동안 벌어진 일들이 마치 자신이 모두 준비해 둔 놀이라는 양 아이처럼 웃으며 소리쳤다.

"아카리."

"응?"

나는 당장 하나도 재미없었다고. 그렇게 못 박아 두려 했지만 아무리 생각해도 그녀에게는 이런 투정 같은 것이 소용없을 것 같았다. 나는 그 대신 내리쬐는 햇볕을 피해 아카리와 약간 거리를 두고 따라 앉아 버렸다. 그늘이 얼마 되지 않아 최대한 콘크리트 난간에 바짝 붙어 앉아야 했어도, 옥상 위로는 맑은 시냇물이 흐르듯 바람이 계속해서 불어왔기에 땀을 식히기에는 충분했다.

마침 산뜻한 바람에는 아카리의 향이 희미하게 실려 왔다. 그 매혹적인 향은 숨을 더 천천히, 더 가득 들이마시게 했는데, 그건 분명 지갑에 남아 있던 약간의 습기를 머금은 풀과 흙, 초원의 냄새였다. 덕분에 머릿속도 어느 정도 차분히 가라앉기 시작했다. 그 뒤로 나는 주위를 가득 메우고 있는 매미 소리가 어떤 규칙적인 리듬에 따라 약간 잦아드는 때에 맞춰 다시 말을 꺼냈다.

"그래서 뭘 어디에 숨겨 둔 거야? 나한테 줄 게 있다고 한 것도 장난은 아니지?"

아카리는 나의 질문에도 자신의 발끝만을 응시하는 듯 바닥에서 시선을 거두지 않은 채 한동안 말을 머뭇거렸다. 그러다 이내 생각이 정리된 모양인지 천천히 입을 열기 시작했다.

"그런 건 금방 알게 될 거야. 그보다 나에 대해 궁금한 게 더 많지 않아? 여기라면 아무도 안 오니까 뭐든 시간 들여 대답해 줄게."

"고맙다고 해야 할지 모르겠네."

"당연히 고마워해야지."

나는 마침 계속해서 불어나는 궁금증들이 감당하기 어려울 정도였기에 뒤죽박죽 섞여 버린 머릿속을 시간 순서대로 정리하며 잠시 뜸을 들었다.

그리고 머지않아 그중 가장 먼저 생겨난 질문을 불쑥 끄집어냈다.

"저기, 그때 내가 태연한 척한다고 했었잖아."

"그랬었나? 흐음. 맞아. 그랬던 것 같기도 해."

"그렇게 티가 났어?"

"아냐. 그런 건 너무 신경 쓰지 마. 시설에 사는 애들은 모든 일에 다 태연한 척만 하잖아. 너처럼 놀란 척도 잘 안 해. 쉽게 약점이 되니까. 그리고 시내에서 멀리 돌아가는 버스를 타기까지 했으니 한번 물어본 것뿐이야. 너는 보기 좋게 걸려들었고."

"그럼 지갑은 왜…"

"이번엔 내 차례야."

아카리는 순식간에 내 말을 가로막은 뒤 곧바로 자신의 질문으로 그 자리를 채워 버렸다.

"넌 언제부터 시설에 있었어?"

"그건 왜?"

"그냥. 궁금하니까."

"그다지 재밌는 이야기는 아닌데."

"뭐야. 시설 사는 애들이 서로의 과거에 재미 따위 기대하지는 않는다는 거, 네가 더 잘 알잖아?"

"이런 말 꺼내는 게 처음이라, 영 어색해서."

실제로 나는 함께 생활한 시설의 아이들에게조차 한번도 나의 과거를 말하지 않았다. 아이들이 구태여 캐묻지도 않았지만, 어쩐지 분위기가 그렇게 흘러갈 것 같으면 나는 재빨리 자리를 피했다. 그럼에도 아카리가 내 말이 이어지기를 기다리는 듯 얼굴을 빤히 쳐다만 보고 있어 나는 또 홀린듯 다시 입을 열게 되었다.

"아마 세 살인가, 네 살 때쯤일 거야. 정확한 나이는 기억이 잘 안 나. 처음 나를 거둔 원장은 질이 꽤 나빴거든. 나이를 먹어 가며 이것저것 물어봐도 매번 대답 대신 고마워하라는 둥 그런 말만 했으니까."

"질이 나빴다고?"

"응."

"조금만 더 이야기해 줄 수 있어?"

아카리는 이런 짧은 이야기로는 만족할 눈치가 아닌지, 오히려 눈을 더 크게 뜨고 있었다.

"… 다시 말하지만, 그다지 재미있는 이야기는 아니야. 그러니까, 아주 어렸을 때였어. 그때부터 내 이름은 세 개가 넘었어. 나는 기억이라는 게 생길 때부터 시설에 있었으니, 아마 그 이름들 중 진짜 내 이름은 없었을 거야. 게다가 시설에서는 그 이름들을 때에 따라 다르게 말해야 하는 연습을 시키기노 했어. 간혹 이름을 헷갈려 잘못 말하면 가차 없이 두꺼운 손바닥이 뺨 위로 날아들었지. 그때는 왜 이름이 자꾸 바뀌는지 잘 몰랐지만, 나중에 알고 보니 정부에서 고아원에 등록된 아동 한 명당 보육 수당 같은 걸 주고 있었더라고. 그러니 나는 평소에 머리를 길러 두었다가, 손님이 온다고 하면 다른 옷을 입고 머리를 짧게 잘라 며칠 만에 여자아이에서 또다시 남자아이로 돌아와야만 했어. 지금 생각해 보면 꽤나 허술한 분장이었는데도, 정부에서 나온 사람들은 딱히 자세히 보려고 들질 않았어. 무려 십 년간, 단 한 번도. 그들은 그저 일 년에 한 번씩. 암컷이 몇 마리인지, 수컷이 몇 마리인지, 딱 그 정도만 세고는 돌아갔어. 꼭 가축을 고르러 온 도축 업자같이 말이야.

그 뒤로도 그렇게 가정에 위탁되거나 입양되는 일 한번 없이 이름만 바꾸어 가며 비슷한 원장들에게 거래되는 느낌으로 여러 군데를 전전해야 했어. 매번 처음 주워진 아이로 신고되면서. 고베나 오카야마같이 멀지 않은 곳으로 옮겨 다니거나 아주 멀리 아오모리까지 가야 할 때도 있었어. 그래도 한참 먼저 나와 같은 취급을 받았던 선배들이 사회로 나가며 이런 이야기들도 함께 새어 나갔는지, 몇 년 전부터는 전국적으로 이런 식으로 운영한 곳들이 하나둘 문을 닫게 됐어. 나도 그 덕분에 이곳 시에서 운영하는 비교적 멀끔한 시설에 입소해 살 수 있게 된 거고."

"긴 머리였다니. 너무 귀여웠겠다. 여자애일 때는 무슨 이름이었어? 아즈사? 내 생각엔 이런 게 어울릴 것 같은데."

그녀는 이런 이야기가 그다지 놀랍지 않은 듯 오히려 내 얼굴을 이곳저곳 뜯어보며 호기심 가득한 표정을 지었다.

"처음 가진 이름이 미츠코였나. 하지만 이름이 너무 많았으니까, 성은 기억 못 해."

"혹시 내가 널 그렇게 부르면 화날 것 같아?"

"모르겠어. 나는 지금 이름에도 그다지 애착이 없어서 뭐라 불러도 크게 다른 감정이 들 것 같지는 않아."

"나는 미츠코도, 류이치도 둘 다 마음에 드는데."

"아카리는?"

"뭐가?"

"그 이름. 좋아해?"

"아니. 생각해 보니 나도 별로 좋아하지는 않네."

아카리는 잠시 고민하더니 작게 웃어 보이며 말했다.

"누가 지어 준 건지는 알아?"

"음. 아마 아빠가 아닐까. 엄마는 이름을 주기엔 자기밖엔 모르는 사람이었거든. 아마 아빠가 아니었다면 아카리라는 이름도 탐난다면서 뺏어 갔을 거야."

나는 그녀의 과거를 이제 고작 몇 마디 주워들은 것뿐인데도 벌써부터 시나게 무겁다는 생각이 들어 나도 모르게 인상을 썼다.

"류이치. 우리끼리 심각해지면 얼마나 처량해 보이겠어. 그러지 않아도 돼. 어렸을 땐 예쁨 잔뜩 받았는걸. 아빠는 그랬어. 엄마랑은 다르게 너무 나밖에 몰랐지. 내가 얼마나 좋았으면 사랑도 조금씩 나눠서 줘야 하는데, 한 번에 전부 줘 버리고는 속이 텅 비어 버렸는지 얼마 안 가 병에 걸려 죽긴 했지만."

아카리는 그 뒤로 한참이나 고개를 숙여 바닥을 응시했다. 주위로는 우듬지에 매달린 나뭇잎들이 불어오는 바람에 서로 몸을 부딪히며 아파하는 소리만 가득했다. 그리고 나는 그 소리 뒤에 숨어 생각했다. 살면서 언젠가는 누군가에게 내 이야기를 하리라, 그렇게 예상은 했지만 카노코나 다이스케도 아닌 겨우 두 번밖에 만나지 않은 상대에게 하게 될 줄은 몰랐다고. 그녀 역시 같은 생각을 하고 있을까 싶어 옆을 바라보자 아카리는 갑자기 무릎 사이에 파묻혀 있던 고개를 들어 내 쪽을 향해 몸을 기울이더니, 곧장 들뜬 목소리로 다시 이야기를 시작했다.

"저기, 류이치. 내 얼굴 좀 볼래? 네가 보고 있는 이 얼굴. 완전 엄마 거다? 아빠를 조금도 섞지 않은 것처럼 똑같아. 일곱 살 때, 그러니까 아빠가 죽고 나서부터야. 신기하게 점점 더 엄마 얼굴이 피어나기 시작했어. 반대로 엄마는 아빠보다 나이가 여덟 살이나 많았으니 점점 시들어 갔고. 엄마는 이런 사실을 잊으려는 듯 이런저런 남자들을 만났는데, 그 사람들에게 버림받을 때마다 그 화를 항상 나한테 풀었어. 너, 내 거 그만 가져가. 하면서. 내가 아빠의 사랑, 아빠의 생명. 그리고 끝끝내 자신의 젊음마저 뺏어 가는 존재라고 믿었던 모양이야. 불쌍하기도 하지."

나는 아카리가 숨을 고르는 잠시의 시간 동안 하얀 꽃같이 피어난 얼굴이 시들어 가는 것을 떠올려 봤지만, 꽃은 피어 있을 때 조금의 빈틈도 없이 아름다워 이런 상상은 쉬이 스며들 수 없는 법이었다.

"그리고 삼 년 뒤, 엄마는 엄마답게 죽었어. 한밤중에 수면제를 잔뜩 먹고 얼음물을 받아 놓은 욕조에 들어가 버렸거든. 더 시들기 전에 자신을 박제라도 하려는 듯 말이야. 나는 그걸 아침에야 봤는데, 녹지 않은 얼음들이 여전히 둥둥 떠다녔고, 온몸이 파랗게 변해서인지 욕조의 물까지 모두 파랗게 물든 것같이 보였어. 게다가 나, 그때가 돼서야 엄마 얼굴을 처음으로 가까이서 꽤 오랫동안 볼 수 있었다? 엄마는 한 번도 나를 똑바로 봐 준 적이 없거든. 가끔 닮았다고는 생각했지만, 그렇게까지 닮았을 줄은 몰랐어. 한참 거울을 번갈아 가며 보니까 신기할 정도로.

그러다 얼음이 거의 다 녹을 때쯤에는 거울에 내가 아니라 엄마가 보이는 것 같아 정신이 번쩍 들었어. 꽁꽁 얼어붙었던 감정도 그제야 녹았는지, 기어코 눈물이 되어 주룩주룩 흐르더라고. 딱히 엄마가 죽은 게 슬프진 않았는데, 결국 혼자 남겨졌다는 사실이 겁이 났나 봐. 아무래도 어렸으니까. 안 그래도 엄마는 젊었을 때 지역 방송에 종종 얼굴을 비추던 아나운서로 조금 유명했었거든. 이윽고 경찰들이 도착했을 때엔 기자들도 같이 우르르 몰려와서 이곳저곳 사진을 찍고, 또 울고 있는 내 얼굴도 몰래 찍어 가고 그랬는데, 혹시 류이치 너도 기사 봤을지도 몰라."

"그때쯤이면 아오모리에서 학교를 다녔으니까. 곧바로 생각이 안 나는 거 보면, 아마 못 봤을 거야."

"그렇네. 봤다면 아까처럼 그런 웃긴 질문은 안 했겠지. 이름도 아니고 내가 누구냐니."

눈덩이처럼 겹겹이 뭉쳐지는 불행을 말하면서도 아카리는 여전히 즐거운 표정이었다.

"하여튼. 엄마의 기사로 동네가 한동안 떠들썩했어. 그 탓에 학교뿐만 아니라, 동네 어딜 가도 불쌍한 아이 취급을 받았고. 마치 내가 어딘가의 모금함이라도 되는 듯 말이야. 근처로 가면 꼭 적선을 해야 할 것 같으니 불편해서 괜히 멀리 돌아가게 되는, 그런 거 너도 알지? 그래도 얼마 뒤에는 가족이라곤 하나밖에 없는 외할아버지한테 입양되기는 했지만…

사실 거의 연을 끊고 지냈다 보니 아는 게 하나도 없었어. 심지어 서로 얼굴도 몰랐으니까.

그런데 만나고 보니 그 사람. 하필 평생을 정치판에서 기웃거렸던 사람이더라고. 여태 세 번이나 중의원 선거에서 떨어지고 마침 마지막 선거를 앞두고 있었나 봐. 잘됐다 싶었는지 자기 딸이 죽은 것부터 나의 존재까지 어떻게든 선거에 이용하려 안간힘이었어. 학교를 빠지고 선거 유세에 따라가기도 하고 기자들을 불러서 이런저런 사진 촬영이나 특집 기사, 인터뷰 같은 걸 할 때는 꼭 내 손을 잡고 있었지.

응. 사실 그렇게까지 나쁜 사람은 아니었는데, 평생을 선거에 집착해서 머리가 어떻게 된 것 같았어. 그래도 역부족. 결과는 뻔했어. 근소한 차이도 아니고, 아주 대패했어. 그 뒤로는 선거에 전 재산을 다 쓰고 빚도 많이 진 데다가 나이도 많아 일 년이나 방 밖으로도 안 나가고 누워만 있다가 그대로 돌아가셨어. 그동안 나도 배도 많이 곪고 그랬으니 조금 남아 있던 친구들마저 다 멀어질 수밖에 없었고. 할아버지는 자존심이 쎄서 주위에 도움을 전혀 안 구했거든. 나는 그때 입던 옷을 매일같이 입고. 점심도 못 싸 갔어."

아카리는 구부리고 있던 다리를 쭉 펴며 간단한 스트레칭을 한 뒤 말을 이어 갔다.

"덩달아 얼굴이나 이름도 전교에 쭉 퍼져서 걸핏하면

의심도 많이 받았어. 회비가 없어졌다느니, 학원비가 얼마 모자란다느니. 하물며 체육복만 없어져도 난리였지. 내가 돈 없는 고아라는 걸 누구나 알았으니까. 결국 돌봐 줄 사람이 하나도 없어진 뒤로는 자연스레 시설에 입소하게 되었는데, 그때가 마침 여름 방학이었어. 응. 다들 이것저것 챙겨 주고 친근하게 대해 준 덕분에 잠시 동안은 마음이 정말 편안했어. 애들한테 의지도 많이 할 수 있었고. 그런데 류이치. 놀랍게도 개학하고 학교에 가보니, 그 애들 있지. 어떻게든 나랑 아는 척하지 않으려고 갖은 애를 쓰는 거야. 처음엔 괘씸해서 다 말해 버리고 싶었는데, 어쩌겠어. 괜히 시설에서도 밉보일 건 없잖아."

나는 이야기를 듣다 문득 중학생이었던 때 시설의 선배가 자살한 게 생각났다. 이 년쯤 사귄 여자애에게 용기 내어 시설에 사는 것을 고백했더니 금세 헤어지게 되었고, 그 이야기마저 밖으로 새어 나가 주위로부터 따돌림을 당하게 된 것이었다. 얼마 안 가 선배는 학교 옥상에서 떨어졌다.

"너도 알겠지만, 그 애들도 단지 최선을 다한 걸 거야. 고작 그런 방식이었지만."

"응. 모두 나 같은 꼴을 볼 필요는 없다는 걸 알아. 나, 끝까지 아무 말도 하지 않았어. 어떤 애는 몰래 나한테 찾아와 고맙다고, 그리고 미안하다며 막 울기까지 했다니까.

네 이야기도 어디 가서 떠들 생각도 없으니 안심해."

"나도 약속할게."

"그래. 시설에서 한참 먼 여기까지 오려고 내가 얼마나 노력했는데. 외할아버지 따라서 성도 바뀐 데다가 혹시라도 알아볼까 머리도 기르고, 일부러 많이 웃기도 하고."

말을 마친 아카리는 한동안 쓸쓸한 미소를 지은 채 기다랗고 검은 머리카락을 손으로 몇 번쯤 꼬았다가 풀어 보기만 했다. 그러다 무언가 생각이라도 난 듯 갑자기 제자리에서 불쑥 일어나 저수조 반대편으로 사라졌는데, 머지않아 철문 같은 게 어딘가 부딪혀 덜컹, 하는 소리가 들려왔다.

궁금증이 일어 따라가 보니 아카리는 저수조 맞은편으로 설치되어 있는 소화전 앞에 서 있었다. 보기에는 그 문을 열기 위해 안간힘을 쓰고 있는 듯했지만 듬성듬성 녹이 보이는 문은 그 뒤로도 몇 번이나 힘을 주었음에도 열리지 않았다.

"흐음, 오랜만이라 그런가. 아무래도 오늘은 문들이 다 나를 싫어하는 것 같아."

아카리는 힘을 줬던 손가락이 아픈지 다른 한 손으로 부드럽게 감싸 쥐며 말했다.

그리고 옥상은 둘러볼수록 예상보다 더 텅 빈 추위이었기에,

나는 이 기다란 소화전 안에 아카리가 말한 '나에게 줄 것'이 있음을 바로 알아챌 수 있었다.

"내가 대신 열어 봐도 괜찮지?"

"좋아. 하지만 대신 먼저 아무 말 않기로 약속해 줘."

이 안에 무엇이 있든 그동안 있었던 일보다 놀랄 건 없을 것 같아 나는 별다른 대답 대신 천천히 고개만 끄덕였다.

그리고 그런 내 생각이 짧았다는 것을 알게 되기까지는 그다지 많은 시간이 걸리지 않았다. 두 손 가득 힘을 줘 소화전의 문을 열어 내자마자, 뜬금없이 수십 개가 넘는 지갑들이 나의 시야로 물밀듯 들어왔기 때문이었다. 지갑들은 투명 지퍼백에 적어도 열 개씩은 담긴 채, 둥글게 감겨 있는 호스와 그 사이의 빈 공간 할 것 없이 이곳저곳 빼곡히 들어차 있었다. 그게 마치 길 잃은 토끼들이 모여 살고 있는 작은 고아원 같았다.

게다가 각자 일관된 분위기가 없이 제각기 다른 모양새로, 모두 훔친 게 분명해 보였다. 나는 일찍이 이름조차 잃어버린 사람이었기에 그런 장면이 꽤나 자극적으로 다가왔지만, 이미 무어라 말하지 않기로 약속했기에 작게 벌어진 입을 다물지 못한 채 뒤돌아 그녀를 바라볼 뿐이었다.

"자, 원래 이천 엔은 네 거야."

그녀는 그런 내 표정을 예상이라도 했는지 순식간에 가까이 다가와 가장 위쪽에 숨겨져 있던 지퍼백을 꺼냈고, 그곳에서 능숙하게 천 엔짜리 지폐 세 장을 빼내 나에게 쥐여주었다.

"나머지 천 엔은?"

"여기까지 도와준 데에 대한 보답."

아카리는 지퍼백을 제자리에 돌려놓은 뒤 소화전 문을 닫으며 마저 말했다.

나는 방금 본 것들이 다 무엇인지 이해할 수 없었다. 동시에 뜨거운 옥상에 한참 앉아 있다 일어선 후 한 번에 잔뜩 힘을 주어서 그런지 한순간 땅이 물렁해지는 듯한 어지러움을 느꼈다.

"그런데 너 아까부터 땀도 흘리고, 계속 아파 보여. 괜찮아?"

"아, 별거 아니야. 요 며칠 감기 기운이 있어서. 그런데 아카리. 이게 나한테 줄 전부는 아니지? 이렇게 돈만 돌려줄 거면, 지갑에 넣어서 돌려줬어도 됐잖아. 아까 보니 옥상에 오는 것도 충분히 나 없이도…"

갑작스레 시작된 두통이 쉽게 가시질 않아 양쪽 눈을 지그시 누르며 말하자 아카리는 순식간에 가까이 다가와 내 이마에 손을 짚었다. 아카리의 작고 하얀 손이 놀라울 만큼

차가웠다. 반대로 아카리는 내 이마가 놀라울 만큼 뜨겁다는 표정을 지었다.

"잠깐만. 일단 내려가서 마저 이야기하자."

아카리는 재빨리 문을 연 다음 나를 안쪽으로 밀어 넣으며 한 번 더 말했다.

이어서 문이 덜그럭하며 잠기는 소리가 고요한 공간에 울려 퍼지더니, 조금전 기어올랐던 창문이 활짝 열리며 아카리의 얼굴이 보이기 시작했다. 그녀는 아까와 달리 조금도 두려워하는 기색 없이 창문으로 뛰어오른 뒤 쌓여 있던 의자와 책상들 밟아 가며 손쉽게 내려왔는데, 곧장 나에게 따라오라는 듯 손짓을 한 뒤 저 멀리 앞장서 걸었다. 어디로 가느냐는 말에도 아카리는 발걸음만 재촉할 뿐이었다. 빈 교실과 기다란 복도에는 어느새 비스듬히 빛이 들어오기 시작해 아까처럼 어둡거나 파랗지 않았다.

*

이윽고 도착한 곳은 처음 출발했던 보건실이었다. 아카리는 내가 열려있던 문을 닫자마자 재빨리 커다란 책상 아래를 뒤적이기 시작했다. 그러고는 머지않아 무언가를 꺼내 들었다. 그건 이번에도 작은 열쇠였다. 눈에 잘 들어오지 않을 정도로 송곳처럼 아주 작은 모양새였다.

아카리는 그 열쇠로 맞은편의 커다란 캐비닛을 열어 해열제를 두 알쯤 꺼내 손에 꼭 쥐더니, 나에게 가까이 다가와서 먹으라는 듯 자신의 손을 내 입술 앞으로 올려 보였다. 계속해서 이어지는 예상할 수 없는 행동과 상황들이 그녀에겐 너무나 자연스러워 보였다. 나는 그렇게 하루 다가서면 어느새 이틀만큼 다시 멀어져 있는 아카리를 한동안 쳐다볼 수밖에 없었다.

우리는 눈을 마주 본 채 잠시의 침묵을 공유했다.

"혹시 물이 없으면 안 돼?"

몇 초간의 침묵을 깨고 아카리가 먼저 물어 왔지만, 나는 오히려 더 복잡해진 머릿속과 어지러움 때문에 입만 달싹일 뿐 여전히 무어라 말을 할 수가 없었다.

그렇게 다시금 유리창 너머로 들려오는 먹먹한 매미 소리가 보건실을 가득 메우려던 때였다. 아카리는 손에 쥔 약을 자신의 입으로 가져가더니 그대로 쏙 삼켜 버렸다.

나는 그 모습을 보며 한 번 더 이해할 수 없다는 표정을 지어 보일 수밖에 없었는데, 아카리는 꽃이 만개하는 속도로 천천히 다가와 나에게 부드럽게 입을 맞추었다.

가볍게 포개진 따뜻한 입술도, 어깨 위의 작은 손도 잠시키가 커지기 위해 힘을 준 탓인지 조금씩 떨리고 있었다.

나는 이때 처음으로 타인의 숨에서 나는 향을 맡을 수 있었다. 피부에서 나는 초원의 그것과는 사뭇 달랐다. 그녀의 숨에서는 따듯한 눈물 냄새가 났다.

정신을 차렸을 때 내 입안에는 두 개의 해열제가 녹아내리며 쓴맛을 내고 있었다. 내가 깜짝 놀라 다급히 약을 삼켜 낸 뒤 다시금 한 칸 낮아진 아카리를 바라보자 아카리도 약이 썼는지 나를 따라 미간에 얕은 주름이 져 있는가하면, 그녀의 맑은 눈에는 약간의 눈물이 차올라, 창밖에서 들어오는 황금색 햇빛이 화려한 열대어가 된 듯 그 안에서 아름다운 꼬리를 아름답게 흔들고 있었다.

당시 나는 평생에 걸쳐 이 황홀한 반짝임을, 이 눈부신 광경을 잊지 못할 것이라 예감했다.

"이건 계약금."

아카리는 이내 작은 미소를 꺼내 보이며 말했지만, 나는 입술 위로 남은 아카리의 흔적이 쉽게 지워지질 않아 마치 가위에 눌린 사람처럼 한참이나 애를 쓴 뒤에야 말을 꺼낼 수 있었다.

"… 계약금?"

"응. 도와줬으면 하는 일이 하나 더 있거든."

아카리는 말이 끝나기가 무섭게 획 뒤돌아 창문 가까이

있는 침대 위에 풀썩 앉아 버렸다. 그러고는 제자리에 얼어붙은 나를 깨부술 기세로 한 번 더 말했다.

"아까 본 것들 있지. 모두 돈으로 바꿀 생각이야. 너랑 같이."

"잠깐만, 그거 전부 훔친 것들이잖아. 저기, 아카리. 도대체 그 많은 것들을 다 왜 훔친 거야? 돈은 왜 필요한 건데?"

돌려주는 것도 아니고 돈으로 바꾼다니. 결국 한나절 아슬아슬하게 쌓아 둔 질문들이 무게를 이기지 못하고 와르르 쏟아졌다. 그러자 아카리는 굴러 떨어진 말들이 발끝에 닿아 간지러웠는지 숨소리가 들릴 정도로 피식 웃어 보였다.

"류이치. 너는 류이치가 아니고 싶으면 어떻게 할래? 네가 아닌 다른 사람이 되고 싶다면."

"갑자기 그건 왜?"

"일단 대답해 봐."

"…한 번도 생각해 본 적은 없는데, 우선 아마 어디론가 멀리 떠나 버리겠지."

"정답. 맞아. 나도 그렇게 생각해."

아카리는 칭찬이라도 하듯 손뼉을 쳤다. 그리고 이번엔 앞쪽의 창문을 열고 창틀에 몸을 기대며 말을 이어 갔다.

"있잖아. 아까 말했던 것처럼, 머리랑 옷, 옅은 화장과 말투, 다니는 학교까지 모두 바꿨는데도 나는 끊임없이 불안했어. 내 이름만큼은 바꿀 수 없었으니까. 생각보다 개명이 엄청 어렵다는 거 알아? 일단 서류도 너무 많고, 겨우 신청하고 일 년을 기다려도 매번 별다른 사유가 인정되지 않는다며 기각. 성은 내가 원치 않았는데도 할아버지를 따라 휙 바뀌 놓고는 말이야. 그러니 나는 아주 멀리 가야지. 그렇게 마음먹었어. 누구도 나를 알아보지 못했으면 했으니까. 심지어 나조차도."

아카리는 꽤 큰 목소리로 말하는 듯했지만, 밖에서부터 밀려들어 오는 후덥지근한 바람과 매미 소리에 말이 조금씩 가려져서 들려왔다.

"그리고 아무도 나를 모르는 곳에 도착해서 새로운 내가 이렇게 말하는 거야. 불쌍한 아카리는 안녕. 어때, 멋지지?"

"하지만 아카리. 그렇다고 훔칠 필요까지는 없었잖아."

"흐음. 그래. 그럴지도 몰라. 하지만 나는 세상에서 동정이 제일 싫어. 아니 지겨워. 그래서 물에 빠져 허우적거리더라도 도와달라고 하기보다는… 세상 사람들의 숨을 조금씩 훔치길 선택한 것뿐이야."

그럼에도 내가 여전히 좀처럼 이해할 수 없다는 표정을 짓고 있자 아카리는 고개를 몇 번 끄덕이더니 다시 말을 이어 갔다.

"응. 네가 무슨 말하는지 알아. 당연히 나도 처음엔 아르바이트도 몇 번쯤 했었어. 하지만 학생 신분인 데다가 시설에 살면서 할 수 있는 일은 아주 드물어. 어떻게 일을 구하더라도 돈을 제대로 받지 못할 때가 훨씬 많았고. 게다가 시설 선생님도 모르게 한 일이니 대신 따져 달라고 할 수도 없어. 뭐, 말해도 혼만 날 게 뻔하잖아. 그래도 겨우 얼마를 모으긴 했는데 시설에선 후배들 물건 훔치는 게 대수롭지 않은 일이라는 건 잘 알지? 어느 날 한 번은 선배들한테 돈을 들켜 다 뺏기고 나니까 숨이 막힐 정도로 무기력했어. 아카리는 이렇구나. 아카리로 살면 결국 이렇게 되는 거구나.

그런데 그런 일이 있고 나서 이틀쯤 뒤였을까. 중앙역의 정문이랑 곧장 연결된 철도 건널목이었을거야. 나는 그곳을 건너가다 앞서 가는 사람이 떨어뜨린 지갑을 주운 적이 있었어. 하지만 그때 그 사람은 내가 몇 번이고 소리쳐도 뭐가 그렇게 급한지 인파 속으로 사라져 버렸고, 나는 마침 하교를 하고 아르바이트를 가는 중이어서 어쩔 수 없이 다음 날 경찰서에 가져다주자 생각했어. 그리고 그날 밤늦게 시설로 돌아가는 버스 안에서 지갑의 주인도 궁금하고 하니까 면허나 영수증 그런 것들을 꺼내서 봤는데, 이제 막 성인이 된 것 같은 언니였어. 이름은 미카. 그녀가 이런 걸 샀네, 이런 얼굴이구나 하면서 여러 가지 상상을 해 보니 너무 재밌는 거 있지. 내가 마치 그 사람이 된 것 같아서 잠깐이라도 아카리라는 이름에서 벗어나니까 그렇게 신이 날 수가 없었어."

"결국 지갑은 돌려주지 않았구나."

"맞아. 나는 그날부터 숨이 막혀 올 때마다 숨겨 둔 지갑을 보면서 생각했어. 어떤 죄책감 같은 건 이제 아득히 멀어져 있구나. 그 정도로 아카리라는 사람은 망가졌구나 하고. 그 뒤로는 마음이 더 급해졌지만, 오히려 훔치는 건 쉬웠어. 내가 일단 웃기만 하면 어른들은 의심조차 안 했거든."

"오늘 내가 본 게 그 결과고."

"응. 지갑은 세어 보진 않았지만 꽤 많아. 돈은 정확히 삼십일만 엔. 그래도 아주 먼 곳으로 가기엔 어쩐지 부족해 보이지 않아?"

"대체 어디로 가려는 건데?"

"아직은 몰라. 기왕이면 저기 태평양 너머로 가면 더 좋겠지. 하와이나 미국으로. 하여튼, 그렇게 먼 곳으로 가기에는 시설 퇴소하고 받는 돈을 더해 봤자잖아. 그래서 다 포기하고 지갑에 '미안했습니다.'라고 적은 쪽지를 껴 놓고는 몽땅 우체통에 넣어 버릴까 생각도 했는데… 이 이름을 버리기로 마음먹은 이상 차라리 더 나쁜 사람이 되는 게 좋을 것 같았어. 아카리라는 이름에 조금도 미련이 남지 않게. 그리고 봤을지 모르겠지만 훔친 것들 사이에는 꽤 좋은 지갑들도 섞여 있거든. 전당포 같은 데에 맡기면 돈이 될 만한 것들 말이야."

아카리는 쭉 기대고 있던 팔꿈치가 배겼는지 이번에는 그대로 폴짝 뛰어올라 창틀에 걸터앉아 버렸다. 양쪽 발을 모두 바깥으로 내민 모양새였기에 지나치게 위험해 보여 나도 모르게 몸이 한 발짝 앞으로 나갔으나 아카리의 말이 다시 시작되는 바람에 나는 다시 제자리에 멈춰 서게 되었다.

"그래서 며칠 전 처음 전당포에 들러 봤는데, 너무한 거 있지. 신분증이 없으면 아주 헐값밖에 안 쳐 준다는 거야. 본인 물건이 아닌 것 같으면 위험하다나 뭐라나. 그래서 생각했어. 뭐, 잠깐이지만 정말로 미카 언니가 되어 보자고. 나이도 비슷하고 면허증까지 있으니 그럭저럭 흉내 내 볼 수 있을 것 같았거든. 그런데 남자 지갑은 내가 아무리 둘러대도 어려울 게 뻔하잖아. 그러니까, 류이치. 나는 네가 타츠키라는 사람이 되어 줬으면 해. 풀 네임은 후지모토 타츠키. 이 사람은 우리보다 네 살 많아. 너처럼 책을 많이 읽으니 어쩌면… 실제로 분위기까지 비슷할지도 몰라."

듣자마자 내가 책을 자주 읽는 걸 어떻게 아는지 의아했지만, 미카라는 사람의 지갑처럼 곧장 내 지갑도 살펴봤을 것을 생각하니 금세 이해가 됐다. 내 지갑 속엔 언제나 책을 산 영수증이 몇 개 들어 있는 게 고작이었으니까.

하지만 아무리 생각해도 모든 게 지나치게 일방적이었다. 점점 더 속수무책으로 아카리의 세계로 빨려 들어가는 것 같아 위험했다.

"아카리. 혹시 처음부터 이럴 생각이었어?"

"응. 거짓말은 안 할게. 맞아. 처음부터 이럴 생각이었어. 대신 네가 바꾼 돈 중에 반은 너 줄게. 어때?"

아카리는 조금의 망설임도 없이 곧바로 대답했다.

"돈은 됐어. 그리고 나는 또 다른 사람을 연기하고 싶지도 않으니까…."

"흐음. 그러지 말고, 한 번만 더 생각해 봐. 게다가 이번 연기는 꽤 재밌을 거야. 정말이야. 약속해."

"어떻게 알아?"

"뭐를?"

"재밌을지 어떻게 아느냐고."

"미카와 타츠키는 연인. 그런 설정이거든. 둘이 기념일을 맞아 서로 새로운 지갑을 사 준 바람에, 각자 원래 있던 지갑을 판다는 이야기. 그럼 한 번에 두 개씩 의심받지 않고 처리할 수 있어."

"아무리 그래도."

"그래. 그럼 어쩔 수 없지. 아카리의 계획은 여기서 물거품. 이걸로 끝."

아카리는 그러면서도 점점 창문 밖으로 몸을 기울이고 있었다. 위태로운 모습에 금방이라도 떨어질 것 같아 나는 나도 모르게 앞으로 뛰어나갔지만, 내가 창문에 다다랐을 때 아카리는 이미 마술처럼 아래로 휙 모습을 감춘 뒤였다. 그 뒤로도 몇 초나 정적이 이어졌다. 모든 게 숨을 죽이고 멈춘 공간 속에서 가냘픈 시폰 재질의 커튼만 하늘하늘 움직이고 있었다.

나는 이때 지나치게 놀라 버리면 오히려 조금도 놀랄 수가 없다는 것을 처음 알았다. 심장조차 갑작스레 시작된 출발 신호에 엉거주춤한 듯 곧장 뛰어나가질 못하고 제자리에 멈춰 서 있을 뿐이다. 그럼에도 얼떨떨한 표정과 함께 창틀에 손을 얹고 천천히 아래를 내려다보자, 다행히 아카리와 눈을 마주칠 수 있었다. 그녀는 창문 밖으로 세 뼘 정도 튀어나와 있는 공간에 쪼그려 앉아 싱그럽게 웃고 있었다.

"짠. 놀랐어?"

이번에도 역시 아카리의 장난이었다. 그리고 역시 조금도 화가 나지 않았다. 단지 다행이다. 그런 생각만이 머리를 어지럽게 할 뿐이었다. 나는 결국 힘없이 웃어 보일 수밖에 없었고, 덩달아 긴장이 풀렸는지 그대로 뒤에 놓인 침대에 풀썩 앉아 버렸다.

"참, 환자한테 내가 너무했다. 미안해, 류이치."

물론 그런 말의 뉘앙스와 달리 그녀의 표정은 여전히 이 모든 상황이 즐겁기만 한 듯 보였다. 아카리는 다시 한번 가볍게 창틀을 뛰어넘어 와 내 옆에 앉았다.

그런 그녀를 보고 있자니 지난밤 몇 번이고 찾아왔던 파도가 떠올랐다. 매일 밤 망각을 위해 끊임없이 찾아왔던 파도. 당시 나에게 아카리는 망각의 파도처럼 막을수록 결국 더 빠르게 젖어 버리고 마는 불가항력적인 것이었다.

그러니 이번엔 저항하지 말고 항복하자. 아니, 차라리 내가 먼저 뛰어들어 그곳에서 수영을 해 버리자. 그렇게 생각할 수밖에 없었다.

"…좋아. 그러면 절반. 절반을 줘."

"정말? 도와주는 거야? 돈이라면 아까 말한 대로 줄게."

"아니. 지갑 말이야. 내가 하나 팔면, 하나는 나한테 줘. 그러면 도와줄게. 돈은 다 너 가져도 좋아."

"그건 어디에 쓰려고?"

"네 말대로 우체통에 넣을 거야. 어차피 내 몫이니까."

"뭐, 좋아. 그런데 류이치. 지갑 몇 개쯤 어떻게 하든 상관없으니까 일단 좀 누울래? 등이 땀으로 다 젖었잖아."

그녀의 말을 듣고 보니 어느새 등허리 근처로 젖은 셔츠가 찰싹 붙어 있는 게 느껴졌다. 게다가 해열제 덕분인지 열이나 어지러움은 많이 줄었지만, 그 자리로 점차 졸음이 비집고 들어오는 듯 해 나는 그녀의 말대로 앞으로 쏠려 있던 몸을 뻐근하게 일으켜 침대 위로 눕혀야 했다. 그렇게 천천히 눈을 감자 창문이 닫히는 소리와 칸막이용 커튼이 쳐지는 소리가 연달아 들려왔다. 이어서 침대 오른쪽으로 몸이 쏠리는 게 느껴져 다시 눈을 떠보니 어느새 아카리가 옆에 누워 나를 빤히 바라보고 있었다.

"뭐 하는 거야?"

"확인 좀 하려고."

"내가 어떻게 생겼는지?"

"아니. 이제 나는 미카, 너는 타츠키가 되어야 하는데 그런 감정이 생길까 싶어서."

나는 내 숨 냄새를 들킬까 다시 천장을 본 채로 말했다.

"그래서 어떤 것 같아?"

"이건 말 안 해 줄래."

그 뒤로 우리는 꽤 오랜 시간 아무 말도 하지 않고 함께 누워만 있었다. 작은 침대 위에서 서로의 옅은 숨소리를 들었다. 나는 반복적으로 볼에 닿는 부드러운 숨이 꼭 파도같이 느껴졌는지, 아카리가 바로 옆에 있음에도 천천히 잠으로 빠져들었다.

잠에서 깨어났을 때 아카리는 이미 옆에 없었다. 시간도 제법 흘렀는지 해가 거의 땅에 뉘어진 채 쏟아지고 있어 눈을 아프게 하고 있었다. 빛에 적응하기 위해 잠시 눈을 찌푸리자 어제처럼 국기 하향식을 알리는 종소리가 들려오기 시작했다. 토요일인 만큼 곧 학교도 문을 닫을 시간이었으니 나는 급히 자리를 정리한 뒤 밖으로 빠져나왔다.

아직 시간에 여유가 있어 잠시 서점에 들렀다 갈까 생각도 했지만, 여전히 몸이 무거워 나는 곧장 학교 앞 정류장으로 향했고, 시설로 향하는 버스를 기다렸다. 해당 버스는 동아리 활동이 끝난 애들과 퇴근한 직장인들이 마구 뒤섞여 있어 평소에는 피해 왔으나 이날만큼은 아무런 거리낌도 없이 올라탔다. 하루 만에 새겨진 강렬한 기억들 사이에서 상대적으로 희미해져 버린 습관은 온데간데 없어질 수밖에 없던 모양이었다.

그도 그럴 것이 오늘만 해도 아카리를 만나 꽤나 이상한 방식으로 함께 옥상에 올라갔고, 그곳에서 각자의 과거를 한데 풀어놓았다. 또, 아카리는 그 짧은 시간 동안에도 몇 번이나 나를 속인 것으로 모자라 결국 훔쳐 온 수십 개의 지갑을 함께 처리하게끔 만들었다. '속였나?' 도중에 그런 의문이 들었지만, 역시 아카리는 나를 속인 게 분명했다.

첫 만남부터 지금까지 지나치게 가까이 다가와 몇 번이나 제대로 된 생각을 할 수 없게 만들었으니까.

그러니 역시 지갑을 전당포에 맡기는 짓 따위 그만두자고 생각했다. 잃어버린 물건들을 영영 잃어버리게 하는 건 역시 좀처럼 내키지가 않았다. 그러나 그런 마음에 받은 돈을 지갑에서 꺼내 보니 고작 이걸 돌려준다고 모두 없었던 일이 될 것 같지는 않아 보였다. 게다가 여태 입안에 남아 있는 해열제의 쓴맛과 입술 위의 부드러운 감촉은 내가 이미 돌려줄 수 없는 계약금을 받았다는 사실을 똑똑히 알려 주고 있었다.

마침 손에 들려 있던 천 엔짜리 지폐에도 아카리의 희미한 메시지가 적혀 있었다. 내일도 점심쯤 학교에서 보자고. 생각해 보면 이날 역시 지갑을 주머니에서 꺼낸 적이 없었다. 아카리는 마음만 먹으면 내 어떤 것이든 훔칠 수 있구나. 당시 나는 막연히 이렇게 생각할 수밖에 없었다.

5

 마치 어느 가정에 속해 있다는 걸 떠올리게 하려는 듯 시설의 선생님들은 일요일이면 다 같이 청소를 해야만 외출을 허락하셨다. 그렇기에 나는 평소보다 일찍 일어나 자리를 정리하고, 씻기도 할 겸 혼자서 공용으로 사용하는 욕실을 한 시간에 걸쳐 닦고 정리했다. 잠에 들기 전에 약을 챙겨 먹은 덕분인지 몸이 한결 가벼워 그다지 힘들이지 않고 청소를 끝낼 수 있었다. 그 뒤로는 가장 먼저 아침 식사를 한 뒤, 괜한 허드렛일에 휘말려 외출을 하지 못할까 서둘러 밖으로 향했다.

바깥은 이른 아침부터 뜨거운 해가 곳곳을 비추며 부지런히 뛰어다니고 있었으나 공기는 새벽 사이 내린 소나기에 마음이 진정이 되었는지 차분하고 온도가 낮아 상쾌했다. 버스를 타서도 창문을 약간 열어 그 공기를 반복하여 깊게 들이마시고 내뱉었다. 입가에서는 어쩐지 가벼운 단맛이 나는 듯했다. 마침 창밖으로도 유원지에 가는 듯 눈에 띄게 차려입은 가족이 보였다. 귀여운 사파리 모자를 뒤집어쓴 아이의 손을 꼭 쥐고 있던 건 여자 쪽이었고, 별다른 특징 없는 유모차를 끌고 있는 건 키가 큰 남자 쪽이었다. 그런 장면이 나에게는 어떤 꿈속의 암시처럼 느껴졌다.

이내 학교에 도착했을 때에는 야구부와 수영부로 향하는 아이들 사이에 섞여 그다지 눈에 띄지 않으며 교실 안까지 들어갈 수 있었다. 곧바로 시계를 보니 약속보다 두 시간이나 일찍 도착한 모양이어서 나는 사물함 속 카노코가 사 둔 책들을 읽으며 시간을 보내려 했다. 하지만 그러기를 채 한 시간도 되지 않아서였다. 갑작스레 힘차게 교실 문이 열리는 소리가 들려와 고개를 돌려 보니 아카리가 손에 무언가를 든 채 방긋 웃어 보이고 있었다.

"오늘 같은 날엔 이것저것 붙잡히는 일들이 많잖아. 너도 일찍 나와 있을 것 같았거든. 도시락도 두 개 사 왔는데 잘했지?"

아카리는 그렇게 말을 하면서도 이미 책을 한쪽으로 치운 뒤, 책상 위로 반듯한 플라스틱 반합을 꺼내어 두고 있었다. 조심스레 뚜껑을 열어 보니 잘 구워진 장어 위로 짙은 갈색 소스가 발려 있는 게 보였다.

"아. 미안하지만, 나는 아침을 먹고 나왔어."

"흐음. 그래도 있지, 오늘은 하루 종일 돌아다녀야 해. 따로 점심 먹을 시간조차 없을 것 같으니까. 게다가 이거 꽤 비싼 거야."

나는 아카리의 한껏 들뜬 목소리가 꼭 소풍을 나온 사람 같아 조금 망설인 끝에 건네주는 젓가락을 받아 들게 되었는데, 민망하게도 얼마 안 가 그 안에 든 것들을 한 입도 남기지 않고 전부 먹어 버렸다. 숯 향이 깊게 배어 있는 장어와 그 아래로 깔려 있던 담백한 맛의 밥이 예상보다 맛있었다. 그 모습을 보며 아카리는 또 한참을 웃었다.

"역시 맛있지? 내 것도 좀 남았는데 먹을래?"

"아냐. 덕분에 배가 터질 것 같아. 그보다 그만 웃어 줘, 체하겠어."

아카리는 내 부탁을 듣고 나서야 겨우 웃음을 멈췄다. 그러고는 생각 난 게 있다는 듯 가방에서 검정 비닐봉지를 꺼내 보였고, 그 안에 담겨 있던 물건들을 어떠한 설명도 없이 책상 위로 진열하기 시작했다.

처음에는 푸른 먹색의 가죽 지갑이 모습을 드러냈다. 단단한 가죽 위로 별다른 장식이 없어 사뭇 고급스럽게 느껴졌다. 곧이어 십 엔과 백 엔짜리 동전들이 요란한 소리를 내며 책상 위로 떨어졌다. 색과 크기가 미묘하게 다른 동전들이 섞여 있어 자세히 살펴보니 몇 개는 진짜 동전이 아닌 듯했다. 끝으로는 머리를 자를 때 쓰이는 은색 가위가 올려졌다. 뒤로 갈수록 점점 더 예상치 못한 물건들이 튀어나오니 나는 꼭 마술을 구경하는 어린 아이처럼 숨을 죽이며 바라볼 수밖에 없었다.

"자. 여기."

아카리는 책상 위에 놓인 것 중 지갑을 가장 먼저 들어 보이며 말했다.

"어제 말한 타츠키의 지갑이야. 아무래도 오늘부터 네가 가지고 있어야 할 것 같아서."

"거의 새거구나."

받아 보니 예상과는 달리 사용감이 거의 없는 듯 보였다. 지갑을 열자 구겨진 영수증 몇 개와 면허증 외에는 아무것도 보이지 않았다. 호기심에 면허증을 꺼내 더 자세히 살펴보니 모서리가 빳빳하여 그다지 오래 쓰지 않았다는 걸 알 수 있었다. 나이는 아카리의 말대로 네 살 위였다. 물론 서류상의 내 나이와 비교하면 정확히 네 살이 맞겠지만,

나는 내 진짜 이름뿐만 아니라 나이와 생일조차 모르기 때문에 언제나 어렴풋이 짐작만 할 뿐이었다.

"그러니까, 이제 내가 이 사람을 연기해야 한다는 거지?"

"응. 몇 개의 지갑 중에서 너랑 가장 비슷해 보이는 사람으로 고른 거야."

아카리의 말을 듣자 왠지 거울이 보고 싶어 졌지만, 나도, 타츠키라는 사람도 기억해 내라고 하면 딱히 설명할 만한 게 없는 인상이었기에 이내 그만두었다.

그보다는 생선 가시처럼 툭 튀어나와 있는 죄책감을 무엇으로라도 가려 두는 게 급했다.

"혹시 이 지갑, 이번 일 끝나면 내가 직접 돌려줘도 될까? 비싸 보이긴 하는데, 왠지 이렇게 얼굴까지 아니까 조금 그래서. 대신 내가 받기로 한 다른 지갑에서 한두 개는 더 포기할게."

"…그거야 네 마음대로 해도 좋아. 그리고 이것들도 받아. 주머니에 넣어 두면 돼."

이때 아카리는 어쩐지 내 말을 들은 체 만 체했고, 대신 책상의 동전들을 재빠르게 한데 모아 나에게 건넸다.

손에 받아 든 동전들 사이에는 다시 봐도 아무런 표시가 없는 매끄러운 동전들이 섞여 있었다.

"이건 다 뭐야? 백 엔 동전들은 알겠는데."

"파친코 토큰."

"파친코?"

"응. 아무리 연인이고 기념일에 서로 새 지갑을 선물 받았다 해도 쓰던 지갑을 구태여 전당포에 맡기는 경우는 드물잖아. 어떤 일로 돈이 정말 부족하거나, 꼭 필요한 사정 같은 게 있어 보여야 의심도 덜 받을 거야. 주머니에서 지갑을 찾는 척하다가 이것들을 동전들과 함께 섞어 슬쩍 보여 주면 돼. 책상에 올려 두든지 해서. 그 사람들은 무서울 만큼 눈썰미가 좋으니까 우리 사정을 곧장 어림짐작할 거야. 아니, 오히려 그런 걸 즐기는 사람들이니 분명히 그럴 테지."

아카리의 말에는 그런대로 일리가 있었다. 하지만 역시 모든 게 일반적이지가 않았다. 보통 고등학생이 이렇게까지 생각하지는 않는다. 애초에 나만 해도 연인과 기념일이라는 설정만 해도 충분히 그럴듯하다고 생각했다.

그럼에도 아카리는 이런 치밀함이 당연하다는 듯 말을 끝내고는 꺼내 놓은 가위와 함께 교실 뒤편으로 걸어갔다. 발소리가 잠잠해질 때쯤 뒤를 돌아보니 어느새 아카리는 교실 한 구석에 마련된 기다란 거울 앞에 서 있었다. 처음엔 그녀의 뒷모습이 먼저 보였지만 금세 거울에 비친 아카리와 눈을 마주칠 수 있었는데, 거울 속 아키리가 곧장 나를 향해 가까이 오라는 듯 손짓을 해 나는 쥐고 있던 동전들을 주머니에 넣은 뒤 자리에서 일어나야 했다.

그러나 아카리는 내가 바로 자신의 옆에 도착했음에도 고개를 돌리지 않았다. 여전히 거울로 세상을 보고 있었다. 손에 쥐고 있던 가위와 처음 보는 면허증을 건네 줄 때에도 내 쪽으로 손만 휙, 하고 뻗을 뿐이었다.

"이 사람이 미카야. 보시다시피 단발이지? 이번 기회에 나도 이렇게 자르려고."

아카리는 여전히 거울에서 눈을 떼지 않으며 말했다. 덕분에 갈 곳을 잃은 내 시선은 손위에 놓인 네모난 면허증, 그 위로 보이는 미카라는 사람의 얼굴로 천천히 날아가 앉았다. 그렇게 살펴본 그녀의 얼굴은 얼핏 보기에도 앙상하게 말라 어딘가 아파 보였지만, 어쩐지 희미하게 웃는 모습이 아카리를 닮아 있었다. 그리고 사진 속 미카라는 사람과 아카리의 머리를 번갈아 보니 적어도 세 뼘은 잘라 내야 할 것 같았다.

"이 정도면 꽤 많이 잘라야 할 것 같은데. 괜찮겠어?"

시설에서도 돈을 아낄 겸 서로의 머리를 종종 잘라 주기도 했으니 손에 쥔 미용 가위가 어색하진 않았지만, 그동안은 어디까지나 약간 다듬어 주는 정도였기에 영 자신이 생기질 않았다.

"응. 여기를 이렇게. 반듯하게. 그러면 끝."

아카리는 허리 아래로 내려가 있던 머리들을 차분히 한데 모아 손목에 있던 끈으로 묶은 뒤, 그 바로 아래를 다른 쪽 손으로 가리키며 말했다. 정말 괜찮은지 한번 더 물어보니 아카리는 천천히 고개를 끄덕였고, 나는 그대로 묶여 있는 머리 위로 가위를 가져갔다. 그러고는 다시 시작된 서로의 침묵을 신호 삼아 조금씩 힘을 주기 시작했다.

머리카락은 예상만큼 한 번에 잘리지가 않아 몇 번이나 거듭 가위질을 해야 했는데, 신경을 집중하다 보니 마치 살아 있는 무언가를 자르는 느낌이 들 정도였다. 실제로 아카리는 잘려 나가는 머리카락이 아프기라도 한 듯 어깨를 약간씩 움츠리기도 했다.

그럼에도 긴장감 속에 마지막 가위질을 끝내자, 왼손에 잡혀 있던 머리카락 뭉텅이가 생명을 잃은 양 긴장감 없이 툭 떨어져 나갔다. 동시에 슬쩍 거울로 살펴본 아카리는 눈을 살짝 감고 있었는데, 무게가 한껏 가벼워진 탓에 귓볼 아래로 휘어지고 있는 머리카락들이 아주 똑바르지는 않았지만 제법 자연스러운 느낌이 들어 뿌듯하기까지 했다.

아카리도 가위질 소리가 멎자 천천히 눈을 떠 한껏 바뀐 자신의 모습을 신기하냐는 듯 몇 초간 바라보았다. 그러곤 거울 틈에 꺼 두었던 면허증을 쏙 빼내더니 자신의 얼굴 옆에 가져다 대었다.

"어때? 누가 더 예쁜 것 같아?"

"음, 이렇게 사진만 봐서는 잘 모르겠는데."

"뭐야. 류이치. 여기선 내가 더 이쁘다고 해야지. 자리에 있지도 않은 사람 신경 쓰면 어떡해."

"그건 그렇지만."

"정말 끝까지 말 안 해 줄 거야?"

아카리는 내가 여간 말을 하지 않을 것 같자, 이내 작게 웃어 보이곤 포기한 듯 뒤돌아섰다. 그 뒤로는 사라진 머리카락의 무게만큼 가벼워 보이는 발걸음으로 책상 위에 놓인 것들을 챙기기 시작했다.

"뭐, 아무래도 좋아. 슬슬 가자. 아까 말했던 것처럼 오늘은 하루 종일 걸어도 모자랄 것 같아."

나도 따라 짐을 챙기고 밖으로 나서려 했으나, 내 왼손에는 여전히 그녀의 머리카락이 한 움큼 잡혀 있었다. 그 때문에 나는 머리카락은 어떻게 할 거냐며 큰 소리로 외쳐야 했는데, 어느새 복도로 나간 아카리는 자기에겐 더 이상 필요 없으니 네 마음대로 하라며 나를 따라 소리쳤다. 그러나 나는 그 검고 긴 머리카락 묶음이, 여전히 가느다란 숨을 헐떡이며 살아 있는 것만 같아 어딘가 버리지는 못하고 가방 깊숙이 몰래 숨겨 넣은 뒤 발걸음을 재촉했다.

*

 교문 밖으로 나서자 아침과는 달리 공기가 꽤 후덥지근하게 달궈져 있었다. 새파란 하늘에 이따금 희끄무레한 무언가가 떠 있기도 했으나 구름이라고 하기에는 지나치게 옅고 작았다. 아카리와 나는 얼마 안 되는 가로수 그늘 아래로 꼭 붙어 걸었다. 한여름, 그것도 정오엔 학교를 조금만 벗어나도 거리에 사람이 없어 주위는 언제나 꽤 적막한 분위기였다. 다들 더위를 피하기 위해 어딘가 숨어 창 밖으로 우리 둘을 지켜보고 있지는 않을까 하는 기이한 기분이 들 정도였다. 아카리는 이런 더위와 묘한 고요 속을 걸으면서도 짧아진 머리가 신기한지 손으로 만져 보고, 몇 번인가 다른 모양으로 묶어 볼 뿐이었다. 나에게 어떤 게 어울리냐며 종종 말을 걸었지만 모두 나름대로 인상이 다를 뿐 다 잘 어울린다 말하자 김이 샌 듯 다시 입을 닫아 버렸다.
 얼마간 걸어 도착한 역도 꽤 한산했다. 바깥에서 길을 잃고 들어온 매미 소리가 저 혼자 차가운 벽에 이곳저곳 튕기며 줄구를 못 찾는 듯 계속해서 대합실 주변을 맴돌고 있었다.

나는 어제 일로 미뤄 보아 어디로 가느냐 물어봤자 이미 그녀 마음속에 정해진 일정을 바꿀 수 없을 걸 알았기에, 차라리 매미의 끈질긴 울음이 고마울 따름이었다. 나는 그저 조용히 뒤를 따르며 아카리가 끊는 표를 똑같이 끊고, 똑같은 개찰구를 지나 똑같은 플랫폼으로 향했다. 그 사이에도 다른 플랫폼에 기차가 들어올 때마다 불어오는 바람에 한두 번 시원하다는 말을 나눈 게 전부였다.

하지만 그대로 십여 분을 기다려 시내로 향하는 열차에 올라타자, 역과 달리 기차 안쪽은 주말을 맞아 많은 사람들로 가득 차 있었다. 그 때문에 아카리와 다시금 가까이 붙어 있어야 했는데, 나는 이때 아카리의 목덜미에서 흘러내리는 땀을 처음 보았다. 분명 돌아선 얼굴에서는 어떤 더위의 흔적도 찾아볼 수 없었다. 그렇기에 나에겐 그게 꼭 어딘가 숨어서 흘리는 눈물처럼 느껴졌고, 어느새 '여태 이 기다란 머리카락으로 많은 것들을 숨기고 살아왔구나.' 하는 생각을 나도 되뇌고 있었다.

하지만 열차 안의 사람들과 연신 어깨를 부딪혀 가며 몇 정거장을 그대로 지나쳤음에도 내릴 기미도 보이질 않아 도착지가 궁금해지려는 때였다. 한참이나 열려 있던 열차의 문이 입을 닫으려는 듯 조금씩 몸을 떨기 시작하자 아카리는 말도 없이 바깥으로 휙 사라져 버렸다. 하마터면 따라 내리지 못할 뻔했다. 내리게 된 역이 하필 시내에서도 환승을 위해 가장 많은 승객들이 몰려드는 곳이었기에 나는 코앞에 있던 아카리를 찾는 것조차 어려워했다. 접는 것을 깜빡했는지 실내에서도 양산을 쓰고 있는 노부인과 한여름에도 검은색 실크 정장을 입은 사내까지. 다양한 스펙트럼의 사람들이 한데 모여 있으니 마치 무지개를 보는 기분이었다. 아카리는 수많은 인파 속에서 여전히 장난을 친 아이처럼 즐거워하고 있었다.

우리는 약속이라도 한 듯 보라색과 남색, 그 사이 어딘가를 비집고 바깥으로 나섰다. 물론 바깥이라고 더 시원하거나 덜 복잡한 것은 아니었기에 그녀와 나는 역 앞 횡단보도를 하나 건너자마자 커다란 회전문이 빙글 돌아가고 있는 쇼핑몰로 자연스레 들어가게 되었다.

그곳은 개관한 지 얼마 안 된 양 모든 게 새것이었다. 에어컨이라고 생각될 만한 게 보이지 않았음에도 여기저기서 찬바람이 흘러나오고 있었다. 아카리는 땀이 식을 새도 없이 부지런히 층을 옮겨 다니며 주위를 둘러보기 시작하더니, 이내 4층에 위치한 남성용 옷가게 쇼윈도 앞에 나를 세워보인 다음, 한두 번 고개를 끄덕인 뒤 내 손을 잡고 안쪽으로 들어

갔다. 당시만 해도 옷은 항상 선배들이 물려준 것들, 혹은 기부받은 옷 중에서 골라 입는 게 대부분이었기에 나에게는 이런 곳에 들어간다는 것 자체가 목덜미에까지 옅은 땀이 배어 나오게 하는 아주 낯선 경험이었다. 아카리는 그런 나를 오히려 놀리기라도 하듯 일부러 아주 화려한 셔츠를 입혀 보거나 우스꽝스러운 모자를 덮어씌우기도 하며 자주 웃었다. 늦은 오후의 그림자처럼 길게 늘어져 있던 머리카락이 사라진 탓인지 아카리는 전날보다도 한층 더 밝게 웃는 듯 보여 나도 덩달아 기분이 썩 나쁘진 않았다.

결국 적당한 남색 옥스퍼드 셔츠와 회색 캡모자를 하나씩 고르자 돈은 자연스럽게 아카리가 지불했다.

"고맙긴 한데, 이것들 다 왜 사 준 거야?" 나는 가게 문을 열고 나오며 말했다.

"왜긴, 이제 타츠키가 되어야 하잖아."

"분장이라고 하기엔 너무 평범하지 않은가 해서."

나는 받아 둔 타츠키 씨의 지갑에서 신분증을 꺼내 얼굴 아래로는 거의 나오질 않았다는 걸 재차 확인했다.

"음. 안 어울린다거나 그런 건 아닌데, 네가 입고 있던 옷, 지나치게 학생 같았거든. 그리고 그거면 충분해. 내가 직접 봤으니까."

"타츠키 씨를?"

"응. 내가 훔쳤으니까 당연하잖아. 실제로 그냥 평범한 사람이었어. 버스에서 창밖을 뚫어져라 보고 있길래 몰래 지갑을 슬쩍했지."

꼭 남의 일기장이라도 더듬는 듯, 건조한 말투였다. 그러고는 곧장 나에게 자신의 가방과 종이 백을 모두 넘겨주었는데, 그렇게 아카리는 이제 자신의 차례라며 조금 전 내 옷을 사는 데에 거의 두 배의 시간이 지날 때까지 이곳저곳을 돌아다녔다. 중간에는 다른 쇼핑몰까지 삼십 분을 걸어갔다가 영 마음에 안 든다며 다시 처음 장소로 되돌아오기도 했다. 그사이 꽤 비싸 보이는 옷도 입어 보고, 평범해 보이는 옷도 입어 봤지만, 결국 사게 된 옷은 의외로 유치한 느낌이 들 정도의 것이었다.

"어쩐지 오히려 더 어려 보이지 않아? 옷도 조금 작은 것 같고."

"그런가? 이쁜 것 같은데. 나는 꽤 마음에 들어."

"네가 그렇다면 상관은 없지만."

"참, 류이치. 내가 옷 갈아입고 오면 연습 삼아 나를 미카라고 불러 볼래? 그냥. 기분이 어떨지 궁금해서."

아카리는 옷을 갈아입기 위해 화장실에 들어가려다 말고는 갑작스레 넘춰 시시 말했다. 하지만 목소리가 먼저 화장실 안쪽으로 들어갔다 나오며 그곳의 축축한 습기가 묻어 버린 건지, 아카리가 모습을 감추고도 그녀의 목소리는 한참이나 귓가에 이슬처럼 매달려 있었다.

*

　나의 경우 약간 색이 바랜 티셔츠를 벗은 뒤 새 셔츠를 입고, 모자를 푹 눌러쓰는 것으로 끝이었다. 하지만 내가 지나치게 빨리 나온 것을 감안하더라도 아카리는 꽤 오랜 시간 화장실에서 나오질 않았다. 아무래도 또다시 장난을 치기 위해 어디선가 나를 지켜보며 웃고 있을지도 모르겠다는 생각이 들어 지나다니는 사람들을 유심히 살펴보고 있자, 그제야 뒤에서 '타츠키'라고 부르는 아카리의 목소리가 들려왔다.
　"오래 걸렸네."
　나는 그 이름을 듣자 소꿉놀이라도 하는 것 같은 낯간지러움에 곧바로 '미카'라고 화답해 주지 못했지만, 그럼에도 아카리는 자신이 했던 말을 벌써 까먹은 모양인지 매끄러운 대리석 바닥이 빙판이라도 되는 양 가볍게 한 바퀴 돌아 보였다.

"짠. 어때?"

새롭게 갈아입은 하얀 티셔츠는 예상대로 작은 듯 몸에 한껏 달라붙어 속옷 모양이 약간씩 비치는 듯했고, 무릎 위로 한참이나 올라간 검은색 면 스커트가 그녀의 다리를 아슬아슬하게 드러내고 있었다. 머리를 짧게 자른 탓도 있겠지만, 교복을 입고 있을 때와는 아주 다른 분위기였다. 아마 지나가듯 보았다면 나조차도 한 번에 아카리를 알아보지 못했을 것 같았다.

"조금 야한 것 같아? 말 좀 해 봐."

"내 생각엔 역시 옷이 작아 보여. 그뿐이야."

"저기, 칭찬은 고사하고 조금이라도 불평해 주길 기대했는데. 우리 이제부터 사귀는 사이잖아. 그것도 아니면 셔츠로 가려 준다든지."

"음, 그렇네. 몰랐어. 한 번만 다시 물어봐 줄래?"

"됐거든."

"미안. 이런 건 처음이라 좀 서툴러."

"처음이라고? 설마."

"정말이야."

물론 여태 한두 번쯤 누군가에게 호감을 가져 본 적은 있었다. 하지만 언제나 그것으로 끝이었다. 언제 다른 시설로 떠나게 될지 몰라 애초에 잃어버릴 것이라면 주지도, 받지도 않는 게 나에게 있어선 반드시 지켜야 할 원칙이었다. 그러나 아카리를 만난 뒤로부터는 그런 원칙들이 제대로 작동하지 않는 듯했다. 당시에는 그 이유를 가늠하지 못했지만 돌아보면 아카리는 주고받는 게 아니라 훔치는 사람이었으니 어쩌면 당연했다.

"그럼, 어찌 됐든 내가 첫 애인이구나. 기뻐."
가까이 다가온 아카리가 팔짱을 끼며 말했다.
이때도 이런 갑작스러운 스킨십을 말릴 새는 없었지만, 나는 지난번과는 달리 이런 행동에 어떤 목적이 있다는 사실을 확실하게 알고 있었다. 그럼에도 나의 몸은 머리와 다르게 여전히 차이를 구별을 못 하는 듯 다시금 제멋대로 굴기 시작했다. 나는 이런 떨림이 아카리에게 전해질까 이번에도 생각나는 말을 아무렇게나 뱉어야 했다.
"그보다 슬슬 다리 아프지 않아?"
"응. 아파. 그러니까 나 업어 줄래?"
"여기서는 안 된다고 해야겠지. 치마 입었으니까."
"정답. 생각보다 금방 잘하네. 그리고 이제 가는 곳에서 한 시간은 앉아서 쉴 수 있을 거야. 걱정 마."
아카리는 바깥에 나와서도 계속 셔츠 끝자락을 잡는다든지, 그것도 아니면 계속 팔짱을 낀 채로 거리를 걸었다.

덥지 않냐는 말에도 아랑곳하지 않았다. 계속 이쪽, 저쪽 하며 나를 잡아끌 뿐이었다. 그러다 한낮의 해를 가릴 정도로 높은 듯 보였던 건물들도 점점 낮아지고 거리에 사람들도 눈에 띄게 적어졌을 때였다. 아카리는 갑작스레 앞으로 먼저 뛰어가더니, 고개만 슬쩍 내미는 모양새로 골목 너머를 살펴보고 돌아왔다. 내 옆에 다다랐을 때에는 수줍게 웃고 있었다. 아카리의 수상쩍은 행동을 보니 이번에도 분명 예상치 못한 장소가 나타날 차례였다.

"설마 파친코는 아니지?"

나는 내가 예측할 수 있는 선에서 가장 예측할 수 없는 장소를 골라 말해 봤지만 아카리는 가만히 고개를 저었다. 그 때문에 나는 직접 골목의 끝자락에 다가가서야 그 정체를 눈으로 확인할 수 있었는데, 한 번도 해 본 적은 없었어도 차라리 파친코를 하는 게 나았을지도 모르겠다는 생각이 들었다.

"재밌겠지 않아? 나, 애인이 생기면 꼭 와 보고 싶었거든."

골목 너머로 펼쳐진 곳은 다름 아닌 한 층짜리 포르노 영화관이었다. 적나라한 이미지의 포스터들이 수십 대의 오토바이와 자전거들 사이로 조금씩 가려져 있었다. 멀찍이 서 있기만 해도 왠지 죄책감을 들게 할 만큼 모든 게 선정적인 분위기였다.

"저기, 이런 데 말고 평범한 영화관은 별로야?"

"그런 건 아닌데. 앞으로 와 볼 기회가 없을지도 몰라서."

"기회라니? 이제 내년이면 아무 때나 올 수 있잖아."

"응. 그쯤은 나도 알지. 하지만 당장 이렇게 신분증도 있고 거기에 맞춰 옷까지 새로 샀는데 처음부터 전당포만 돌아다니기엔 아까운걸."

아카리는 그렇게 말을 하고는 곧장 내 뒤에 숨어 걷기 시작했다. 그게 마치 이 근방을 지나가는 것만으로도 부끄러워하는 사람 같았다. 하지만 그러면서도 걷는 중간중간 내가 차마 못 내켜하는 것을 눈치챘는지 걸음이 느려질 때마다 등허리를 무언가로 쿡쿡 찌르기도 했다.

다행히 도착한 매표소는 외부와는 달리 의외로 깨끗했다. 점원도 머리 벗겨진 아저씨가 아닌 꽤 깔끔한 인상의 젊은 남자가 맡고 있었다. 덕분에 나는 당황하지 않고 비교적 담담하게 말을 주고받을 수 있었다. 점원은 친절한 인사 뒤로 이곳은 한 개밖에 관이 없다며 우선 지금 상영 중인 걸 보길 추천해 주었다. 그러고는 뒤쪽에 숨어 있는 아카리에게도 눈인사를 하며 대신 티켓은 한 장만 사면 된다 일러 줘 나는 타츠키 씨의 지갑을 꺼내 적당히 넣어 둔 지폐를 건네게 되었다.

잔돈을 거슬러 받고 주위를 둘러보자 역시 팝콘이나 음료 같은 건 없었다. 대신 어디선가 불규칙적으로 신음 소리가 새어 나와 전체적으로 축축한 느낌을 줬다. 어두운 벽에도 물이 새는 것을 막으려고 붙여 둔 듯 선정적인 포스터들이 덕지덕지 붙어 있었다. 아마 먹을 만한 게 있었다고 해도 도저히 무언가를 먹고 싶지는 않은 분위기였다. 아카리는 이 모든 게 그저 재미있는지 하나라도 놓칠세라 주위를 세심하게 둘러보며 걸었고, 나는 바닥 카펫에 새겨진 온갖 얼룩들을 보며 걷기에만 바빴다.

　도중에 걷는 중간 길이 두 개로 나뉘기도 했지만, 신음 소리가 더 크게 나는 방향으로 나아가자 금세 두터운 문이 나타났다. 관람에 방해가 되지는 않을까 걱정되는 마음에 조심스레 문을 열고 안쪽으로 들어갔으나 아직 해가 지지 않은 때여서 그런지 사람이 많지는 않았다. 듬성듬성 앉아 있는 사람들조차 우리가 들어온 것에 전혀 신경을 쓰지 않는 분위기였다. 그중 한두 명은 꾸벅꾸벅 졸고 있었고, 나머지는 진지한 표정으로 스크린을 뚫어져라 쳐다볼 뿐이었다. 우리는 스크린 앞을 빠르게 지나 적당한 자리를 찾아갔다. 의자 위로 풀썩 앉으니 쌓여 있던 먼지와 퀴퀴한 냄새가 동시에 올라와 인상을 찌푸리게 했지만, 이따금 시설의 선배들이 몰래 가져온 성인 잡지에서나 얼핏 볼 수 있었던 선정적인 장면들이 어떤 가림막도 없이 적나라하게 뿌려지고 있어 냄새에 대한 건 금방 잊을 수 있었다.

아카리는 이런 분위기가 아무렇지도 않은지 본인의 종아리를 한동안 주무른 뒤, 가져온 가방과 종이 백을 비어 있는 옆자리에 몰아 두고 나서야 제대로 앞을 보기 시작했다. 심지어 민망함에 계속해서 침만 삼키는 나와는 달리 아카리는 이상한 체위의 장면들이 나올 때면 마치 코미디 방청객처럼 웃느라 바빴다. 그 탓에 앞자리 아저씨에게 주의를 받기도 했는데 어쩐지 사과는 나의 몫이었다.

중간부터 본 탓에 줄거리조차 제대로 알 수 없었다. 단지 화면 가득 채워진 다양한 모양의 육체들이 엎치락뒤치락하는 것이 점심쯤 역에서 본 도심의 혼란스러운 풍경을 떠올리게 했다. 그리고 영화는 등장인물과 장소가 딱 한 번씩 바뀌었을 뿐인데 갑작스레 끝이 났다. 제대로 된 엔딩 크레딧도 없었다. 뒤편에서 두꺼운 문이 열리고 점원이 들어와 직접 불을 켠 뒤 출구를 안내해 주고 나서야 영화가 끝이 났다는 걸 알 수 있었다. 아카리는 그제야 재빨리 웃음을 숨기고 부끄러운 듯 짐을 챙기기 시작했는데, 나는 조금 전 영화에 나온 배우들의 연기가 얼마나 미적지근한 것이었는지 아카리의 그런 모습을 보며 쉽게 이해할 수 있었다.

우리는 바깥에 나서자마자 거의 동시에 어깨 위로 코를 가져갔다. 아카리도 영화관의 퀴퀴한 냄새만큼은 싫었던 모양이었다. 그럼에도 여전히 새 옷 같은 향이 나고 있어 우리는 서로의 안심하는 표정을 보며 또다시 동시에 웃어 보였다. 시계를 확인해 보니 앉아 있던 건 오십여 분도 안 된 듯했지만, 다행히 다리에 쌓인 피로는 한결 나아져 있었다.

다만 침을 많이 삼킨 탓에 목이 말랐고, 어느새 허기까지 느껴졌다. 마침 아카리도 목이 마르다고 해 우리는 바로 앞 자판기에서 백 엔짜리 페트 음료를 뽑아 한 모금씩 나눠 마셨다.

그러다 아카리가 꽤 진지한 말투로 놓쳐 버린 영화의 줄거리에 대해 질문을 던지는 탓에 나는 입에 머금고 있던 것들을 모두 뱉을 뻔했다.

"평소에 이런 거 잘 안 보나 보네? 남자애들은 한참 일찍부터 다 보는 거 아냐?"

"아니, 일부러 안 봤던 건 아니고, 어쩌다 보니 기회가 없었던 것뿐이야."

"흐음, 설마 입 맞춘 것도 내가 처음은 아니지?"

"애초에 누구랑 사귄 적도 없다니까. 너는?"

"꼭 안 사귀어도 입은 맞출 수 있잖아. 어제 우리처럼. 그리고 사귄 서 묻는 거야? 아님 포르노?"

"…두 개 다?"

나는 아카리의 말 덕분에 지난 입맞춤이 생생히 떠올라 목에 남아 있는 음료가 없었음에도 몇 번이나 기침을 한 뒤 말을 할 수 있었다.

"사귄 적은 아주 어렸을 때 한 번 있어. 어느 날 서로 팔뚝을 꼬집다가 헤어졌지만. 그만큼 어렸을 때야. 이런 걸 본 건 나도 처음이고."

"그런데 어떻게 그렇게 아무렇지도 않아?"

"연기가 너무 어색하던데. 실제에 비하면 신음 소리도 웃기기만 하고. 아, 내가 해 봤다는 건 아니야. 이것도 직접 본 적이 있거든. 그것도 바로 앞에서. 네가 뭔가 또 마시고 있을 때 더 이야기해 줄게. 사레들리는 걸 한 번 더 보고 싶으니까."

아카리는 제법 만족스럽다는 표정을 짓더니 다시 나에게 다가와 팔짱을 끼고 걸음을 재촉했다.

*

고개를 들어 바라본 하늘은 여전히 눈을 시리게 할 만큼 푸르렀다. 부드러운 곡선을 그리며 휘어진 산등성이 근처로만 조금씩 오렌지 빛으로 물들어가고 있었다. 그리고 어디선가 아이들의 즐거운 비명 소리가 겹겹이 메아리치며 들려왔다. 도심에서는 자주 들을 수 없는 소리였기에 문득 주위를 둘러보니 커다랗고 화려한 간판들 대신 작은 주택과 아담하게 생긴 빌라들만이 드문드문 보이고 있었다. 꽤나 교외로 나온 듯 한적한 분위기였다.

우리는 계속해서 그 근방을 산책하듯 걸었다. 시간이 지나 조금은 선선해진 데다 어쩐지 축축한 영화관에 있었던 시간만큼 마른 햇빛 아래 있어야만 할 것 같았다. 마침 옆으로 얕고 맑은 하천이 흐르고 있어 주위 둑방 길을 따라 걸었다. 중간에 길을 잃어 근처 채소 가게 아주머니께 길을 묻기도 했는데, 아카리의 손에 못 보던 작은 오이가 들려 있어 또 놀랄 수밖에 없었다. 나는 어서 돌려놓자며 손을 잡아 반대로 이끌었으나 아카리는 그런 나를 놀리기라도 하듯 말릴 새도 없이 오이를 한 입 베어 물었다.

그리고 손에 든 오이를 다 먹을 때쯤엔 하천 입구 근방의 자전거 거치대로 뛰어가 그 사이에서 허름한 자전거 한 대를 집어 타기 시작했다. 좀처럼 종잡을 수 없는 행동들과 아이처럼 신나 하는 모습을 지켜보고 있으니 덩달아 웃음이 났다. 물론 자꾸만 공범이 되는 것 같아 말려야겠다는 생각에 서둘러 아카리를 뒤쫓기는 했지만, 아카리가 타고 있던 자전거는 꽤 오래 방치되었는지 페달을 밟을 때면 규칙적으로 시끄러운 마찰음 같은 게 들려와 지나다니는 사람들이 한 번씩 쳐다볼 정도였다. 누가 보면 아카리가 내 자전거를 훔쳐 달아나고 있는 줄 알 정도로 우스꽝스러운 광경이었다.

숨이 차 뛰기를 포기하고 다시 걷기 시작하자, 아카리가 시끄러운 자전거와 함께 내 쪽을 향해 돌아왔다.

"류이치. 우리 이거 타고 아까 내렸던 역까지 가자. 이십 분이면 갈 수 있겠어."

"그것도 주인 있는 자전거잖아. 다리 아픈 거면 버스 타면 되니까 어서 돌려놔."

나는 여전히 숨을 헐떡이며 말했다.

"흐음. 하지만 이런 건 맡겨 두는 척하면서 사실 다 버린 것들이잖아. 딱 봐도. 심지어 잠금장치도 안 해 놨던걸. 제대로 신고하고 버리려면 돈이 드니까."

그 말에 찌푸린 눈을 떠 살펴보니 실제로 안장과 프레임에는 구석구석 녹이 슬어 있었다. 그럼에도 내가 여전히 고민하는 듯하자 아카리는 다시금 자전거 위로 올라타며 말했다.

"싫으면 나 혼자 타고 갈게. 뛰어오든 걸어오든 기다려

줄 테니 역에서 봐."

"잠깐, 알았어. 그 대신 훔치는 건 이걸로 끝이야. 약속해 줘. 버려진 것이나 사소한 것들이라도 상관없이 모두."

"좋아. 그럴게. 우리 그럼 역 근처에서 밥 먹을까? 오이 먹었더니 오히려 더 배고파졌어."

나름대로 큰 약속을 건넨 것에 비해 지나치게 재빨리 대답이 따라나온 바람에 과연 진심으로 한 말인지 의심이 갔지만, 약속이라는 게 언제나 길고 긴 기다림을 포함한 것이었으니 당시의 나라고 별다른 조건을 덧붙일 수 없었다.

하지만 내가 한동안 자전거의 핸들을 잡지 않자, 아카리는 훔친 걸 타는 게 그렇게 안 내키느냐고 되물었다.

"아, 그게 아니라 나 사실 자전거를 못 타. 아무도 안 가르쳐 줬거든. 여기 와서도 쭉 버스만 타고 다녔고."

"음, 그럴 수 있겠다."

아카리는 이 역시 별것 아니라는 듯 나에게 뒤에 타라는 듯 눈짓을 줬다.

"짐도 많은데 나까지 무겁지 않겠어?"

나는 못내 걱정스럽게 말했으나, 아카리는 여전히 괜찮다는 표정으로 이 근처가 쭉 평지라 상관없다며, 그래도 넘어지면 다칠 수 있으니 허리 꼭 잡으라는 다정한 말을 건네줄 뿐이었다. 나는 덕분에 흔들리는 망설임을 가방 안에 숨기고

짐칸 위로 앉을 수 있었다.

우리는 그렇게 그늘과 햇빛이 반복되는 거리를 내달렸다. 가능한 어디도 잡지 않으려 했지만 간혹 바닥이 고르지 못한 곳을 지날 때에는 하는 수 없이 아카리의 허리를 붙잡아야만 했다. 아카리는 내 손가락이 간지러웠는지 이따금 몸을 조금씩 움츠리거나, 작은 웃음소리를 냈다. 바람에 흔들리는 머리카락과 하얀 목덜미에 코가 한층 가까워지자 그날만큼은 햇볕에 바싹 마른 초원의 향이 느껴졌다.

시끄럽던 자전거도 두 명이 타자 소음이 현저히 줄어들었다. 오랜 시간 방치되어 있었음에도 과거의 즐거웠던 기억을 더듬어 가며 빠르게 제 기능을 찾아가는 듯했다. 횡단보도의 신호도 어쩐지 계속 초록색으로 물들어 있었고, 아카리의 말대로 오르막길은 한 번도 나오지 않았다. 오히려 아주 얕은 내리막길이 이어지는 듯 페달을 밟지 않아도 조금씩 속도가 붙어 일부러 속도를 줄여야 할 때도 있었다.

한마디로 우리는 여름을 상쾌하게 가로질러 나갔다. 후덥지근한 공기도, 매미들의 울음도, 눈이 아플 정도로 높은 채도의 풍경도 모두 거침없이 반으로 가르는 재단 가위처럼 기분 좋게 나아갔다. 그러다 구름 한 점 없는 파란 하늘이 붉게 물들고 인도에도 점점 사람이 많아지자, 우리는 다시 자전거에 내려 걷기 시작했다.

도중에 공립 중학교가 눈에 보이자 끌고 있던 자전거를 그 학교 정문 근처로 가져가 적당한 위치에 세워 두고는 돌아오기도 했는데, 아카리는 이제 하루만 있어도 남자애들이 알아서 잘 타고 다닐 거라며 꽤 뿌듯해하는 목소리로 말했다. 실제로 비스듬히 기대어져 있는 자전거를 멀리서 지켜보니 아까와는 사뭇 다른 분위기였다. 언제 방치되었었냐는 듯 금방이라도 주인이 나타나서 능숙하게 몰고 가 버릴 것 같은 느낌이 들었다.

*

이윽고 역 근처에 도착했을 때에는 시간이 꽤 지났는지 군데군데 간판의 불을 켜야 할 정도 땅거미가 길어져 있었다. 아카리가 따로 먹고 싶은 게 있느냐고 물었지만 나는 딱히 생각이 나지 않아 가만히 고개를 저었다. 그러자 아카리는 한동안 무언가 떠올리는 듯하더니 오코노미야키는 어떠냐며 한 번 더 물어왔다. 무엇을 먹든 아무래도 상관이 없을 것 같아 내가 흔쾌히 좋다고 말하자, 아카리는 곧장 아는 곳이 있다며 자신 있게 앞서 걷기 시작했다.

그러나 이번 걸음은 그다지 길게 이어지지 않았다. 깔끔한 도시의 골목을 몇 번인가 지나쳤을 뿐인데 어느새 눈앞으로 수많은 식당과 길거리 주점들이 빼곡하게 들어서 있는 골목이 나타났다. 마치 갑작스레 다른 세상에 온 것처럼 변화는 순식간이었다. 이미 보름달처럼 샛노란 전등과 형형색색의 요란한 간판들이 가뜩이나 좁은 골목을 촘촘하게 채우고 있었고, 이른 시간부터 기분 좋게 취한 직장인들이 야외 테이블에 앉아 시끄럽게 떠들고 있었다. 그 사이를 지나려면 삐져나온 온갖 것들에 부딪히지 않게 주의를 기울이며 걸어야 했다. 걸으면서도 담배 연기와 꼬치를 굽느라 나오는 연기 탓에 나는 연신 마른기침을 했다.

물론 아카리는 이런 분위기가 익숙하다는 듯 어느 식당 테이블에 자연스럽게 앉아 버렸다. 따라 앉아 보니 작은 테이블 가운데에는 작은 철판 같은 게 덩그러니 놓여 있는가 하면, 맞은편 벽으로 야키소바나 각종 고기, 그리고 하얀 거품이 보기 좋게 따라져 있는 맥주 사진이 크게 붙어 있었다. 나는 여전히 이곳의 분위기가 어색해 애꿎은 메뉴판만 앞뒤로 뒤집어 가며 읽기에 바빴는데, 어느새 아카리는 그런 나를 신기하다는 듯 빤히 쳐다보고 있었다.

"왜 그렇게 봐?"

"그냥. 하루 종일 묻지도 않고 잘 따라다닌다 싶어서.

오늘 전당포에 들르는 줄 알았던 거 아냐?"

"그렇긴한데, 전당포는 네가 필요할 때가 되면 언제든 가지 않을까 생각했어. 그리고 일요일은 시간 많거든. 뭘 해도 좋아."

이때 한참 주문이 밀려 있는 듯 정신없이 바빠 보이는 종업원이 다가와 민망하다는 표정으로 대뜸 술을 마시겠느냐 물어보았다. 우리가 일단 고민하는 듯하자 종업원은 곧 피크 타임이라 죄송하지만 음식과 함께 술을 꼭 주문해야 한다며 간단히 맥주를 권했다. 아카리는 흔쾌히 그렇게 하겠다며 먹기로 한 오코노미야키도 함께 주문했다. 그러자 종업원은 '맥주, 오코노미야키 하나요.' 하고 주방 쪽을 향해 소리치다 말고 갑자기 무언가 떠오른 사람처럼 요즘 어쩐지 사건 사고가 많다며 신분증을 요구했다. 나는 당황한 것을 티 내지 않으려 최대한 침착하게 지갑 속에서 타츠키 씨의 면허를 꺼내 건네줬고, 아카리는 지갑만 간단히 펼쳐서 미카라는 사람의 면허를 보여 주었다. 종업원은 이내 실례했다며 보는 둥 마는 둥 물러갔다. 긴장한 것이 무색할 정도였다.

"처음부터 신분증을 보여 달라고 하지 꼭 저렇게 피크 타임이니 뭐니 하면서 에둘러 말한다니까."

"그런데 여기는 자주 와 본 곳이야? 익숙해 보여서."

"응. 전에 한 번 외 봤었어. 여긴 작게 만들어 파니까 꽤

싼 편이거든. 덕분에 겨우 하나 시켜 먹었었지."

"나는 이런 골목이 있는지도 몰랐어. 이 근처를 꽤 자주 들렀는데도."

"그거야 모르는 게 당연하지. 우린 아직 학생이니까."

아카리는 몸을 앞쪽으로 숙이더니 재미있는 비밀이라도 되는 양 작게 웃으며 말했다.

생각해 보면 아카리와 함께한 공간들은 어딘가 다 한 꺼풀씩 숨겨져 있는 곳들이었다. 학교를 멀리 돌아가는 버스 안, 누구도 가지 않던 옥상, 축축한 포르노 영화관, 교외의 한적한 하천, 도심 뒷골목의 주점. 물론 커다란 쇼핑몰처럼 그렇지 않은 곳들도 있었지만 돌아보면 대부분이 그랬다. 역시 지갑을 다시 찾았을 때부터 느낀 것이지만, 나는 토끼를 뒤쫓다 이상한 나라에 굴러들어 온 게 분명해 보였다.

그리고 그 사실을 상기시켜 주려는 듯 눈앞으로 커다란 유리잔에 담긴 샛노란 맥주가 둔탁한 소리를 내며 놓였다. 물론 여태 버드에서 여러 가지 종류의 술을 보기는 했어도 비교적 투박해 보이는 맥주는 어쩐지 화려한 위스키나 칵테일들에 비해 더 솔직하고 본격적인 느낌이 났다. 한 모금이라도 마시면 이상한 나라에서 다시는 나갈 수 없을 것만 같은 그런 분위기였다. 이어서 적당한 크기의 나무 그릇에 담긴 오코노미야키 반죽이 도착했고, 그것을 받아 든 아카리는 함께 전달된 나무 스푼으로 재료들을 솜씨 좋게 섞기 시작했다.

"반죽에 공기가 들어가야 맛있어. 그래서 이렇게 크게 휘젓는 거야. 너도 해 볼래?"

자꾸만 신기해하는 표정으로 바라보니 아카리가 말했다

"아냐. 괜찮아. 요리에는 영 자신이 없거든. 그런데 이거, 마실 건 아니지?"

"맥주? 같이 한 모금씩만 마셔 보자. 어차피 돈도 내야 하니까."

아카리는 그렇게 말하면서도 반죽에서 눈을 떼지 않고 있었다. 그사이 아까 본 종업원이 다가와 철판에 능숙하게 기름을 두른 뒤 다시 인파 속으로 사라졌다. 작은 불판은 금세 달궈지는 듯 얼마 지나지 않아 얼굴 가까이 열기가 올라오기 시작했다. 아카리는 몇 번인가 손을 가져다 대어 온도를 확인하더니 능숙하게 철판 위로 반죽을 쏟아부었다. 기름이 지글거리며 내는 소리와 주변의 시끌벅적한 소음이 꽤 잘 어울렸다.

"별로 안 내키면 나만 마실게, 걱정 마."

아카리는 세심한 손놀림으로 반죽의 모양을 잡아 나가며 말했다.

나는 더 이상 무언가 훔치지만 않는다면 이 정도는 괜찮은가 싶어 가만히 고개만 끄덕였다.

오코노미야키는 한두 번 뒤집었을 뿐인데 꽤 먹음직하게 익으며 좋은 향기를 내기 시작했다. 아카리는 잠시 뜸을 들이더니 재빠르게 그 위로 갈색 소스를 부드럽게 펴 바른 뒤 가다랑어포와 파슬리 가루를 연달아 얹었다. 그러고는 그것을 정확히 반 잘라 내 앞에 놓인 접시 위에 놓아주었다.

"자, 먹어 봐. 나도 요리는 잘 못 하는데, 이건 꽤 자신 있거든."

실제로 한 입 크기로 찢어 입에 넣자 여태 먹었던 것과는 꽤 다른 맛이었다. 겉은 바삭하게 익었음에도 속은 아주 촉촉해서 안에 들어간 재료들이 무엇인지 하나하나 알 수 있을 것만 같았다. 내가 놀랄 만큼 맛있다고 하자 아카리는 가볍게 웃어 보이곤 말없이 자신의 접시에도 나머지 반을 올려 두었다.

그 뒤로 아카리는 젓가락으로 아주 조금씩 잘라 가며 한참을 먹기만 했다. 그 사이 아무 말도 하지 않았다. 종종 먹다 말고 바깥으로 고개를 내밀어 하늘을 보는가 하면, 어느새 지나다니는 사람들을 가만히 지켜보고 있었다. 나도 덩달아 거리 위 직장인들의 옷차림과 표정 따위를 관찰하며 음식을 먹었다. 우리는 그렇게 둘 다 빈 접시를 앞에 두고도 한참이나 바깥만 구경했다. 어느 순간부터 아카리는 턱을 괸 채 아주 먼 곳을 응시하고 있었는데, 그게 꼭 여기에 없는 사람 같았다. 전날 옥상에서도 비슷한 표정을 지은 적이 있어 나는 아카리가 지금도 과거의 한 지점 어딘가에서 헤매고 있지 않을까 걱정이 됐다.

그러다 주변이 퇴근 시간에 맞춰 더 북적이기 시작하자, 주문을 받아 갔던 종업원이 그때를 기다렸다는 듯 슬며시 다가와 한 번 더 무어라 말을 걸었다. 워낙 소음이 심해 내 쪽에서는 말이 잘 들리지 않았으나 아카리는 용케 알아들었는지 가만히 고개를 저어 보이더니 지갑에서 천 엔짜리 지폐를 두어 장 꺼내 건네주었다. 그 뒤로는 의자에 두었던 짐들을 챙겨 일어나기에 나도 따라 의자에 걸어 두었던 가방을 들고 일어서야 했다. 마침 내가 바깥쪽에 앉아 있어 먼저 골목 위로 나서게 됐는데, 따라오는 인기척이 느껴지지 않아 뒤를 돌아보니 아카리는 자리에서 일어선 채로 맥주를 벌컥벌컥 마시고 있었다. 유리잔을 테이블에 내려놓았을 때는 이미 절반 이상이 비워진 채였다. 아카리는 영 맛이 없다는 듯 인상까지 잔뜩 찌푸린 뒤에야 나를 따라 밖으로 나왔다.

"그냥 가려니까 너무 아까운 거 있지. 그리고 저 맥주 진짜 맛없어. 엄청 쓰고 밍밍해."

아카리는 나를 향해 다가오며 그렇게 덧붙였다. 그러나 말과 달리 옆에 도착했을 때엔 이미 환하게 웃고 있었고, 이내 부끄러운 듯 얼굴을 나의 팔에 기대며 걸음을 재촉했다.

골목으로 들어왔을 때와 같이 나가는 길에도 변화는 마법처럼 재빨랐다. 짙은 안개를 방불케 하던 음식과 담배 냄새들은 일순간 증발해 버렸다. 제멋대로 움푹 패거나 튀어나와 있던 바닥과 건물들도 어느새 반듯하고 매끄럽게 변해 있었다. 게다가 좁은 골목에서는 여러 조명들에 가려져 몰랐으나 밖은 이미 밤이 한참이었다. 거리도 햇볕을 피해 숨어 있던 사람들이 모두 쏟아져 나왔는지, 더 혼잡해 보였다. 아카리는 수많은 인파 속에서 스쳐 지나가는 사람들에게 부딪히지 않기 위해 나와 조금 더 가까이 붙어야 했는데, 역으로 향하는 횡단보도를 건너다 말고 뭐가 웃기는지 쿡쿡 웃으며 내 팔을 잡아당겼다.

"여기 이 사람들 좀 봐. 전부 우리처럼 연기하는 거 같지 않아? 특히 저기 배가 불룩 튀어나온 아저씨, 사실은 엄청난 식스 팩이 있는 특수 요원이거든. 그런데 매일 아침 가짜 뱃살을 붙이고 묵묵히 일을 하러 나가느라 스트레스에 머리가 저렇게 되고 만 거야."

"설마, 그럼 저기 꼬마 애는?"

"음, 성장이 멈춘 어른이 평생 저 역할을 하고 있다는 설정은 너무 억지스럽나?"

"아까 아저씨만 해도 충분히 억지스러웠으니까, 그다지."

"그럼 난 어떤 것 같아? 미카 언니가 보면 웃을지도 몰라. 머리도 영 어색하잖아."

"나는 그 사람을 잘 모르지만 아무도 지금 네 모습이 연기라고 생각 못 할 거야."

"정말?"

"응. 정말."

아카리는 그렇게 계속해서 옆에 꼭 붙어 내 얼굴을 뚫어져라 쳐다보며 종알종알 말을 걸거나 웃기 바빴다. 도중에 이따금 발이 꼬이거나 중심을 잘 잡지 못하는 듯 휘청이기도 했는데 아까 마신 술의 취기가 오르는 듯했다. 얼굴도 긴장이 풀렸는지 아카리는 조금 더 부드러운 인상으로 변해 있었고, 목소리도 점점 둥글게 부풀어 오르고 있었다.

"아, 기분이 정말 좋아. 오늘 예상보다 더 재밌었어. 그렇지?"

하지만 나는 이때 아카리의 입에서 흘러나온 오늘이라는 단어가 어쩐지 지나칠 만큼 어색하게 느껴졌다. 이제 와 떠올려 보니 내가 아닌 다른 사람의 기억이 만져지는 듯했다.

아무래도 하루 동안 '나답지'가 않아서였을까. 이런 이질감에 나는 꼭 방금 꿈에서 깬 사람처럼 주위를 한 번 둘러보고는 손을 넓게 펼쳐 한동안 주먹을 쥐었다 펴 볼 뿐이었다.

"저기, 혹시 재미없었어? 너무 내 마음대로만 했나?"

아카리는 갑작스레 굳어진 내 표정이 신경 쓰였는지 약간은 조심스럽게 말했다.

"아, 아니. 그런 건 아니야. 그냥 오늘이 어색하게 느껴져서 그래. 친구 중에 다이스케라는 애가 있는데 아마 걔가 우리 둘을 봤다면 내가 너한테 협박이라도 받은 줄 알 거야. 그동안 꽤 눈에 띄지 않게 살아왔으니까."

"뭐야. 그랬구나. 응. 나도 한참 그렇게 살아 봤으니까 이해해. 그런데 그렇게 살면 오히려 더 피곤하다는 거 알아? 회색 같은 사람이니까, 사람들은 자기들 멋대로 기억해 버리거든. 정말이지, 아침이 오면 하얗다고 말하고. 밤이 오면 까맣다고 말해도 얼추 맞게 되잖아. 속으로 '쟤는 그럴 거야' 하고 넘겨짚기도 쉽고. 그리고 그게 또 어느새 사실이 되어 있어. 나는 아무 말도 안 했는데. 그러니까 연기를 할 거면 차라리 이렇게 하는 게 나아. 어떤 의심의 여지도 주지 않게."

듣고 보니 나조차도 여태 아카리를 보며 어떤 색도 덧입혀 본 적이 없었다. 있는 그대로의 색이 여름처럼 선명했으니 그저 바라보기만 했다.

나는 그녀의 마음이 사뭇 이해되어 진지하게 고개를 끄덕였지만, 어느새 아카리는 이전의 대화는 깨끗이 잊었다는 듯 전혀 다른 곳을 보고 있었다. 그 시선을 따라가자 사람들이 잔뜩 모여 있는 게임장이 눈에 들어왔다. 정문 위로 달려 있는 큰 현수막에는 '스트로보 프리기 개시'라고 크게 적혀 있었다.

"혹시 저거 찍어 봤어? 학교 가면 다들 노트에 스티커로 된 사진 붙여 놓는 거 알지? 친구나 애인이랑 같이 찍은 사진 말이야. 나, 사실 그게 꽤 부러웠거든. 우리도 한 번만 찍어 보자, 응? 나중에 다이스케라는 애가 의심할 때 보여 줄 수도 있잖아. 어서, 응?"

순식간에 바뀐 대화의 주제와 분위기에 나는 가볍게 웃었다. 술이 부리는 마법이 퍽 마음에 들었으나 가닥을 잡지 못하고 금방이라도 넘어질 것 같아 한편으로는 위태로워 보였다.

*

이따금 발을 헛디디는 아카리를 부축해 게임장의 인파 속으로 섞여 들어가자 안쪽에는 일요일임에도 교복을 입은 학생들이 한가득이었다. 그들은 하나같이 화려하게 꾸며진 프리쿠라 기계 앞에 잔뜩 몰려 있었다. 그새 타츠키의 입장이 된 건지 괜히 다들 어리게만 느껴져 스스로가 우스웠다. 그리고 나는 줄을 서자마자 혹시라도 누군가 알아볼까 싶어 쓰고 있던 모자를 더 깊게 눌러썼지만, 아카리는 그런 건 신경조차 쓰지 않는 듯 어떤 포즈를 취할지, 사진에 어떤 내용을 적을지 쉴 새 없이 떠들었다. 그게 꼭 내 의견을 바라고 말하는 것 같지는 않아 나는 몇 번쯤 작게 웃어 보이는 것으로 대답을 대신했다.

그 뒤로도 애초에 줄이 워낙 길었으니 우리는 삼십 분은 더 서 있었어야 했다. 그사이 아카리는 점점 말수도 적어졌고, 혼자서는 제대로 서 있기도 힘든지 나에게 더 적극적으로 기댔다. 걱정되는 마음에 밖으로 나가자고 몇 번쯤 말을 걸어보았지만, 아카리는 그때마다 절대 안 된다며 한사코 거절했다.

끝끝내 우리 차례가 오자, 아카리는 이미 내게 업히다시피 걷고 있었다. 여태 다녀간 사람들의 입김으로 습해진 부스 안에서도 좀처럼 정신을 차리질 못했다. 하지만 아카리의 고집을 꺾기 위해서는 기어코 사진을 찍어 결과물을 그녀의 손에 꼭 쥐어 주어야만 할 것 같았기에, 나는 최대한 정신을 집중해 화려한 글씨로 적힌 설명서를 빠짐없이 읽은 뒤 한 손으로 지갑에서 돈을 꺼내 기계에 집어넣는 기행을 선보였다. 그러나 이런 나의 노력에도 기계는 곧바로 더 다채로운 선택지들을 화면에 내보였고, 거기에 한동안 얌전히 기대어 있던 아카리가 그 소리를 들었는지 갑작스레 자신이 버튼을 누르겠다며 몸을 앞으로 크게 기울여, 하마터면 우리는 곧장 바닥을 향해 넘어질 뻔했다. 결국 나는 아무것이나 상관없다는 식으로 대충 손에 만져지는 버튼을 누른 뒤, 이내 자유로워진 두 손으로 아카리를 힘껏 껴안았다. 아카리도 어지러웠는지 나의 품 안으로 얼굴을 깊숙이 파묻었다. 우리는 그렇게 한동안 서로를 껴안고 있었다. 꼭 붙은 아카리에게서 알코올 향이 은근하게 배어 나와 혼자 또 웃음이 났다. 이렇게 술에 약하면서 어떻게 그만큼이나 마셨는지 놀라울 따름이었다.

하지만 무슨 이유에서인지 아카리의 얼굴이 맞닿아 있던 가슴팍이 뜨거운 숨결로 따듯해지는 걸 넘어 조금씩 축축해지는 게 느껴졌다. 그 이유가 혹시 눈물 때문인가 싶어 고개를 숙이자 느닷없이 첫 번째 플래시가 터졌다.

아카리는 그 뒤로 십여 초가 더 흘러 그다음 플래시가 터질 때까지도 얼굴을 보여 주지 않으려 했으니 우리는 세 번째 플래시가 터지고 나서야 겨우 눈을 마주칠 수 있었다. 이때 아카리는 어쩐지 아주 슬픈 표정을 하며 울고 있었다. 검은 바다가 숨죽인 채 쏟아지고 있었다. 그게 꼭 수족관에 금이라도 간 것 같아 나는 이유를 물어볼 겨를도 없이 반사적으로 젖은 볼을 어루만질 뿐이었다.

그러나 내 손끝이 물고기의 비늘처럼 축축하고 매끄러운 볼에 닿는 순간이었다. 아카리는 한순간 전원이 꺼진 기계처럼 온몸에 힘을 풀어 버렸고, 우리는 결국 중심을 잃고 허무하게 무너졌다.

동시에 쓰고 있던 모자와 주머니에 있던 지갑도 어디론가 떨어져 나는 그것들을 줍기 위해 손을 뻗어야 했는데, 아카리가 다시 한번 나에게 다가와 입을 맞춰 내 손은 무엇도 붙잡지 못하고 허공에서 가만히 멈추고 말았다. 이때, 마지막 플래시는 폭죽처럼 가장 환하게 터졌다.

아카리와 나는 기계가 프린트를 시작하며 시끄러운 비명을 낼 때까지도 서로의 입술을 떨어트리지 않았다. 그 대신 떨어진 눈물이 입술 사이로 몇 번이나 고이고 흘러내렸다. 우리는 사진이 완성되어 어딘가로 덜그럭거리며 떨어질 때쯤이 되어서야 다시 둘이 되어 서로를 마주 볼 수 있었다.

땀과 눈물로 얼룩진 아카리의 하얀 볼에는 군데군데 까만 머리카락이 우아한 곡선을 그리며 어지러이 붙어 있었다.

"…첫 키스, 잘 찍었어?"

취기가 오를 대로 오른 듯한 발음이었지만, 아카리는 분명 그렇게 말했다. 나와는 벌써 두 번째 입맞춤이었으니 이때만 해도 그저 술기운에 말을 실수했구나 싶었다.

"응. 걱정 마. 잘 찍었어. 그러니까 이제 밖에 가서 좀 앉아 있자."

나는 그렇게 말하면서도 인화된 사진과 지갑을 재빨리 주머니에 챙겨 넣었다. 그런 다음 뒤편에 떨어진 모자를 아카리에게 씌워 준 뒤, 걸음을 부축해 힘겹게 밖으로 나섰다. 한적한 공원 같은 곳까지 가기에는 힘이 부칠 것 같아 우선 근처에 있던 역의 대합실에 아카리를 앉혔다.

아카리는 그렇게 수많은 사람들 사이에 앉아서도 모자 아래 숨어 울기만 했다. 도대체 어떤 이유에서 이렇게 울음을 쏟아내는지, 아무리 생각해도 알 수가 없었다. 주변을 지나쳐 가는 사람들을 붙잡고 대신 물어보고 싶은 심정이었지만, 당시 도심의 사람들은 그 누구도 타인의 눈물엔 관심이 없었기에 아카리는 어떤 방해도 받지 않고 앉은자리에서 눈물이 모두 말라 버릴 때까지 오래도록 울 수 있었다.

이윽고 불규칙적으로 흐느끼던 소리가 점점 멎어 들자 아카리는 내기 회장실에서 가져온 휴지를 받아 얼굴 이곳저곳 흩어진 눈물을 한데 모아 닦았다. 그사이 취기도 많이 가라앉았는지 크게 심호흡도 몇 번 했다.

"저기, 나 너무 부끄러운데 먼저 가 봐도 될까?"
"혼자 괜찮겠어? 바래다줄 테니까 같이 가자."
"아니야. 이 모자만 좀 빌릴게."
"가는 길은 알아?"
"여기서 버스 하나만 타면 돼. 걱정 마."
"그래. 그럼 시간이 늦지는 않았지만, 조심해."
"응. 그럴게."

그러나 손을 흔들며 떠나가는 아카리의 눈은 부끄러운 듯 웃고 있었음에도 입꼬리의 양끝은 여전히 무거운 슬픔이 매달려, 바닥을 향해 완만한 곡선을 그리고 있었다. 그 때문인지 나는 무언가에 홀린 사람처럼 이미 스무 발자국 정도 앞서가고 있는 아카리를 따라 걷기 시작했는데, 안타깝게도 당시 아카리의 걸음은 나의 것과는 아주 다른 리듬을 가지고 있었다. 나의 슬픔으로는 도저히 따라갈 수 없는 템포였다. 결국 아카리와 나 사이에는 열댓 명은 되는 사람들이 끼어들게 되었고, 아카리의 뒷모습은 마침내 저 멀리 시야에서 사라졌다. 나는 덩달아 가슴 언저리에 남아 있던 알코올 향도 금세 희미해질 것만 같아 재빨리 대합실로 돌아와 조금 전의 입맞춤을 떠올려야 했다.

분명 지난날의 입맞춤은 혀끝이 아릴 만큼 썼는데, 그날의 입맞춤은 떠올리면 떠올릴수록 따듯한 욕조에 푹 빠져버린 듯한 느낌이 들었다. 그래서인지 아카리의 말처럼 방금도 정말 첫 키스였던 게 아닌가 하는 착각마저 들었다. 그게 아니라면 하루 만에 이렇게나 다른 느낌인 게 설명되지 않았다. 같은 사람과 두 번의 첫 키스. 나는 밤이 깊어질 때까지 이 서로 만날 수 없는 두 문장을 되풀이하고 나서야 자리에서 일어설 수 있었다.

그 뒤로 나는 플랫폼에 들어오는 전철을 잡아탄 뒤 시설에서 가장 가까운 역에서 내렸다. 그대로 삼십 분 정도를 더 걷자 시설 정문에 도착할 수 있었다. 그게 꼬박 열두 시간 만이었으니 며칠 만에 돌아온 기분마저 들었다. 그러나 곧바로 문을 열 수는 없었다. 뜬금없이 새 옷을 입고 있는 걸 시설 아이들에게 들키면 어디서 훔친 것이 아니냐 하는 뒷말이 나오기 쉬웠기 때문이다. 시설 선생님들께도 여러모로 오해를 일으킬 수 있었기에 나는 가로등 빛이 닿지 않는 곳에 숨어 재빨리 윗옷을 갈아입은 뒤 문을 열었다. 물론 늦은 귀가 탓에 조금의 꾸중을 들었지만, 나는 도무지 정신이 없어 어떤 말에도 가능한 알겠다고만 대답했다. 그러고는 간단히 씻고 자리에 누웠다. 여태 어딜 다녀왔냐는 아이들의 짓궂은

호기심도 대충 서점에 하루 종일 있었다는 말로 겨우 그 불을 꺼트릴 수 있었다.

하지만 잠은 쉽사리 오지 않았다. 내 의지와는 상관없이 그날의 기억들로 눈앞이 자꾸만 환하게 밝아진 탓이었다. 장어 도시락과 파친코 동전. 갑작스레 짧아진 아카리의 머리카락. 허름한 포르노 영화관. 훔친 오이와 자전거. 반으로 갈라지는 한여름의 풍경. 도심의 뒷골목에서 먹은 오코노미야키까지. 눈부시기만 한 장면들이 제멋대로 머릿속에 떠올랐다.

그게 마치 아까 연달아 터지던 플래시 같았는지 나는 그제야 까맣게 잊고 있었던 주머니 속 사진이 떠올라, 질끈 감고 있던 눈을 떴다. 하지만 주변은 어느새 복도까지 모두 불을 껐는지 눈을 감은 것보다 훨씬 어두웠기에 나는 사물함을 한참이나 손으로 더듬은 끝에야 바지 주머니에 숨어 있던 사진을 찾아낼 수 있었다. 그게 꼭 코앞에서 터진 폭죽에 눈이 멀어 버린 사람의 모양새였다.

그럼에도 나는 사진을 곧장 눈앞으로 가져가지 않았다. 어쩐지 보면 안 될 것을 몰래 보는 것 같아 마음 한구석이 간지러웠기 때문이었다. 결국 화장실 칸막이 안쪽에 앉아 문을 굳게 잠그고 나서야 사진을 제대로 꺼내볼 수 있었는데, 나는 그마저도 예상과는 전혀 다른 이미지를 맞닥뜨리게 되며 곧장 실수로 다른 사람의 사진을 가져온 게 아닌가 하는 의심에 사로잡힐 뿐이었다.

아무리 보아도 네 컷의 사진 중 세 컷에는 이름 모를 낯선 남자의 뒷모습만 찍혀 있었다. 그마저도 마지막 컷에는 아무것도 찍혀 있지 않았다. 잠결에 잘못 본 건가 싶어 눈을 손등으로 비벼 보기까지 했지만, 아이러니하게도 바로 그 마지막 컷 속 공백만이 아카리와 나의 사진이 맞다는 것을 똑똑히 알려 주고 있었다.

아카리와 내가 균형을 잡지 못하고 바닥으로 무너져 내렸을 때, 그 뒤로 분명 마지막 플래시가 터졌으니까.

나는 스스로를 화장실에 가두고는 아무도 듣지 못할 씁쓸한 웃음을 내뱉었다.

심지어 나의 뒷모습이 세 번이나 등장했음에도 새로 사 입은 셔츠와 모자 때문에 도무지 나인 것 같지가 않았는데, 아카리는 얼굴은 고사하고 사진 어디에서도 그 흔적을 찾아볼 수 없었다. 보아하니 나를 껴안고 있던 작고 하얀 손마저 셔츠 안쪽에 숨겨져 있었던 모양이었다. 쏟아지는 빛의 포화 속에서 어떻게 이토록 완벽히 숨을 수 있는 건지 놀라웠다.

결국 이 사진만 놓고 보면 나는 혼자서 쓰러져 가는 한 남자에 불과했다. 오늘 하루도 모두 내가 만들어 낸 환상이 아닐까. 그런 위험한 생각마저 든 탓에 나는 사진을 더 이상 들여다볼 수가 없어 황급히 주머니 속으로 넣었다.

그녀는 분명 나와 함께 있었는데, 나와 함께 있지 않았다. 나는 그녀와 입을 맞추었으나, 그녀는 나와 입을 맞추지 않았다. 다시 한번 제멋대로 태어나는 모순들을 잠의 파도에 묻어 버리고자 재빨리 자리로 돌아왔지만, 야속하게도 시간은 이미 만조를 한참 지나 썰물의 시간이었기에 그날 나는 오래도록 잠들지 못했다.

6

 기억이 시작되는 때부터였다. 나는 정해진 시간의 틀 안에서 한 치도 벗어난 적이 없었다. 시설에는 언제나 공간뿐 아니라 시간마저 개인에게 할당해 줄 수 있는 여유가 없었던 탓이었다. 방학 중이든 학기 중이든 언제나 같은 시간에 일어나, 밥을 먹어야 한다. 정해진 시간에 청소를 하고, 정해진 시간에 잠에 든다. 심지어 함께 생활하는 아이들과 체내 시계가 동화되기까지 하니 누구 하나 몸이 아프더라도 때가 되면 지언스레 일어날 수밖에는 없다.

그러니 지난 한 달 동안 불면증과 감기로 고생을 하면서도 단 한 번의 지각조차 하지 않았지만, 전날의 새벽녘만큼은 썰물이 지나간 뒤늦게나마 찾아온 파도가 반가웠던 모양인지, 나는 아예 몸에 힘을 풀고 바다 저 깊은 곳으로 쓸려가 버렸다. 다시 뭍으로 돌아오는 데에는 평소보다 긴 시간이 필요했다. 겨우 일어났을 때엔 모두가 등교를 한 뒤였다. 황급히 물어보니 다들 나를 한두 번 깨웠음에도 도저히 일어나질 않은 데다가 며칠 동안 아팠던 사실까지 떠올라 그냥 아예 푹 자도록 내버려 둔 모양이었다. 이미 오전 수업은 거의 끝이 났을 테니 오늘은 아예 하루 푹 쉬라는 말까지 들었지만, 나는 어쩐지 있어서는 안 될 곳에 떠내려온 물건이 된 기분이 들어 대충 씻고는 바로 버스를 잡아타 재빨리 학교로 향했다.

학교에 도착하자 다들 어디론가 점심을 사 먹으러 나가는 길인지 정문부터 사람이 꽤 북적였다. 아이들이 뛰어다니느라 혼잡한 복도에서도 여기저기 맛있는 냄새가 풍겨와 꼭 도심의 뒷골목을 떠올리게 했다. 그리고 텅 비어 있을 줄 알았던 내 자리에는 누군가 앉아 있었는데, 내가 낸 작은 발소리에 고개를 돌려 눈을 마주친 사람은 다름 아닌 카노코였다.

"류이치, 무슨 일이 있었던 거야? 아픈 게 더 심해진 건 아니지? 토요일에도 먼저 가 버리고."

카노코는 꽤나 걱정스러운 표정으로 말했다.

"아, 응. 몸은 아주 괜찮아졌어. 그날도 피곤해서 푹 쉬었거든. 그리고 오늘은 어쩌다 보니 늦잠 잔 것뿐이니까."

"하지만 다른 사람도 아니고 네가 늦은 건 처음이잖아. 걱정할 수밖에 없어."

"안 그래도 그럴 것 같아서 뛰어오긴 했는데. 그나저나 다이스케는?"

"참, 다이스케도 오늘은 도시락을 깜빡했다며 네 밥까지 같이 사러 나갔어. 오는 길에 못 봤어? 아마 곧 돌아올 거야."

"맞다. 나, 도시락도 안 챙겨 왔구나."

"응. 사실 아까 교무실에라도 찾아가 보려 했거든. 그런데 그때도 다이스케가 말렸어. 하루쯤 늦잠 자는 걸 수도 있으니까 기다려 보자면서."

"괜히 폐를 끼쳤구나. 미안. 미리 말할 걸 그랬네."

"늦잠 잘 걸 어떻게 미리 말해."

"그건 그렇지만."

이때가 되어서야 우리는 서로 환하게 웃어 보였는데, 카노코는 웃다 말고는 갑자기 생각난 게 있다는 듯 말을 이어 갔다.

"맞아. 류이치. 조금 전에 처음 보는 애가 너한테 모자를 돌려줘야 한다며 왔다 갔었어. 내가 자리에 없다고 하니까 그냥 돌아가더라고."

"누구?"

"단발에다가 하얗고 꽤 이쁘게 생겼던걸. 여태 같은 학년 중에 그런 애가 있었는지는 몰랐는데, 아는 사이야?"

"아, 그 애. 며칠 전에 버스에서 같은 학교 애가 울고 있길래 손수건도 없고 해서, 모자라도 빌려줬었거든. 그게 다야."

"흐음, 그렇구나. 그런데 류이치. 너 혹시 걔 좋아해?"

"갑자기?"

"너는 처음 보는 사람한테 뭐든 잘 안 빌려주잖아."

"카노코. 아마 누구라도 그랬을 거야. 워낙 슬프게 울고 있었거든. 그리고 바로 옆자리였으니 그게 내 차례였던 것뿐이고."

"그럼 지금 내가 울면 넌 어떡할래?"

"당연히 모자도 빌려주고, 내 셔츠도 벗어 줄게. 이걸로 코를 풀어도 뭐라 안 할 사람은 너, 다이스케뿐이야."

"좋아. 그럼 나중에 내가 울면 꼭 그렇게 해 줘. 약속이다?"

"응. 약속할게."

카노코는 반사적으로 나온 나의 거짓말을 못 믿는 눈치였지만, 뒤에 따라붙은 나의 애정 어린 대답에 조금은 만족한 모양인지 이내 의심의 눈초리를 거둬들였다.

그리고 마침 다이스케가 돌아와 반갑게 인사를 나눈 우리는 커다란 가라아게가 빈틈없이 들어 있는 도시락을 다 같이 나눠 먹었다. 함께 떠들며 밥을 먹고 있으니 어쩐지 내가 있어야 할 곳으로 돌아온 것 같아 마음이 조금은 진정되는 듯했다.

그 뒤로는 아주 평화롭게, 또 평소처럼 지나갔다. 아니, 어쩌면 비교적 평평하게 지나갔다고 해야 할지도 모르겠다. 도중에 카노코가 한두 번쯤 아카리에 대한 이야기를 꺼내기도 했지만, 나는 똑같은 거짓말을 되풀이하거나 급히 대화 주제를 바꿔 애써 무마할 뿐이었다. 애초에 다이스케는 그녀의 존재를 그다지 신경 쓰지 않는 분위기이기도 했다. 그리고 화요일쯤에는 카노코가 새로운 네임 택을 사 와 지갑에 결국 세 개나 되는 이름표를 주렁주렁 매달게 되었다. 농담이었다는 것은 알지만, 잃어버렸던 것에 대한 벌이라면서 한동안은 그렇게 다니라는 조건도 따라붙었다. 그렇게 서점과 재즈 바, 유도장을 한 번씩 다녀오니 일주일이 순식간에 지나가 있었다.

*

　다시금 일요일 아침이 되자, 나는 지난번과 같이 이른 시간에 일어나 똑같이 욕실 청소를 한 뒤 밖으로 나섰다. 다만 이날은 금방이라도 비가 올 것같이 날씨가 흐렸다. 들뜬 기분으로 도착한 학교마저 습기에 푹 젖은 듯 전체적으로 채도가 낮아 보였고, 교실도 유난히 조용해 아무리 작게 걸어도 신경 쓰일 만큼 발소리가 울렸다. 우산을 가져오지 않았다는 걸 뒤늦게 깨닫고는 불안감이 스멀스멀 올라오기도 했지만, 나는 애써 아무렇지도 않다는 듯 아무도 없는 교실을 한 바퀴 빙 돌아본 뒤 읽다 만 책을 꺼내 자리에 풀썩 앉았다.

　그럼에도 나는 좀처럼 평소답지를 못했다. 책장을 넘길 때마다 꼭 습관적으로 손에 침을 묻히는 사람처럼 틈틈이 시계를 흘겨봤다. 분명 옆에 누군가 있었다면 정신 사납다고 뜯어말렸을 정도로 좀처럼 시선을 한 군데에 묶어 두지 못했다. 약속 시간까지는 여유가 있었으나 금방이라도 아카리가 문을 열고 들어와 예상치 못한 어디론가 데려다줄 것 같다는 기대감이 들었기 때문이었다.

　그러나 아카리는 마지막 페이지가 힘없이 쓰러질 때까지도 나타나지 않았다. 오후 열두 시가 넘었을 때부터는 괜히 일어나 복도를 살펴보기도 했지만 더디게 가던 시간은 끝내 한 시를 넘겨 버렸다.

그렇게 아카리가 끝내 오지 않는가 싶어 마지못해 짐을 챙기며 일어났을 때였다. 교실 문은 마치 이때를 기다렸다는 듯 괴로운 소리를 내며 천천히 입을 벌리더니 무언가를 끈적하게 뱉어 냈다. 주변이 어두웠기에 그게 곧장 누구인지 알아보지는 못했으나, 얼마 지나지 않아 눈이 어둠에 적응해 겨우 아카리인 걸 알아챌 수 있었다.

하지만 나는 왠지 아카리가 아닌 다른 사람이 온 게 아닌가 싶을 정도로 이상한 느낌을 받았다. 아카리는 그녀의 그림자가 대신 나왔다고 해도 믿을 수 있을 정도로 어딘가 묘하게 색을 잃어버린 듯했다. 칙칙한 교실의 풍경과 명확하게 구별이 되지 않을 정도였다.

늦었다든가, 잘 지냈냐는 등의 별다른 인사도 없었다. 그저 나에게 천천히 다가와 반갑다는 듯 힘겹게 웃어 보일 뿐이었다. 혹시 어디가 아픈 거냐고 물어보니 그마저도 입을 다문 채 가만히 고개를 젓기만 했다. 내가 이마에 손을 대려고 하자 아카리는 반사적으로 뒤로 한 발자국 물러서기까지 해 나는 괜히 멋쩍은 미소를 지어 보일 수밖에 없었다.

아카리는 교복보다 훨씬 밝은 색의 옷으로 갈아입은 뒤에도 여전히 그늘 속에 있는 사람처럼 보였다. 학교 밖으로 나서서도 끊임없이 걷기만 했다. 회색으로 축축이 젖은 길을 지나 창문에 김이 잔뜩 서린 전철을 탔지만, 아카리는 여전히 아무 말도 하지 않았다. 도심에 도착해 내가 먼저 배고프지는 않냐고 물어보았을 때조차 아카리는 별다른 말도 없이 그저 허공을 응시하기만 했다.

나는 혹시 못 들었을까 싶어 한 번 더 똑같은 질문을 던지게 되었는데, 그녀는 그제야 말없이 쥐고 있던 손가방을 가슴 높이까지 들어 나에게 그 안쪽을 보여 줬다. 그 안에는 몇 개의 지갑들이 서로를 부둥켜안은 채 덜덜 떨고 있었다. 보아하니 오늘은 이 가방이 다 비워질 때까지 열심히 걷기만 해야 한다는 의미 같았다.

애써 내비친 걱정이 다시금 이런 식으로 묻혀 버린 게 멋쩍어 나는 애꿎은 모자만 깊게 눌러썼다. 그러고는 아카리와 조금의 거리를 둔 채 뒤를 따라 걸었다. 걸으면서도 침묵하였다. 그 대신 아카리의 하얀 목을 타고 흐르는 땀이 티셔츠를 조금씩 젖혀 가는 광경을 유심히 지켜보았다. 내 눈에는 그게 꼭 사진을 찍은 날로부터 일주일이나 지났음에도 그날의 슬픔이 휘발되지도 않고 여태 아카리를 적시고 있는 것처럼 보였다.

하지만 고작 첫 번째 전당포에 도착했을 때였다. 한껏 냉랭해져 가는 분위기에 옷을 두껍게 껴입던 정적은 민망할 만큼 한순간 알몸이 되어 버렸다. 아카리가 문을 열려다 말고 갑작스레 뒤를 돌아 나와 눈을 마주친 까닭이었다. 조금 전까지 얼굴 위로 칠해져 있던 거무죽죽한 색은 어디 가고 아카리는 어느새 아주 새하얗게 웃고 있었다. 그 모습이 마치 두꺼운 먹구름을 뚫어내는 빛 내림이라도 보는 것 같아 나는 반사적으로 눈을 살짝 찌푸렸으나, 아카리는 그런 나의 반응 같은 건 전혀 신경 쓰지 않는다는 듯 가벼운 발걸음으로 다가와 다정하게 팔짱을 꼈다.

아카리는 가방에서 지갑을 하나 꺼내 곧장 내 바지 주머니에 찔러 넣으며 말했다.

"류이치, 오늘 무슨 기념일로 하는 게 좋겠어?"

목소리까지 아주 또렷하고, 밝아져 있어 나는 한 번 더 당황할 수밖에 없었다.

"…아, 응. 대충 일주년으로 하는 게 좋을 것 같은데. 그것보다도 아카리. 기분은 좀 괜찮은 거야?"

"내 기분?"

"아까부터 별로인 것 같아서."

"내가? 아니야, 니 괜찮아. 아무렇지도 않아."

"정말?"

"응. 정말이니까, 신경 쓰지 않아도 돼."

"그렇다면 다행이지만."

지난주, 갑작스레 울음을 터트렸을 때에도 그 이유를 알 수 없었으니 나는 다시 밝아진 이유에 대해서도 구태여 묻지 않기로 했다. 일단 물어본다면 아카리는 다시 구름 뒤로 숨을 것이 분명했다.

"그러면 혹시 들어가서 내가 따로 할 건 없어?"

"파친코 토큰 챙겼지? 그거 말고는 잘 웃기."

"잘 웃기?"

"응. 기념일처럼."

아카리는 그렇게 말하고는 얼마간 가만히 심호흡을 하는 것 같았는데, 그녀는 예상치 못한 타이밍에 가냘픈 숨을 크게 내쉰 뒤 한마디를 덧붙이고 나서야 문을 열었다.

"그리고 나를 사랑스럽게 바라봐. 의심의 여지도 없을 만큼. 나머지는 내가 알아서 할게."

실제로 지갑을 맡기고 돈을 받는 과정에서 내가 할 일은 거의 없었다. 신분증을 요구할 때 가능한 한 자연스럽게 파친코 토큰을 함께 보여 줬고, 한두 번 그녀의 어깨에 손을 올리는 등 커플들이 할 법한 행동들을 하는 것으로 끝이었다. 처음 인사를 시작으로 질권을 작성하고, 이율이라든지 돈을 적당히 흥정해 받는 것까지 아카리가 전부 도맡았다. 그 모습은 누구도 거짓이라고 의심할 수 없을 정도로 자연스러웠다. 나조차도 정말 우리가 오늘 일주년이고, 어쩌다 보니 도박에 빠져 돈이 필요하게 된 것만 같아 부끄러운 기분이 들 정도였다.

하지만 직원분의 친절한 인사를 끝으로 전당포 문을 나서자 아카리는 또다시 순식간에 표정을 바꿔 버렸다. 고생했다거나, 생각보다 쉬웠다는 감상적인 말도 없었다. 가방에서 수첩을 꺼낸 뒤 어떤 주소를 또박또박 따라 읽고는 다시 묵묵히 길을 걸을 뿐이었다. 그날은 그렇게 밥도 안 먹고 총 네 군데의 전당포에 들렀다. 어김없이 문 앞에 서면 아카리는 환하게 밝아졌고, 다시 나올 때에는 금세 어두워져 버렸다. 마치 시리도록 추운 겨울, 마지막 하나 남은 양초를 아껴서 쓰려는 사람처럼 꼭 필요한 때에만 불을 켜는 것 같았다.

그리고 금방이라도 해가 지려는 듯 서로의 얼굴이 하늘빛에 붉게 물들기 시작할 쯤이었다. 아카리는 횡단보도 앞에서 내 손에 비닐봉지 하나를 쥐여 주고는 인파 사이로 홀연히 사라졌다.

그 모습이 흡사 도망에 가까웠기에 인사는커녕 그사이 우리는 눈 한 번을 마주치지 않았다.

나는 덩달아 떨어트린 물건을 주워 다시 찾아 주려는 사람처럼 뒤늦게 봉투를 든 채 아카리를 쫓으려 했지만, 이어지는 횡단보도가 내 앞에서 빨간불로 바뀌는 바람에 얼떨결 도로 중간에 위치한 교통섬에 홀로 갇힌 신세가 되었다.

그곳은 왕복으로 여덟 개의 차선이 얽혀 있는 교차로였으니 다시 파란불이 되려면 한참이나 기다려야 했다. 그 정도 시간이면 아카리를 따라잡을 수 없다는 것쯤은 금세 알아차릴 수 있었다. 내가 신호를 기다리며 당장 할 수 있는 일이라고는 손에 덩그러니 들려 있는 검은색의 비닐봉투를 살펴보는 게 전부였다.

그게 마치 영화 캐스트 어웨이에서 해안가에 떠밀려 온 택배 상자들을 뜯어보는 톰 행크스를 떠올리게 했지만, 톰 행크스가 그곳에서 새로운 친구인 윌슨을 만난 것과는 달리 나는 고작 봉투 안에서 세 개쯤의 지갑만을 발견할 수 있었다. 거기에 하루 종일 울적해 보이던 구름마저 결국 눈물을 쏟아내며, 입을 빼끔 벌리고 있던 비닐봉투 속에 얕은 웅덩이를 만들기 시작했다. 구름이 우는 건지, 내가 우는 건지, 지갑들이 우는 건지 알 수 없었다. 다만 봉지 안에 점점 더 물이 차올랐고, 어느새 내가 들고 있는 게 마치 금붕어를 넣어 둔 비닐봉투 같이 느껴져, 나는 괜히 웃음이 났다.

'너희 주인은 지금 어디에 있니.'

그렇게 마음속으로 말을 걸어 보자 지갑들이 정말로 빗물 속에서 헤엄을 치는 것처럼 느껴져 나는 얼마간 소름이 끼쳤다.

그제서야 나는 잊고 있었던 약속이 생각난 사람처럼 다시 고개를 들었고, 어디론가 걷기 시작했다. 근방의 전철역까지 비를 흠뻑 맞으면서도 걸음을 한 번도 멈추지 않았다. 정신을 차려 보니 나는 역 근처 가장 커다란 우체통 앞에 서서 들고 있던 비닐봉투를 거꾸로 뒤집고 있었는데, 고여 있던 따듯한 눈물은 바닥 위로 곧장 흩어져 버렸지만, 뒤늦게 떨어진 지갑들은 숨을 못 쉬겠다며 볼썽사납게 펄떡였다. 나는 그것들을 오래도록 안타깝게 바라보다가, 조심히 들어 올려 소매에 물기를 닦고는 우체통 안으로 하나씩 흘려보냈다. 내게는 여태 아무도 찾으러 오지 않지만, 너희는 누군가가 애타게 찾고 있기를. 그렇게 한 번 더 마음 깊이 빌었다.

*

숨 막힐 듯 무더웠던 9월을 지나 10월의 마지막 날이 되었다. 학교 담을 가득 메우고 있던 능소화들은 모두 바닥으로 떨어졌다. 매미도 울음을 멈쳤고, 하루 종일 땀을 쏟게 하던 더위조차 정오에만 잠시 깨어날 수 있는 기면증 환자가 되어 조금도 무섭지가 않았다.

그리고 나는 그쯤, 정확히 열 번째 지갑을 손에 넣었다. 일요일마다 아카리에게서 받은 지갑들을 우체통에 모조리 집어넣었음에도, 이대로 아카리의 지갑을 모두 처리하고 나면 더 이상은 아카리가 웃는 모습을 볼 수 없을 것만 같아 조금씩 시설 옥상에 숨기게 된 것이었다. 그때 나는 마치 지독하게 긴 겨울을 대비해 장작을 모아두는 사람 같았다.

그 정도로 아카리는 전당포가 아니라면 웬만해서는 웃지 않았다.

단 한 번, 예외였던 적이 있기는 했다. 질긴 더위가 끊어질 듯 끊어지지 않은 9월 말이었다. 우리는 지갑이나 가방 같은 것들에 특히 값을 잘 쳐 주는 곳이 있다며 구태여 외곽 멀리에 위치한 전당포를 찾아간 적이 있었다. 그러나 분명 바깥에는 영업시간이라고 크게 적혀 있었음에도 전당포의 문은 굳게 잠겨 열리지 않았다. 몇 번이나 노크를 해도 침묵만 이어질 뿐이었다. 우리는 그대로 오 분쯤 더 기다렸으나 끝내 아무도 나오질 않아 포기하고 돌아서야 했는데, 한낮부터 아직 가시지 않은 더위 속에서 걷기만 했으니 아카리는 평소와 달리 지친 기색이 역력했다.

그리고 그런 모습이 꽤 안쓰러웠던 건지 나는 평소라면

아무 말 않고 다음 결정을 기다렸겠지만, 그날만큼은 잠시 편의점이라도 들르지 않겠냐고 내가 먼저 말을 걸었다. 물론 그러면서도 지난번처럼 가방 속 지갑들을 보여 주며 걸음만 재촉하지는 않을지 내심 긴장을 해야 했으나, 다행히 그날의 아카리는 다행히 별말 않고 나를 따라 순순히 편의점으로 향해 주었다.

우리는 길 건너편에 위치한 편의점에 들어가자마자 시원한 공기에 서로 살 것 같다는 표정이 되어 약간 웃어 보였다. 그러고는 곧장 창밖이 보이는 자리에 앉아 선풍기와 에어컨이 돌아가는 소리를 들으며 머리가 아플 정도로 차가운 음료를 마셨다. 밖으로는 넓은 주차장이 보였다. 차가 단 한 대도 주차되어 있지 않은 데다가 금이 간 아스팔트 사이로 이름 모를 풀들이 무성히 자라 있어 꼭 너른 초원을 떠올리게 했다. 건너편 도로에도 차가 아주 가끔씩 지나갔다. 그리고 이 근방의 가로수는 특이하게도 모두 버드나무였다. 우리는 덕분에 느긋한 마음이 되어 바람에 흔들리는 줄기와 아름다운 잎을 구경할 수 있었다.

그렇게 얼마간의 시간이 지나자 땀도 산뜻하게 마르고 얼굴에 두꺼운 눈처럼 쌓여 있던 열감도 완전히 녹아 없어졌다. 아카리는 먹고 있던 음료를 빈 정도 비우자 책상 위에 엎드려 눈을 감은 채 쉬기 시작했다. 마침 얼굴이 내 쪽으로 향해 있어 나는 무심한듯 창밖을 보다가도 힐끔힐끔 아카리를 살펴볼 수 있었다. 밖에서부터 들어오는 빛을 받고 있어서 그런지 아카리는 전당포가 아닌데도 불을 환하게 켜 놓은 것처럼 밝았다. 아카리와 처음 만난 주말을 제외하고는 바깥에서 이런 표정을 본 적이 없었기에 나는 머릿속으로 프리쿠라 기계를 흉내 내며 그 얼굴을 오래도록 기억하려 애썼다.

얼마 가지 않아 아카리의 숨소리가 바뀐 것을 눈치챌 수도 있었는데, 그게 꼭 잠에 든 아기처럼 느리고, 연약했다. 그사이 나는 조용히 일어나 테이블을 정리한 뒤 빈 페트병을 쓰레기통으로 가져갔다.

다시 돌아오는 길에는 수많은 잡지들 중 혼자 새파란 색으로 칠해진 여행 잡지 하나가 눈에 띄어 아카리가 깰 때까지 시간도 때울 겸 자리에 들고 왔다. 표지를 살펴보니 오키나와에 있는 츄라우미 수족관이 작년쯤 새로이 개관했다는 소식과 함께 그 사진이 커다랗게 실려 있었다.

사진에는 질릴 만큼 새파란 물속에 커다란 고래상어와 가오리, 그 외에 온갖 물고기들이 우아하게 떠다니고 있었는데, 거대한 수조 앞으로 색을 빼앗겨 버린 사람들이 그림자처럼 아주 작게만 보였다.

얼핏 보면 경이로울 만큼 아름다워 보였으나, 아무래도 시설의 풍경이 떠올라 울적한 기분이 들었다. 그리고 이때, 잠에 든 줄 알았던 아카리가 말을 걸어왔다.

"거긴 어디야?"

"일어났구나. 아, 여기?"

"정말 눈 아플 만큼 새파랗네."

"응. 오키나와에 있는 수족관인가 봐. 해양 박람회 때 지었던 건데, 이번에 이름도 바꾸고 새로 개관한 모양이야."

"왠지 조금 슬퍼 보여."

"여기가? 아니면 내가?"

"수족관 말이야."

"사실 나도 처음 보고는 그렇게 생각했는데."

우리는 그 말을 끝으로 햇빛에 눈이 부신 사람들처럼 쓴웃음을 지어 보였다.

다음으로는 내가 먼저 나서서 말했다.

"그런데 사실 나, 작은 수족관조차 놀러 가 본 적이 없어. 가 보면 생각이 달라질까?"

"나는 지겨울 만큼 가 봤는데, 아마 생각이 바뀌지는 않을 거야."

"그럼 오키나와는?"

"안 가 봤지만, 사진 보니 한 번쯤 가 보고는 싶네."

아카리는 그렇게 말하고는 이내 흥미가 생겼는지 내 손에 들려 있는 잡지를 가져가 집중해서 읽기 시작했다. 여행 잡지를 읽고 있는 모습을 보니 머지않아 금방이라도 떠날 사람처럼 느껴져 나는 평소 생각해 왔던 질문을 무심코 내뱉었다.

"아카리. 어때? 이대로라면 돈은 충분할 것 같아?"

"음, 안 그래도 저번에 여행사 사무실에 찾아가서 비용이나 그런 것들을 물어봤는데, 어쩐지 자신이 없어졌어. 정말 말도 안 되게 비싸."

아카리는 잡지에서 시선을 떼지 않으며 말했다.

"어디로 물어봤는데?"

"저번에 말한 것처럼 미국."

"미국?"

"응."

"말하는 게 꽤 어렵지 않을까?"

"그런 건 일단 가면 어떻게든 하게 될걸."

아카리는 말이 끝나기가 무섭게 잡지 코너로 뛰어가더니 한동안 뒤적거리고는 돌아와 내 옆에 다시 앉았다.

"역시 미국 여행에 관련된 건 없네."

"아, 그거. 서점에는 더러 있어. 나중에 가져다줄게."

"정말? 얼마 주면 돼?"

"아냐. 그다지 비싸진 않아서. 돈은 걱정 마."

"그러지 말고 오백 엔이라도."

"어차피 매주 들르기도 하니까, 정말 괜찮아."

"좋아. 그럼 부탁할게."

이때 아카리는 내 호의에 대한 보답인지 예전으로 돌아온 것처럼 미소를 보여 줬다. 여전히 어딘가를 깊숙하게 찌르는 아름다운 미소였다. 나는 다시 한번 마음이 움찔해 반사적으로 생각으로만 했어야 할 말을 꺼내 버렸다.

"아카리. 그러지 말고, 오키나와로 가는 건 어때?"

"오키나와?"

"응. 미국만큼은 아니지만 적당히 먼 곳이잖아. 그쯤이면 너를 아는 사람은 한 명도 없을 거야. 물론 비행기값도 더 저렴할 거고."

"흐음."

"게다가 누가 알아보기라도 하면, 그때 더 멀리 떠나면 돼. 오키나와에는 아직 미군이 많이 있다니까, 그동안 영어도 조금은 익숙해져 있을지 않을까."

"… 한번 고민해 볼게."

그 뒤로 아카리는 정말 고민을 하고 있는 건지 또 한동안 말도 없이 창밖을 보기만 했다. 이윽고 다시 말을 꺼낸 것은 나였다.

"아니면 나랑 같이 가 보고 결정할래?"

"갑자기?"

"맞아. 오키나와에."

내가 꽤 진지한 표정이 되어 말을 하자 아카리는 갑자기 큰 소리로 웃었다.

"왜? 나는 진심이야."

"미안. 오해는 하지 말아 줘. 그냥 같이 가더라도, 네가 할 게 없을 것 같아서."

아카리는 어느 부분에서 그렇게 웃음이 터진 건지 내 얼굴을 보며 계속 싱그럽게 웃기만 했다. 그 때문에 나도 덩달아 멋쩍은 기분이 되어 농담처럼 다시 말을 꺼냈다.

"뭐, 수족관에서 일이라도 하지 뭐."

"저 파란 수족관 말이야?"

"응. 츄라우미. 아름다운 바다라는 뜻이래."

"음. 그거야 상관없지만, 원래 하고 싶은 일이 있지 않아?"

"딱히 생각해 본 적은 없어. 책 읽는 게 유일하게 좋아하는 일이긴 한데, 서점 같은 데서 일하면 그것마저 싫어질 것 같거든."

"그럼 글이라도 쓰면 되지 않을까."

아카리는 조금 고민하는 듯하더니 이내 알맞은 정답을 찾은 사람처럼 말했다.

"글이라. 좋아. 오키나와에서 쓰지 뭐."

"그렇게 쉽게? 수족관 일은?"

"물론 그것도 해야지. 퇴근하고 쓰면 돼."

"대단하네."

"그럼 너는 가서 뭐 하고 싶어?"

"나는 일단 쉴 거야. 돈을 마련하느라 꽤 지쳤거든."

"그래. 아무래도 오키나와는 휴양지니까. 내 계획보다는 그게 더 어울려."

"그러니까 하루 종일 자기만 해도 뭐라고 하기 없어."

"아무 말도 안 할게. 대신 주말에라도 같이 바다에 가서 수영도 하고 그러자. 서핑도 배우고. 재밌을 거야."

"하지만 오키나와까지 가서 일도 하고, 글도 쓰고, 수영에 서핑까지 하면 어쩐지 너만 너무 바쁜 것 같은걸."

"그래야 서로의 균형이 맞지 않을까? 네 몫까지 내가 대신 움직인다고 생각하면."

"으음. 아니. 역시 하나도 안 맞아. 그럼 나만 살찔 테니까. 불공평해."

"그래도 내가 과로로 쓰러지면, 네가 업어 줄 수 있잖아."

아카리는 계속되는 내 시시한 농담에 힘없이 웃다가 다시 한참이나 창밖을 바라보았다. 마침 창밖으로는 커다란 트럭이 뿌연 먼지를 일으키며 지나가고 있었는데, 아카리는 조금씩 멀어져 가는 트럭 소리 위로 또렷하게 말했다.

"류이치. 네가 저 수족관에서 일하게 되면 말이야."

"응."

"매일 작은 물고기를 한 마리씩 몰래 훔쳐 와 줄래?"

"물고기를?"

"그래. 헤엄치는 것들 말이야."

"뭐 하려고?"

"바다로 돌려보낼 거야."

"음, 괜찮은 생각 같기는 한데 그 물고기들. 수족관에서 바다로 나가면 금방 죽을지도 몰라."

"류이치. 그런 것쯤은 나도 알아. 하지만 평생 구경거리가 될 수는 없잖아."

아카리는 어느새 고개를 돌려 나를 똑바로 바라보고 있었다.

"그렇게 눈치도 못 채게 조금씩 조금씩 훔치다가, 마지막에는 저기 저 커다란 고래상어까지 풀어 주고 도망가는 걸로. 어때?"

"…좋아. 그럼 나는 글도 쓰고, 일도 하고, 수영이랑 서핑을 한 다음, 매일 남몰래 물고기까지 훔치면 되겠다. 아주 쉬워."

나는 아카리의 말이 농담인 것을 알면서도 어쩐지 이것만큼은 해서는 안 될 약속인 것 같아, 조금 뜸을 들이다 겨우 애매한 대답을 꺼내 놓을 수 있었다.

"영 안 내키나 보네. 좋아. 그 대신 데려온 물고기를 바다까지 바래다주는 건 나 혼자 할게. 떠나보내는 게 제일 어렵고, 슬픈 일이니까. 그럼 됐지?"

"아니, 그런 건 아닌데. 그래. 그럼 수영은 나만 배우는 걸로 하자."

"뭐야. 나 정말 살찌우려고? 아무리 그래도 널 업지는 못해."

"그냥. 너라면 왠지 먼바다까지 헤엄칠 것 같아서. 고래상어를 풀어줄 때 말이야. 아주 멀리까지 따라가 버릴 것 같거든."

"그럼 안 돼?"

"응. 나, 오코노미야키 만들 줄 몰라."

"내가 한 게 맛있긴 하지만, 아무리 그래도."

"그러니까 떠나보내는 것도 내가 할게."

"역시 불공평해."

"나는 그래. 그러고 싶어."

*

 푸른 하늘을 가득 메우던 나뭇잎이 어느새 깜깜한 아스팔트의 두꺼운 이불이 되어 주듯, 11월은 정말이지 아무런 낌새도 없이 다가왔다. 그 사이 숨기게 된 지갑은 하나둘 늘어만 갔고, 반대로 학교 옥상의 소화전은 눈에 띄게 홀쭉해져 곧 원래의 모습으로 돌아오기 직전이 되었다. 이것은 머지않아 더 이상의 가짜 기념일도, 아카리의 미소도 없어진다는 걸 의미했다. 나는 아침저녁으로 쌀쌀해지는 날씨보다도 이런 이유에 더 자주 몸을 떨었다.

 그리고 나는 토요일만 오면 우체통 앞도, 유도장도 아닌 제법 먼 곳에 위치한 전당포들을 찾아 다녔다. 아카리에게서 받은 지갑들이야 아카리의 미소를 한 번이라도 더 보기 위해 모아 두었던 것이었으나, 여러 번 생각해 보니 그건 결국 임시방편으로 언 발에 오줌을 누는 게 아닌가 싶었다. 그럴 바에 아예 오키나와까지 따라가 언제든 환한 미소를 볼 수 있도록 돈으로 바꾸려 한 것이었다.

 물론 아카리를 떠올리며 능청스럽게 연기를 하니 예상과 달리 큰 어려움은 없었지만, 바깥에 나와서까지 덤덤하기만 했던 아카리의 그 표정만큼은 도저히 따라 할 수 없었다. 주인을 찾아 주지는 못할망정 돈을 받고 팔아 버리는 게 꼭 처음 나를 거둬들였던 시설의 원장이 된 것 같아 나는 매번 지독한 죄책감에 표정이 한껏 일그러질 뿐이었다.

그럼에도 남은 시간이 없다는 것을 알았기에, 나는 숨 돌릴 틈도 없이 보름 만에 열다섯 개가 넘는 지갑을 팔아치웠다. 몇 개는 헐값에, 몇 개는 좋은 값을 받아 꼭 비행기 티켓 값 정도는 얼추 맞출 수 있었다. 거기에 조금이지만 시설에서 나가며 받는 돈까지 더하면 당분간은 생활하는 데에도 문제가 없을 것 같아 혼자 기뻐하기까지 했다.

그러나 그와 반대로 카노코와 다이스케가 도쿄로 가는 것에 대해 더 자주 이야기를 꺼내기 시작해 나는 종종 멈출 줄 모르는 식은땀을 흘려야 했다. 애초에 일찍이 두 사람 모두 도쿄에 있는 대학에 진학하려고 하니 나에게도 그러지 않겠느냐 말을 했었지만, 나는 매번 고민해 보겠다고 에둘러 말하며 의사 결정을 미뤄 두었었다. 당시 마음속으로는 학비를 낼 수 없어 이미 대학에는 가지 않기로 일찍이 결정을 했었음에도 여차하면 함께 도쿄로 가 다른 일이라도 배울 수 있지 않을까 생각하고 있었다.

하지만 나의 마음은 불과 세 달 정도 만에 도쿄에서부터 먼바다를 헤엄쳐 오키나와에 도착해 버렸으니, 돈을 모아 미리 도쿄에 놀러 가자는 말이 나왔을 때에도 나는 흔쾌히 그러자고 대답해 놓고도 점심에 몰래 학교를 빠져나와 근처 여행사에 들러 오키나와로 가는 티켓 값을 한 번 더 물어볼 뿐이었다.

그리고 지겨울만큼 기나긴 겨울이, 나에게 왔다.
12월을 고작 하루 앞둔 일요일이었다. 그날은 꼭 쉰한 번째 마지막 지갑을 전당포에 맡긴 날이었다. 아카리는 잠시 화장실에 들렀다 갈 테니 먼저 나가서 기다려 달라는 말만 남기고 홀연히 사라졌다.

나는 그 사이 허름한 전당포 복도에 남겨진 채 아카리가 과연 미국으로 간다고 할지, 아니면 오키나와로 마음을 굳혔을지, 또 어디든 가게 된다면 나와 함께 가자고 할지, 가짓수가 고작 세 개밖에 되지 않는 룰렛에 전 재산을 걸어 둔 사람처럼 한시도 가만히 있지를 못하고 있었는데, 그 룰렛은 어쩐지 이십 분이 지나도록 멈출 기미조차 안 보였다.
심지어는 걱정되는 마음에 화장실 바로 앞까지 가 보았으나 안쪽에서는 아무런 인기척도 느껴지지 않았다. 실례를 무릅쓰고 안을 향해 이름을 불러 보았음에도 역시 대답은 없었다. 당장에야 분명 만난 지 얼마 되지 않았을 때 이런 장난을 수도 없이 쳤으니 이번에도 그럴 것이라고 애써 불안한 마음을 달래 보려 했으나, 몸은 이미 내가 모르는 무언가를 알기라도 한다는 듯 제멋대로 반대편 복도를 향해 걸어가고 있었다. 역시나 그 끝에는 또 다른 출구가 있었다.

그날 나는 그녀가 아직 멀리 가지 못했을 거라며 전당포 근처를 한참이나 서성였다. 중간중간 바닥 위로 떨어진 눈물 자국이라도 찾아보려 할 정도로 처절한 발걸음의 연속이었다. 하지만 당시 거리로는 다가오는 크리스마스를 위해 작은 전구들이 온갖 가로수와 기둥들을 담쟁이넝쿨처럼 타고 올라가고 있었기에, 나는 그런 아름다운 빛들을 증오하며 뛰어다녔다. 자꾸만 눈이 부셔 앞이 잘 보이지 않는다며 혼잣말을 잘근잘근 씹다가 거리 위로 아무렇게나 뱉어 버리기도 했다.

그럼에도 언제나 제멋대로 사라지고, 제멋대로 찾아왔던 아카리였다. 그다음 날이 바로 월요일이니 머지않아 학교에서 그녀를 찾아볼 수도 있을 터였다. 아무리 생각해도 그렇게까지 절박하게 찾아다닐 또렷한 이유는 없었다. 하지만 무섭도록 날카로워진 직감은 이번이 분명 마지막이라며 계속해서 내 온몸 구석구석을 찌르고, 또 찔러 나는 밤이 깊어질 때까지 걸음을 멈출 수 없었다.

그리고 이토록 짙은 불안은 시간이라는 얇은 벽을 쉽게

찢어 내고 반드시 현실로 나타나기 마련인지, 나는 결국 그 날도, 그다음 일요일까지도 아카리를 만날 수 없었다. 교실에서 아침부터 해가 질 때까지 뜬눈으로 그녀를 기다려 봤지만, 마주칠 수 있었던 건 책이나 물건을 두고 간 몇몇 아이들이 고작이었다. 같은 반 애들에게 물어보아도 그런 이름은 처음 들어 본다는 대답뿐이었다.

그 사이 혹시나 싶어 몇 번이나 옥상과 보건실을 찾아가 보았지만, 어디에도 우리가 함께했던 그 어떠한 흔적도 남아 있지 않았다. 쌓아 올렸던 책상은 어느새 제멋대로 무너져 옅은 먼지가 앉아 있었고, 힘들게 옥상에 올라가 확인한 소화전 역시 텅 비어 있었다. 어디에 가든 남의 것처럼 어색해진 나의 그림자가 전부였다. 당시 내 앞의 모든 풍경은 그날 찍었던 쓸쓸한 사진을 닮아 있었다.

게다가 누구라도 어떤 물건을 잃어버리기 전까지는 세세한 특징을 기억해 두지 않기 마련인데, 당시 나조차도 돌아보니 아카리에 대해 아는 게 별로 없었다.

누군가에게 그녀를 찾아 달라고 애원하고 싶어도 설명할 수 있는 건 아름다운 외모를 제외하곤, 고작 이름과 그녀의 단편적인 과거뿐이었다. 그동안 그녀가 사는 시설의 이름조차 물어보질 않았다는 사실이 속을 매스껍게 할 만큼 후회스러웠다.

그 때문이었을까. 나는 일 년에 한 번도 채 들르지 않았던 교무실에 제 발로 찾아가기도 했다. 아카리가 어느 반에 소속되어 있는지 물어보기 위해서였지만, 한동안 담임은 내가 별 시답잖은 이유를 든 탓이었는지 건성으로 그런 이름은 처음 들어 본다며 중얼거리기만 했다. 그럼에도 내가 우두커니 선 채로 쉽사리 돌아갈 것 같지 않자 그는 그제야 몇 개의 파일철을 뒤적이기 시작했고, 그런 이름의 애는 학교에 없다며 기어코 나를 밖으로 쫓아내 버렸다.

그렇다고 나는 그의 말을 쉽게 믿지 않았다. 명찰과 교복뿐만 아니라, 옥상의 위치를 아는 것이나, 보건실의 약을 어렵지 않게 찾아내는 것만 봐도 아카리는 이 학교의 학생일 수밖에 없었다. 그러니 나는 담임이 분명 무언가 착각한 거라며 교무실에서 나오자마자 곧장 아카리의 생김새를 설명하며 온 학급을 돌아다니기 시작했다. 여태 인사 한 번을 하지 않은 아이들이 대부분이었으나 부끄러움도 몰랐다. 그러나 나의 절박한 설명에도 그 누구도 긴 머리였다가 단발이 된 여자애에 대해 기억하지 못했다.

나는 결국 열한 개나 되는 모든 학급을 카노코와 다이스케의 눈을 피해 다니느라 며칠에 걸쳐 시간만 허비하게 된 꼴이 되었다. 마지막 반에서조차 허딩을 치고 나왔을 때는 어디선가 이명이 들려올 정도로 머리가 지끈거려, 재빨리 자리로 돌아가 천천히 심호흡을 해야 했다. 더 이상 아카리를 찾을 뾰족한 방법이 떠오르지 않자 한동안 곤히 잠들어 있던 두통이 다시금 깨어나 제멋대로 머릿속을 헤집기 시작한 탓이었다.

그리고 하필 그때 카노코와 다이스케가 같이 도쿄행 열차 티켓을 예매하러 가자며 자리로 찾아왔는데, 나는 멀리서부터 들려오는 유난히 커다란 발소리에 재빨리 얼굴을 평소의 것으로 만들어 뒤 간신히 아무렇지 않은 목소리로 그러자고 대답할 수 있었다.

"류이치. 혹시 너도 기차표를 한 달이나 일찍 예매할 필요가 있다고 생각하는 거야?"

다이스케는 멀리서부터 걸어오며 카노코의 제안이 도저히 납득이 안 된다는 듯 말을 꺼냈다.

"아, 응. 셋이서 함께 앉으려면 아무래도…."

"거봐. 그리고 그동안 미리 숙소도 찾아보고 그러면 돼."

내 힘없는 대답에 카노코는 마치 내기에서 이긴 사람처럼 말했다.

그 뒤로도 한참이나 어디에 가 볼지, 무엇을 먹으면 좋을지 끊임없이 이야기가 오고 갔지만, 나는 계속해서 아카리의 행방에 대해 떠올리고 있었기에 애써 건조한 웃음으로 대답을 대신할 뿐이었다. 그러다 수업 시작을 알리는 종이 울려 다들 각자의 반으로 돌아가기 시작해 다이스케도 사물함에서 자신의 체육복을 꺼내러 갔는데, 눈 깜짝할 사이 나에게 다가와 익숙한 모양의 모자를 건네주었다.

"류이치. 이게 저번에 카노코가 말했던 모자야? 우는 애한테 빌려줬었다는."

"아, 응. 맞아. 그런데 이거, 어디서 찾았어?"

"어디긴. 네 사물함이지."

"내 사물함?"

"그렇다니까. 으음, 류이치. 이건 내 생각인데, 어쩐지 저번에 지갑 훔친 것도 그 애 같지 않아? 사물함에 슬쩍 가져다 둔 게 방식이 똑같잖아."

"설마, 우연이겠지."

그러나 이때 나는 다이스케의 말을 우연이라 부정하면서도 곧장 아카리가 가져다 둔 것이 틀림없다고 생각했다.

"그런가?"

"응. 그러지 말고 어서 가 봐. 늦겠다."

"흠… 그래. 그럼 학교 끝나고 보자."

나는 다이스케가 교실의 뒷문을 열고 나가는 것을 끝까지 지켜보고 나서야 억누르고 있던 흥분을 겨우 얼굴 위로 꺼내 놓을 수 있었다. 무심한 듯했던 다이스케가 한눈에 아카리에 대한 것을 알아챈 것도 놀라웠지만, 아카리가 여전히 멀리 떠나지 않았다는 사실이 예상보다도 훨씬 더 큰 기쁨을 주었다. 그동안 수차례 아카리에 대한 실마리를 잃어버리기만 하며 깜깜해진 마음에 다시 찾아온 희망은 그 크기에 상관없이 눈이 부실 정도로 환하게 느껴질 정도였다. 그녀가 당장이라도 예상치 못한 곳에서 불쑥 튀어나와 미안하다며 웃는 얼굴로 이런저런 이야기를 해 줄 것 같았다.

이윽고 마지막 교시의 종이 울리자 나는 이미 너른 태평양에 몸을 띄운 사람처럼 한껏 가벼워진 마음이 되어 있었다. 모자를 계기로 아카리와의 기분 좋은 기억 속에서 헤엄을 친 덕분이었다. 카노코와 다이스케를 만나 역으로 가는 길에도 왠지 아카리가 근처에서 나를 지켜보고 있을 것만 같아 괜히 주위를 여러 번 둘러보기까지 했고, 걷던 도중 단체 티라도 하나 만들어 입는 게 어떻겠냐는 다이스케의 농담에 누구라도 들으라는 듯 일부러 더 크게 웃었다. 옆에 있던 카노코만이 혼자 질색을 하며 손사래 칠 뿐이었다. 그러자 자연스레 다시 모자에 대한 이야기가 나왔다.

"좋아. 티셔츠는 포기할게. 그 대신 모자라도 같은 걸로 맞추자. 어때?"

"아니. 그것도 싫어."

다이스케가 미련을 버리지 못한 듯 말했지만 카노코는 그조차도 단칼에 거절했다.

"흠, 안 되겠다. 류이치. 그럼 우리 둘 만이라도 쓰고 다니자. 이런 게 나중에 다 추억이라니까. 재밌을 거야."

"음, 나야 모자나 티셔츠나 상관은 없는데, 어찌 됐든 카노코가 우리랑 같이 안 다니려고 할걸?"

"카노코도 하루만 같이 있으면 포기해. 분명. 그리고 내가 네 모자랑 같은 걸로 살게. 아까 그 모자 있잖아. 어디서 산 거야?"

"아, 그거. 이번에 시내에 새로 생긴 백화점이었을 거야. 4층. 에스컬레이터 바로 앞에 있어."

"좋아. 그럼 나도 거기서 사 올게."

"뭐, 너만 좋다면"

"그런데, 류이치. 아무리 생각해도 네 사물함, 지나치게 수상한 것 같지 않아? 지갑도 그렇고, 모자까지 알아서 찾아오잖아."

"그러게. 어쩐지 다들 제멋대로 들락날락하네. 자물쇠가 없어서 불평은 못 하지만."

다이스케는 내 대답에도 역시 이상하다며 한동안 의심을 지우지 못하는 듯했다.

그러자 카노코가 가만히 이야기를 듣다 말고는 갑작스레 끼어들어 말했다.

"내가 말을 안 해 줬구나."

"응? 뭐가?"

"류이치. 네가 울고 있는 애한테 모자 빌려줬었다고 말했던 날 기억하지? 그 애 있잖아. 네가 없어서 그대로 가 버린 줄 알았는데 점심시간 끝나고 반에 가 보니 문 앞에서 나를 기다리고 있더라고."

"혹시 여름쯤에 있었던 일을 말하는 거야?"

"맞아. 벌써 시간이 그렇게 됐구나. 하여튼. 왜 굳이 나에게 다시 와 모자를 준 건지는 모르겠지만, 우선 받아 둬서 곧바로 내 책상 아래에 넣어뒀었는데 여태 깜빡한 거 있지. 오늘 아침에야 책을 꺼내다가 발견하고는 곧장 네 사물함에 넣어 놓았는데, 말하는 걸 잊어버렸네. 미안."

"…카노코. 정말 그날에 있었던 일이 확실해? 그러니까 9월에 말이야."

"응. 맞을 거야. 그때 분명 한참 더웠으니까."

카노코는 굳어진 내 목소리를 읽어 냈는지 무어라 말을 덧붙이려다 말고, 갑작스레 걸음의 방향을 바꿔 내쪽으로 가까이 다가오기 시작했다.

그 때문에 나는 급히 뒤돌아서며 모자는 괜찮으니 신경

쓰지 말라고, 잠깐 볼일이 급해 화장실에 먼저 다녀오겠다며 겨우 쥐어짜 내듯 말한 뒤 발걸음을 재촉해야 했다.

도착한 역 내부의 화장실은 간간이 한두 사람 정도가 오고 갈 뿐 대체로 조용했다. 그 때문에 나는 거울 속 얼굴 위로 쏟아져 나오는 쓰라리고 솔직한 감정들을 무엇으로도 가리지 못하고 똑똑히 지켜봐야 했다. 잠시나마 생긴 희망으로 막아 두었다 한 번에 와락 무너져 내렸는지, 그 양이 숨막힐 정도였다. 덩달아 마음에 세워둔 허술한 가림막도 급류에 쓸려가 버렸고, 나는 다시금 집을 잃은 달팽이가 되었다. 무기력했다. 내가 그녀에게 가졌던 마음이 사랑에 가까웠다는 것과 아카리가 끝내 떠나갔다는 사실이 새하얗게 드러난 순간이었기에. 나는 그녀가 참을 수 없이 보고 싶어졌다.

나는 급한대로 찬물에 얼굴을 연거푸 적시며 머리를 식히려했지만, 조금씩 정신이 돌아오는 그 짧은 틈에도 빼곡히 아카리를 떠올렸다. 다른 그 무엇도 생각할 수 없었다. 언젠가 이 서투른 감정에 찔리고 베여 아파할 것이라는 사실을 뼈저리게 알고 있었으면서 왜 끝내 거부하지 못했나 싶어 스스로가 한심했다.

게다가 나는 사람이 이렇게까지 단호히 떠나가는 경우 다시는 돌아오지 않는다는 것 또한 사실의 이미들을 보며 뼈저리게 알고 있었기에, 나는 푹 젖은 손을 가방 속에 넣은 뒤 타츠키의 지갑과 아카리의 머리카락을 꺼내 들어 세면대 옆 다 쓴 핸드 타월을 버리는 곳에 구기듯 넣어 버렸다. 충동적이었다. 마치 그게 유일한 해결책이라도 되는 듯 그 외의 다른 생각은 떠오르지 않았다.

그 뒤로 나는 꼭 무서운 영화라도 보고 온 사람처럼 어딘가 이상한 미소를 입에 걸친 채, 허둥지둥 밖으로 나가 아이들과 함께 도쿄로 향하는 티켓을 샀다. 한참 걸었더니 배고파졌다며 일부러 너스레까지 떨었다. 근처 식당에 들어가 밥을 먹으면서도 먼저 나서서 도쿄에 있는 유명한 재즈 바나 서점에 대해 쉴 새 없이 이야기를 꺼냈는데, 중간에 이야기가 조금이라도 끊어질까 싶으면 머릿속에서 생각나는 무엇이든 끄집어내 애써 공백을 채웠다. 다이스케가 화장실에 갈 때마다 굳이 함께 따라갔고 밖으로 나와서도 한 명 한 명 모두 집에 가는 길까지 데려다주었다. 그런 나를 보며 도쿄에 그렇게나 가고 싶었냐며 다이스케가 덩달아 기뻐해 주기도 했다.

하지만 그것뿐이었다. 결국 다시 혼자가 되어 앉아 있던 정류장 근처로 더 이상 새롭게 읽어 볼 만한 간판마저 없어지자 머릿속은 다시 빠른 속도로 아카리로 가득 차오르기 시작했다. 쉽게 막을 수 있는 게 아니라는 것은 알았지만,

여름의 뜨거운 기억을 삼키고 무럭무럭 자라난 사랑은 예상보다 더 커다랗고, 거셌다. 애써 유지하고 있던 태연한 표정마저 연신 부딪히는 파도에 결국 금이 가고 무너지려고 하니, 나는 황급히 가방에서 모자를 꺼내 깊게 눌러써야 했다.

그러곤 최선을 다해 심호흡했다. 진정하자. 괜찮다며 스스로를 달래 보았지만 오히려 숨을 들이마실 때마다 모자에 배어 있는 희미한 아카리의 향기가 나를 더 혼란스럽게 할 뿐이었다. 이럴 때 아카리처럼 긴 머리가 있다면 얼마나 좋을까. 거의 울음이 터져 나오기 직전까지 감정이 북받치자 그런 생각마저 들었다. 나뿐만 아니라 아카리에게도 언제든 표정을 숨길 수 있는 검은 장막은 아주 소중한 것이었을 텐데, 도대체 어떤 마음으로 그것을 싹둑 잘라 낼 수 있었을까. 나는 그제야 내가 버려서는 안 될 것을 버렸구나, 하고 깨달았다.

나에겐 당장 그 검은 장막이 절실했다.

한 번도 쉬지 않고 뛰어와 역의 화장실에 다시 도착했을 때 내 얼굴은 정말이지 볼 만했다. 찬바람을 가르며 가쁜 숨을 몰아쉰 탓에 얼굴은 벌겋게 달아올라 있었고, 언제 흘렸는지 모를 눈물과 콧물이 눈이 녹은 다음 날의 지저분한 길거리를 연상케 했다. 그리고 나는 멀쩡히 손을 씻고 있는 사람이 있음에도 개의치 않고 곧장 핸드 타월을 버리는 통 안쪽으로 손을 비집어 넣어고는 아카리의 머리카락을 찾으려 허둥지둥했다. 워낙 엉망인 몰골인 데다가 숨까지 헐떡이며 그런 이상한 행동을 하고 있었으니 옆에 있던 사람은 손에 묻은 물기를 닦지도 않고 나와 멀찍이 거리를 둔 채 재빠르게 밖으로 도망쳐 나갔다.

그러나 그 정도로 급박한 손짓이었음에도 딸려 나오는 것이라곤 고작 축축하게 젖은 타월들뿐이었다. 너무 늦은 건가 싶었지만, 나는 꼭 처음 지갑을 잃어버렸을 때처럼 간단히 포기할 수가 없었다. 지갑과 함께 손이 닿지 않는 깊숙한 곳으로 떨어졌을 게 분명하다며 나는 주먹으로 디스펜서의 하단부를 몇 번이고 내리쳤다. 하지만 부실해 보이는 얇은 스테인리스 철판은 예상외로 꽤 튼튼해 조금씩 구겨지기만 할 뿐 도저히 열릴 생각을 하지 않았다.

나는 끝내 애꿎은 곳에 화라도 내는 사람처럼 그것을 발로 연신 걷어차기까지 했는데, 도중에 미끄러운 화장실 바닥 위로 넘어지며 엉덩이에 멍이 크게 들기도 했다. 그럼에도 포기하지 않고 볼썽사납게 허우적거리며 일어나 두세 번쯤 더 걷어차자, 디스펜서도 괴로웠는지 결국 항복을 외치며 문을 열고야 말았다. 말이 좋아 열렸다는 것이지 사실은 심하게 구겨져 제 기능을 하지 못하게 되었다는 표현이 더 적확했다.

나는 그대로 구겨진 문을 잡아 밖으로 거칠게 젖힌 뒤, 수북이 쌓인 핸드타월들을 바닥으로 떨어트려 찾고자 했던 아카리의 머리카락과 지갑을 금세 찾아내었다. 그 모습이 흡사 눈사태에 파묻힌 무언가를 다급히 찾으려는 사람 같았다. 나는 그렇게 조금씩 젖어 있는 그것들을 재빠르게 가방에 집어넣고는 당장 밖으로 뛰쳐나갔다.

물론 엉망으로 변해버린 화장실과 디스펜서를 떠올리면 지금도 죄책감이 든다. 하지만 당시 나의 머릿속은 손등에서 피가 나고 있는지도 모를 정도로 온통 흥분과 혼란으로 가득 차 있었다. 무언가를 훔쳐 도망가는 사람이라도 된 양 버스를 잡아타서도 가방을 잃어버릴까 두 손으로 꼭 끌어안고 있었다. 시설에 도착해서도 가장 먼저 옥상에 들렀고, 숨겨 둔 돈보다도 더 안쪽에 아카리의 머리카락을 숨겨 두었다. 타츠키 씨의 지갑도 함께 넣어 둘까 하다, 이것만큼은 돌려주는 게 맞을 것 같아 다시 가방 깊숙이 넣고는 재빨리 자리로 돌아가 간단히 씻고 아무 일도 없었던 사람처럼 얌전히 자리에 누웠다.

하지만 그날 손에 난 상처는 쓰라렸다. 잠은 길을 잃어버린 사람처럼 쉽게 나를 찾아오지 못했다.

7

 시간은 정확히 그다음 날을 기점으로 갑작스럽게 느려졌다. 그게 마치 얼마간 전력 질주를 하고 지쳐 버린 마라토너를 떠올리게 했다. 이는 동시에 세상에서 가장 긴 12월이 시작되었음을 의미했다.

 나는 고작 그 첫째 날부터 과거 속에서 살아간다는 게 어떤 의미인지를 온몸으로 느낄 수 있었다. 온 세상이 나를 남겨 두고 먼저 떠나 버리는 듯 한 감각. 발소리나, 공기. 누군가의 손길에 담긴 온기조차도 나에게 단 일초도 머물지 않고 지나쳐 가니, 수업은커녕 간단한 대화에서도 나는 한참이나 시간을 들여야만 겨우 그 의도를 이해할 수 있었다.

그러나 지쳐 버린 시간은 안쓰럽게도 그 뒤로 두 번이나 크게 넘어졌다. 넘어질 때마다 계속해서 그 발걸음이 느려져 한번은 겨우 발을 끌며 걷는 속도가 되었고, 그다음으로는 바닥에 쓰러져 다시는 일어나지 않을 것처럼 굴었다.

첫 번째로 넘어진 것은 12월 14일. 아카리가 연기처럼 사라져 버린지 정확히 이 주가 지나고 찾아온 일요일이었다. 누군가에겐 고작 이 주라고 할 수 있겠지만, 나는 하루에도 몇 번씩이나 아카리가 돌아올 것이라는 희망적인 생각과 이미 멀리 떠났을 것이라는 절망적인 생각. 그 대척점 사이를 오고 갔으니 마음은 이미 너덜너덜 해져 있었고, 몸은 다시금 찾아온 불면증으로 지칠 대로 지쳐 버렸었다. 질긴 청바지조차 쉼 없이 적시고, 말리고를 하다 보면 결국 그 색이 바래고 마는데 마음이라고 별 수는 없지 않나.

그 때문에 나는 나에게 얼룩처럼 남은 아카리의 흔적을 하나둘 지워 가기로 했다. 그러지 않고서는 머지않아 본래 내 마음에 물들어 있던 희미한 색마저 모조리 잃어버릴 것이 분명했다. 마침 그 얼룩 중에서도 우선 타츠키의 지갑은 지워 버리기에 가장 쉬워 보였으므로 그날은 어떠한 결심도 챙기지 않은 채 밖으로 나설 수 있었다.

거리는 본격적으로 겨울이 시작되었는지 오전 여덟 시가 넘었음에도 주변이 꽤 어둑했다. 마실 때마다 폐부를 찌르는 듯 차가운 공기에서는 무언가가 탄 듯한 냄새가 함께 맡아져 왔다. 다만 둔탁한 잿빛 구름들 덕분인지 하늘을 보고 숨을 크게 내쉬어도 입김이 보이지는 않았다.

나는 전날 잠에 들기 전 타츠키 씨의 면허증을 꺼내 주소를 기억해 두었기에 그다지 헤매지 않고 전철과 버스를 갈아탈 수 있었는데, 어째서인지 사십여 분 정도가 지나 도착한 마을은 거리 위로 지나다니는 사람이 단 한 명도 없었다. 드문드문 외로이 서 있는 가로수조차 앙상했다. 꼭 버려진 들개의 툭 튀어나온 갈비뼈를 떠올리게 했다. 자연만큼은 쇠잔해지지 않는다는 말이 이곳에서는 무색해 보였다. 일요일 아침답게 편의점을 제외하고는 주변의 상점 문이 모두 닫혀 있어 걸으면 걸을수록 쓸쓸한 분위기가 더 짙어지는 듯했다. 그곳은 아무리 둘러보아도 헛기침이 나오게 할 만큼 황량한 교외의 아파트 단지였다. 태양도 어느새 흐린 구름 뒤로 그 모습을 드러냈지만 나는 오히려 약간 풀어헤쳐져 있던 코트의 옷깃을 단단히 여며야 했다.

그리고 이내 정확한 주소지가 적힌 명패를 발견했을 때였다. 내 앞으로는 낡은 이 동네에서도 가장 오래돼 보이는 이 층 높이의 구축 아파트가 안쓰럽게 서 있었다. 녹슨 철제 계단과 난간들이 검붉게 드러나 있어 눈을 약간 찌푸리게 하는 데다가 벽돌 담장 아래로는 다 쓴 가스통이 볼썽사납게 나뒹굴고 있었다. 혹시나 잘못 찾아온 게 아닌가 싶어 지갑을 꺼내 주소를 한 번 더 확인해 볼 정도로 엉망인 모습이었다. 오직 군데군데 창문 밖으로 널려 있는 빨랫감만이 이곳에 여전히 사람이 살고 있음을 알려 주고 있었다.

그럼에도 나는 애초에 이런 버려진 풍경을 그다지 낯설어하지 않았기에 주소지에 적힌 202호로 향하고자 망설임 없이 철제 계단을 오를 수 있었다. 계단은 낯선 이가 찾아온 것이 반가운 것인지 혹은 경계하는 것인지 이상할 만큼 커다란 비명을 내질렀다. 그리고 나는 그 기이한 계단을 오르며 아무래도 타츠키 씨에겐 이 근방에서 우연히 지갑을 주웠고, 주소도 가깝고 하니 직접 돌려주러 온 것으로 말하자 생각했다. 괜히 아카리에 대한 이야기를 꺼내 봤자 아카리를 기억할 리가 없을뿐더러 자칫 나도 의심을 받을 수 있으니 그 부분에 대해서는 입을 닫기로 마음을 먹은 것이었다.

하지만 숨을 한 번 크게 들이마신 후 노크를 했을 때였다. 힘 조절을 잘못했는지 철문은 세차게 몸을 떨며 듣기 싫은 소리를 내었으나 꽤 요란스러운 노크에도 안쪽에서는 아무런 인기척도, 소리도 들려오지 않았다. 다시 노크를 해 보려 했으나 점심이 채 되기도 전에 괜히 실례인 것 같아 나는 문에 대고 '타츠키 씨 계신가요?' 하며 나지막이 말을 했다. 그러자 이번엔 어디선가 느릿느릿한 인기척이 나기 시작했다. 나는 한 발자국 뒤로 물러서서 문이 열리기를 기다렸지만, 문이 열린 곳은 엉뚱하게도 오른쪽에 위치한 203호였다.

곧장 고개를 돌려보니 문틈 사이로 어떤 할머님과 눈을 마주칠 수 있었다. 새하얀 백발을 하고 계시기는 했어도 머리숱이 빈틈없이 많았고 주름조차 평소 웃음이 흘러 다녔던 길로만 나 있는 듯, 보기에 편안한 인상이셨다. 나에게 어떤 일로 온 것이냐며 물어보시는 목소리도 오후의 고양이처럼 나긋나긋했다. 덕분에 나는 어깨에 잔뜩 들어가 있던 긴장을 풀고는 옆집에 사는 타츠키 씨에게 지갑을 돌려주러 왔다며 잠시나마 내가 그의 친구라도 되는 양 굴 수 있었는데, 어쩐지 할머님은 타츠키라는 이름을 듣자 묘하게 미간을 좁히셨다. 이내 대답을 하시려다가도 무언가 목에서 걸려 나오지 않는 듯 입만 조금씩 달싹이셨다. 그럼에도 내가 인내심 있게 대답을 기다리자 일단 밖이 추운 것 같으니 괜찮으면 잠시 들어오겠냐며 나를 계속해서 안쪽으로 이끄셨.

오래된 아파트인 까닭에 안쪽이라고 온도가 더 따듯하거나 하지는 않았다. 그 대신 그녀의 인상처럼 따듯한 향이 이곳저곳에서 배어 나와 왠지 친할머니 집에 찾아온 듯 포근한 기분을 들게 했다. 누군가 나에게 부모에 대한 기억도 없으면서 조부모에 대한 그리운 감정을 느낀 것이 모순적이라 말을 한다 해도 당시 나는 실제로 그렇게 느꼈으니 어쩔 수 없는 것이었다. 다시 한번 말하지만, 언제나 나의 마음 한편에는 모르는 이들에 대한 그리움과 기억이 태어나면서부터 얻게 된 상흔처럼 존재했다.

할머님은 곧장 나를 코타츠가 있는 다다미방으로 안내한 뒤 차를 내어올 테니 편히 앉아 있으라고 하셨다. 약간은 차가워진 발을 따듯한 코타츠 안으로 넣고 그 위를 살펴보니 쟁반에 담긴 귤 몇 개와 뜨개질 코, 여러 색의 실뭉치들이 정겹게 올라와 있었다. 그리고 얼마 지나지 않아 현관문과 곧장 붙어 있는 주방에서 주전자가 끓는 듯 가느다란 휘파람 소리가 들려왔고, 이내 할머님은 김이 모락모락 나는 녹차를 한 잔 내어 주시며 나와 마주 본 채 앉으셨다. 하지만 관절이 아프신 듯 시간과 노력을 들여 앉으셨으면서도 할머님은 한동안 말없이 창문 너머 회색빛 하늘만 무심히 지켜보셨다.

"그런데, 타츠키를 어떻게 아시나요?"

할머님은 전혀 예상치 못한 타이밍에 말을 시작하셨다.

"아, 그게. 직접 아는 사이는 아닙니다. 지갑을 주워서요."

"지갑을요? 그게 혹시 언제쯤일까요?"

"며칠 안 됐습니다. 아무래도 지금은 주소에 아무도 안 계시는 것 같은데, 괜찮으시다면 대신 좀 맡아 주실 수 있을까요?"

그리고 이때였다. 무슨 이유에서인지 대화의 흐름이 침몰하는 배처럼 어디론가 무겁게 가라앉기 시작했다. 그 때문에 나는 초면에 괜한 부탁을 한 것 같아 다른 날에 찾아와 직접 건네주겠다고 말을 하려 했는데, 할머님이 다시금 먼저 입을 여셨다.

"그게, 이상한 일이네요."

"무엇이…."

"곧바로 이런 말을 하기가 그렇지만, 타츠키는 이미 반년 전쯤에 스스로 목숨을 끊었답니다."

"네?"

나는 예상외의 이야기가 지나치게 담담하게 나와 말의 뜻을 이해하는 데에 약간의 시간이 걸렸다.

"그러니 어떻게, 어디서 지갑을 주우셨는지는 몰라도 아마 타츠키가 잃어버린 건 아니겠지요."

"아, 네. 역시 그렇겠죠. 그런데 어쩌다…."

"저도 옆집에 살며 가끔 인사를 하거나 안부를 물었던 사이일 뿐이어서요. 그러니 아주 정확한 이유까지는 잘 모르지만, 마주칠 때마다 꼭 손자라도 되는 것처럼 살갑게 인사를 하고 또 종종 이야기를 나눠 마음속으로 꽤 아끼는 아이였지요. 참, 그러고 보니 어쩐지 학생이 타츠키를 닮은 것 같다고 아까 이야기했던가요? 실은 아까도 그 애가 살아서 돌아온 게 아닌가 싶었을 정도로 분위기가 비슷해서 놀랐답니다."

"…아뇨. 처음 말씀하셨어요."

분명 아카리도 어떤 분위기가 나와 닮았다고 했었지만, 다양한 이유로 평범을 연기하는 사람들이야 어디에든 있기 마련이니 당시에는 그다지 깊게 생각하지 않았었다. 그러나 이렇게 할머님까지 닮았다고 말씀을 하시니 한편에 접어 두었던 궁금증이 다시 머릿속 위로 펼쳐지는 듯했다.

"그런데 실례지만, 어느 부분이 닮았다고 생각하시는지 알 수 있을까요? 저도 지갑 속 사진을 보긴 했지만 그다지 모르겠어서요."

"물론이에요. 그렇다고 단순히 외모가 닮았다는 건 아니다 보니 이야기가 조금 길어질 텐데 시간이 괜찮을까요?"

"네. 괜찮습니다. 편히 이야기해 주세요."

"이해해 줘서 고마워요. 괜히 오해하실까 해서요. 안 그래도 죽은 아이니까요. 음. 어디 보자… 그래요. 그 아이가 삼 년 전, 처음 이곳으로 이사를 왔을 때였어요. 쓰레기를 버리는 요일이나, 전기 요금을 내는 방법처럼, 생활을 할 때 알아야 하는 기본적인 것들을 저에게 자주 물어보고는 했으니 저는 곧바로 이 아이가 시설 같은 곳에서 나온 지 얼마 되지 않았다는 걸 눈치챌 수 있었어요. 보통 일반적인 가정에서 자란 아이들도 첫 자립 치고 아는 게 많지는 않다고 해도 그 정도까지는 아니니까요. 그리고 자랑은 아니지만, 저처럼 오래 살다 보면 사람에게서 어떤 결핍된 부분을 쉽게 찾아낼 수 있지요. 보고 싶지 않아도요. 그 아이를 처음 보았을 때에도 저는 그런 결핍 같은 걸 곧바로 느낄 수 있었어요. 밝게 웃어도 어딘가 쓰러질 것처럼 위태로워 보이니 자꾸만 더 챙겨 주고 싶어 져 주책인 것을 알면서도 남는 그릇이니, 전골 냄비니 하며 가져다주기도 했죠. 참, 부디 기분 나쁘게는 듣지 말아 줘요. 학생도 시설에 살지요?"

나는 순간 흠칫했다. 혹시 옷이 어딘가 허름해서 알아본 건 아닐까 하는 생각이 들어 괜히 닳아버린 코트의 소맷단을 만지작거릴 뿐이었다.

"아, 걱정은 마세요. 티가 난다거나 그런 건 아니니까요. 누구라도 쉽게 알아채지는 못할 거예요. 그리고 그 애는 머지않아 저에게 얼마 전 시설에서 자립한 거라 스스로 털어놓기도 했어요. 그런 고백을 할 때엔 그다지 부끄러워하지 않았지만, 그런 탓에 자기가 이성 친구가 많이 없다며 가끔 연애에 대해 조언을 구할 때엔 뺨을 참 많이 붉히기도 했죠.

그늘 속에서 살면서도 어딘가 맑은 구석이 있었다는 뜻이에요. 참, 혹시 학생은 이름이?"

"류이치입니다."

"그래요. 저에겐 류이치 군도 그렇게 보여요. 표정은 꼭 궂은비를 맞는 사람 같은데, 그 눈만큼은 화창한 날씨 아래 있는 듯 참 맑아요."

나는 당시 아카리에 의해 바닥으로 곤두박질쳐진 후 이제 겨우 기어올라 가고 있었던 때다 보니, 할머님의 그런 다정한 말에도 힘겹게 웃어 보일 뿐이었다.

"자, 어떤가요. 이제 어디가 닮았다고 한 건지 조금은 설명이 되었을까요?"

"아, 네…."

"그렇다면 다행이네요. 다시 한번 말하지만 오해는 말아 줘요. 류이치 군은 오래 살아온 제가 보기에 다른 아이들보다도 충분히 건강해 보여요. 그러니 자꾸만 더 건강해 보이려고 애쓸 필요가 없다는 말이에요. 알았죠?"

나는 여태 이러한 진심 어린 어른의 말을 들어 본 적이 없었던 탓인지 속에서 무언가 울컥해 아무런 말도 못 하고 고개만 끄덕였다.

그러다 여태 손에 꼭 쥐고 있던 타츠키 씨의 지갑이 문득 다시 눈에 들어왔는데, 아무래도 내가 지금까지 죽은 사람을 대신 연기했다고 생각하니 이것은 이것 나름대로 약간 소름이 끼치는 일이었다. 물론 그동안 나도 모르게 죽은 카노코의 언니를 대신하기도 했지만, 거짓은 항상 같은 이름이어도 매번 다른 표정의 얼굴을 하고 있는 모양이었다.

"죄송하지만, 타츠키 씨가 어떻게 돌아가셨는지 조금 더 이야기를 들을 수 있을까요? 지갑도 그렇고 해서요."

"네. 안 그래도 옆집에 사는 학생에게 지갑을 맡기면 되지 않을까 생각하고 있었어요. 그 애에 대한 이야기를 하려면 다시 타츠키의 이야기를 해야 하니 시간을 조금 더 내어 줘야 하는데, 괜찮죠?"

나는 다시 한번 고개만 끄덕였다.

"좋아요. 어디서부터였죠. 음, 그래요. 타츠키는 처음에는 혼자 이사를 왔지만 두 달 정도가 지나자 새로운 아가씨와 함께 살기 시작했어요. 그런데 그 아가씨는 한눈에 보기에도 아슬아슬해 보일 만큼 말랐더군요. 게다가 어디가 아픈 건지 밤이면 찾아오는 그 아가씨의 고통에 찬 울음소리에 나도 종종 잠을 못 이룰 때가 많았어요. 하지만 그렇게 또 몇 달이 지났을까요. 어느새 처음 보는 다른 여학생까지 그 집에서 살기 시작했는데, 바로 그때부터는 방 너머로 웃음소리가 많아졌어요. 한 번은 함께 오코노미야키를 너무 많이 만들었다며 셋이 이곳으로 찾아온 적도 있었지요. 그때 그 셋은 가족같이 보일 만큼 사이가 좋아 보였어요. 어느새 말랐던 그 아가씨도 점차 살이 쪄 건강해 보이기까지 했으니 내가 다 얼마나 기분이 좋았는지 몰라요."

이때 할머님은 잠시 숨을 고르시려는지, 코타츠 위에 놓인 찻잔을 두 손으로 꼭 쥐어 보이신 후 이야기를 마저 이어가셨다.

"그리고 이 년이라는 시간이 지나, 올봄쯤이었어요. 한동안 봄답지 않게 춥고 건조한 날들만 이어지다가 반가운 비가 내리던 이른 아침이었지요. 아마 타츠키였을 거예요. 저는 어디선가 들려오는 아주 커다란 울음소리에 잠에서 깨어났어요. 거의 괴성에 가까운 울음이었으니 분명 무슨 일이 났어도 난 거라 생각하고 조심스레 복도로 나서 보니 타츠키의 목소리가 더 생생히 들려오더군요. 마침 현관문도 활짝 열려 있고 해서 안쪽을 들여다보았는데… 어찌 된 영문인지, 처음 같이 살게 된 아가씨가 안쪽 문지방에 목을 매달고는 눈을 감은 상태였어요.

제가 여태 오래 살기는 했어도 손발이 어찌나 떨렸는지 몰라요. 그래도 저만큼은 정신을 붙들어야 했죠. 겨우 경찰에 전화를 하고는 울고 있는 타츠키를 도와 그 아이를 바닥에 누였어요. 그렇게 시신은 함께 온 구급 대원들이 수습을 해갔지만, 타츠키는 그 뒤로도 이런 상황이 이해가 안 되는 듯

저의 품에 안겨 도대체 왜, 왜, 이런 말만 되풀이했어요. 그러다 타츠키마저 끝내 실신해 구급차를 한 번 더 불러야 했는데, 그때 마침 같이 살던 여학생이 돌아와 그 안쪽을 보게 할 수는 없어 저는 그 애를 애써 병원으로 함께 보내야만 했어요. 그 아가씨가 왜 그런 선택을 했는지는 여태 알지 못하는 일이에요. 다만, 그 뒤로 며칠 뒤 타츠키가 집으로 다시 찾아왔을 때엔 그 여학생과 함께였지요. 저에게 도움을 줘서 고마웠고, 또 여러모로 죄송하다는 말을 하며 아주 쓴웃음을 하고 있었는데, 그때부터 타츠키에게서는 더 이상 맑은 구석을 찾아볼 수가 없었어요. 저는 당시 벌어진 모든 상황이 진심으로 안타까워 그저 내 걱정은 말라고, 건강만 생각하자며 그렇게 타일렀고요.

하지만… 타츠키도 안타깝게도 얼마 가지 못했어요. 몇 달이 지나가고 꼭, 올해 매미가 처음 울음을 터트리던 날이었어요. 저는 한 번 더 똑같은 일을 겪게 된 거예요. 그때에도 아침부터 여자애의 비명 소리가 들렸고, 불길한 예감에 급히 뛰어나가 보니 타츠키가 지난번 그 아가씨와 같은 위치에서 같은 모양으로 매달려 있었어요. 그 아래로 같이 살던 여학생이 소리치며 울고 있었는데, 어쩐지 저는 지난번과 달리 전혀 떨리지가 않았어요. 이미 이렇게 되리라고 어렴풋이 생각해 왔던 탓일지는 몰라도, 그 작은 여학생 혼자서는 아무것도 할 수 없을 걸 알았거든요. 우선 거의 쓰러져 가던 학생을 이곳에 누인 다음, 다시 경찰의 도움을 받아 시신을 수습했고, 가능한 장례를 치르는 것을 돕고자 이곳저곳에 전화를 걸어 사정사정했어요. 지금도 그렇지만 역시 자살한 아이인 데다가 연고마저 없다 보니 다들 맡기를 꺼려했거든요. 제가 친족이 아니니 결정할 수 있는 게 많이 없기도 했지요.

그런데 말이죠. 그 여학생은 무슨 이유에선지 그 뒤로도 계속 타츠키의 집에서 살더군요. 두 사람이나 연달아 죽은 방이다 보니 주변에 흉흉한 소문이 돌기도 했으니 임대가 나가지 않을 것을 알았는지 집주인도 대충 눈감아 주는 듯했어요. 그래도 저야 곧 떠날 사람이니 그런 것에 신경을 쓰지는 않지만, 그 아이만큼은 그곳에 있어서는 안 된다고 생각해 저는 몇 번이고 내 방에서 함께 살자고 그랬어요. 하지만 매번 방긋 웃으며 정말 괜찮다며 한사코 거절을 하니… 여태 저로서는 어쩔 수 없었던 거예요. 참, 그동안 종종 집에 들어오지 않는 것 같기는 했지만, 요즘은 꽤 오래 집을 비운 것 같네요. 제가 기억하기로는 삼 주 전쯤 얼굴을 보긴 했는데 그래도 타츠키의 물건이니 나보다는 그 아이에게 더 필요하지 않을까 해요."

나는 처음부터 할머님의 이야기를 들으며 어딘가 불안하

예감을 느꼈었다. 이 불행에 어쩐지 아카리가 연관되었을 것만 같다고. 그리고 아니나 다를까. 삼 주 전이라는 단서가 추가되었기에 나는 기어코 물어서는 안 될 말을 물었다.

"혹시, 그 여학생. 머리가 길었다가 갑자기 짧아지지는 않았나요?"

"아아, 맞아요. 어떻게 아셨나요? 항상 허리까지 오는 긴 머리였는데, 갑자기 단발이 되어서 못 알아볼 뻔했지요. 혹시 아카리와는 아는 사이인가요?

"아뇨. 그게 사실, 지갑에 여자애 사진이 두어 장 있었거든요."

"그래요. 아마 아카리가 여태 타츠키의 지갑을 써 왔나 봐요. 며칠 전에 잃어버린 걸 류이치 군이 찾은 거고요. 이제 이해가 되네요. 그럼 애써 여기까지 찾아오셨으니 제가 맡아 뒀다가 그 애가 돌아오는 대로 돌려줄게요. 괜찮죠?"

*

나는 여태 아카리가 떠나가며 혼란스러워진 머릿속을 가라앉히고 가라앉혀 간신히 흙탕물에서 어느 정도 앞이 보이는 정도까지 만들어 뒀었다. 하지만 이곳에 와 던져진 아카리에 대한 새로운 단서들은 다시금 눈앞을 뿌옇게 하는걸 넘어, 숨을 쉬지 못하게 할 만큼 그 크기가 지나치게 컸다.

그 때문에 나는 우선 할머님의 말대로 지갑을 책상 위로 두고는 급히 가 볼 곳이 생각났다며 도망치듯 밖으로 빠져나왔다. 도망가면서도 찢어지는 듯한 이명에 내려가는 계단에서 넘어질 뻔했으나 다행히 얼마 지나지 않아 작은 공원이 나와 우선 그곳 벤치에 쓰러지듯 앉을 수 있었다.

그러나 앉아서도 편히 쉬지는 못했다. 멈추지 않는 울렁거림에 나는 결국 급하게 먹어 체했던 아카리의 이야기를 마른 흙바닥 위로 토해 내야 했다. 물론 토사물이란 게 으레 그렇듯 그 모양새가 못 봐줄 만큼 뒤죽박죽이었으니, 당장 내가 무엇을 듣고 온 것인지 한 번에 이해할 수 있던 것은 아니었다. 그러니 나는 그 따뜻하고 축축한 것을 손끝으로 뒤적거려야만 했다. 그렇지 않고서는 한 번 더 체하여 조금도 움직이지 못할 것을 알았다.

우선 그 여자는 아파 보일 만큼 말랐다고 했으니 아카리가 보여 줬던 사진 속 미카라는 사람일 게 분명했다.

그렇다면 아카리는 시설이 아니라 바로 이곳에서 타츠키, 미카라는 사람들과 함께 산 게 된다. 그 뒤로 어떠한 이유로 미카가 먼저 죽고, 또 타츠키마저 죽었음에도 아카리는 계속해서 그 방에 살았다. 그런 와중에 나에게 지나치게 가까이 다가와, 어디까지가 진실일지 모르는 이야기로 나를 설득해 죽은 사람을 대신하게 한 것이다. 도대체 무엇을 위해 그렇게까지 했을까. 아카리는 나에게서 무엇을 기대한 걸까. 그녀는 나에게서 무엇을 훔쳐 간 걸까.

나는 한참이나 인상을 찌푸리며 이야기를 정리한 뒤에야 어렴풋이나마 그 윤곽을 그려 볼 수 있었지만, 그렇다고 홀가분한 마음이 되어 그곳을 떠날 수 있던 것은 아니었다. 겨우 중심을 잡고 일어설 수 있게 되었음에도 다가오는 버스는 계속해서 흘려보냈고, 어딘가 도망이라도 가자며 발걸음을 재촉해 보았지만 끝내 도착하는 곳은 자꾸만 202호의 문 앞이었다. 나를 몇 번이나 속였다는 사실을 똑똑히 알게 되었음에도 나는 바보같이 그녀가 혹시라도 빼놓고 간 짐을 챙기기 위해 들르지 않을까 하는 그런 기대를 한 모양이었다.

아니. 더 솔직히는 그 두고 간 짐들 중 하나가 나였으면 했다. 그러니 어디선가 둔탁한 발걸음 소리가 들리면 나는 모자로 얼굴을 가린 채 재빨리 몸을 숨겼고, 잠잠해지면 다시 문 앞에 서서 아카리를 떠올렸다. 그러다 곧장 주방으로 연결된 작은 창문이 눈에 들어오기도 했는데, 무슨 이유에서인지 유리 안쪽으로는 신문지가 빼곡히 붙여져 있어 아무것도 보이지 않았다. 혹시나 싶어 반대편에 나 있을 발코니 창문도 확인을 해 보니 그곳 역시 신문지가 빈틈없이 붙어 있어 안쪽을 전혀 볼 수 없게 되어 있었다.

그래. 아카리는 분명 커다란 수족관의 사진을 보며 시설의 풍경이 떠오른다고 말했었다. 이름이 츄라우미였던가. 하지만 당시 내 눈에는 시설이 아니라 202호의 풍경이 꼭 그랬다. 안에 가득 들어찬 무언가가 새어 나올까 두려워 꽁꽁 막아 둔 모양새가 정말이지 똑같았다.

아카리는 두 사람을 전부 잃고 이곳에 혼자 남아 얼마나 많이 울었을까. 눈물로 가득 찬 집에서 얼마나 오래 헤엄친 걸까. 나는 문을 열면 그 사이로 쏟아질 슬픔이 얼마나 거대할지 상상해 보며 몇 번이고 혼자 몸서리쳤다.

*

그날의 기억이 바로 그 뒤로 몇 년간 지겹도록 꾸었던 파란 꿈의 시작점이었다. 처음에는 202호의 창문에서 새어 나온 눈물을 막고 있었지만, 점차 시간이 지나며 창문이 점점 커지더니 금세 츄라우미 수족관처럼 거대하게 변하게 된 것이었다. 게다가 꿈을 꾸지 않을 때에도 창문 비슷한 것만 보이면 아카리의 슬픔이 손에 만져지는 듯해 시간이 더 느려질 수밖엔 없었다. 세상에 창문이 더 많은지, 바퀴가 더 많은지를 따지는 우스꽝스러운 질문이 있을 만큼 창문은 어딜 가나 존재했다.

심지어 맑고 투명하기만 한 창문조차 남몰래 숨겨 둔 잔인한 구석이 있는지, 간혹 내 앞에서는 제멋대로 거울이 되었다. 이따금 길을 걷다 창문을 바라보면 빛을 등지고 있는 내가 타인의 그림자처럼 검게 비치는데, 나는 그게 타츠키인지, 류이치인지 알 수 없었다. 다이스케와 카노코가 아니었다면 나는 옛날의 습관처럼 한 번 더 새로운 이름을 나의 이름이라 여겼을지도 모른다. 언제나 과거의 옅은 잠에 빠져 허우적거리는 나를 깨워 준 것은 그들이었고, 나를 끝내 류이치로 남도록 도와준 것도 그들이었다.

기억이 정확하지는 않지만, 202호에 다녀온 지 얼마 되지 않았을 때였다. 다이스케와 카노코는 내가 몇 번이나 대화를 이해하지 못하고 얼빠진 사람처럼 행동을 하니 진심으로 걱정을 하며 화를 내기 시작했다. 고민이 있으면 털어놔 달라고, 끝까지 들어 주겠다며 나를 세차게 흔들었다. 그 때문인지 나는 그들 앞에서 처음으로 눈물을 보였다. 처음 내보인 눈물에 이상한 정적이 흘렀지만 다이스케와 카노코는 눈물이 잦아들 때까지 인내심 있게 기다려 주었다. 덕분에 나는 지갑을 잃어버렸을 때부터 여태 시설을 전전한 이야기까지 하나둘 되짚어가며 말해 줄 수 있었다. 도중에 했던 말을 또 하거나 스스로 이해를 못 하고 말을 멈추기도 해 거의 한 시간이나 넘게 혼자 떠들었음에도 누구도 먼저 나서서 되묻거나 하지 않았다.

게다가 이 둘은 도쿄가 아닌 오키나와로 가려 했다는 나의 고백에도 가만히 고개만 끄덕였다. 오히려 다이스케는 먼저 나서서 그거 괜찮은 생각이라며 이번 기회에 여행의 행선지를 바꾸는 게 어떻겠느냐며 농담을 건네주기도 했고, 카노코는 이야기가 끝나자 나를 따라 갑작스럽게 눈물을 한두 방울 흘리더니, 일찍부터 내가 시설에 사는 것을 눈치채고 있었다며 언젠가는 이렇게 직접 말해 주길 기다려 왔다는 말을 덧붙였주었다.

조금은 과장된 표현 같겠지만, 그들은 직접 도쿄에서 오키나와까지 헤엄쳐 와 나를 만나 준 셈이었다. 힘든 기색이라고는 조금도 하지 않고 그저 맑은 햇빛에 말린 수건으로 묵묵히 나의 눈물을 닦아 주었다. 나는 덕분에 겨울의 문턱에서 간신히 얼어붙지 않을 수 있었다.

그날 이후로도 카노코와 다이스케는 적극적으로 평소의 루틴을 지키려 노력했다. 오히려 아카리의 존재나 나의 과거가 우리들의 균형에 어떠한 영향도 끼치지 못했음을 몸소 보여 주기라도 하려는 듯, 구태여 나를 더 기쁘게 하려 하거나, 자리를 피해 주려고도 하지 않았다. 아카리라는 파도에 자꾸만 휩쓸려 가는 나에게 그들이 보여 준 단단함은 마치 해변가에 박혀 꼼짝도 않는 두꺼운 말뚝을 연상케 할 정도였다. 내가 저울 위에서 휘청일 때마다 그들은 아무 말도 않고 그저 분주하게 움직이며 계속해서 균형을 맞춰 주었다.

그 덕분에 나도 취기에서 깨어나는 사람처럼 시간의 허리춤을 붙잡으며 조금씩 똑바로 걸을 수 있게 되었고, 혹시나 하는 마음이 들어도 옥상이나, 보건실 쪽으로는 발길도 주지 않았다. 며칠 정도 지났을 때엔 오랜만에 다 같이 유도장에 나가 땀을 뺀 뒤, 서점에 들러 밀려 있던 책을 읽고, 오랜만에 엉클과 반가운 인사를 할 수도 있었다. 일기 예보를 통해 첫눈 소식을 접하고는 내가 먼저 나서서 올해도 함께 사진을 찍는 게 어떻겠냐 제안할 정도로 상태가 좋아지기도 했다.

그러나 아카리에 대해 완벽히 잊을 수 있을 만큼 시간이 지난 건 아니었기에 일기 예보를 볼 때면 항상 오키나와의 날씨까지 함께 확인했다. 그곳은 한겨울에도 20도가 넘을 정도로 따듯한 곳이니 눈이 올 리가 없었으나 혹시라도 아카리가 얕은 추위에 떨고 있으면 어떡하나 걱정을 했다.

그녀의 성격상 멀리 떠나며 외투 같은 건 가져가지 않을 테니까.

8

 그해 첫눈이 오던 날이었다. 시간은 기어코 미끄러워진 바닥 위로 한 번 더 쓰러졌다. 이번엔 시간도 상처를 입고 피를 흘릴까, 하는 생각이 들 정도로 아주 형편없게 넘어졌지만, 그날은 놀라울 만큼 누구도 넘어진 것들에는 관심을 주지 않았다. 몇 년 만에 찾아온 화이트 크리스마스 이브라며 모두가 하늘만 쳐다보고 있었기 때문이다. 바닥을 보고 있던 사람은 나 혼자였다.

떠올려 보면 그날은 아침부터 꽤 소란스러웠다. 다이스케가 부모님이 쓰던 자동 필름 카메라를 들고 와 고장이 없는지 확인을 해야 한다며 나와 카노코를 멋대로 찍어 대는 탓이었다. 어떻게 해도 플래시가 꺼지질 않아 몇 번이고 카노코에게 꾸지람을 듣기도 했지만, 곧이어 강당에서 진행될 종업식을 기다리며 모두가 들떠 있었기에 우리의 소란이 그다지 눈에 띄지는 않는 편이었다.

그러다 갑작스레 한 아이가 벌떡 일어서더니 눈이 온다고 소리를 쳤다. 그것이 신호탄이 된 모양인지 다들 백 미터 달리기라도 하듯 창문을 향해 뛰어나가기 시작했는데, 우리는 그와 반대로 재빨리 문 쪽으로 뛰어나가 곧장 운동장 한구석에 위치한 급수대에 카메라를 올려 두었다. 그곳은 이 년 전, 첫눈이 내릴 때에도 신세를 졌던 곳이었기에 이번에도 헤매지 않고 찾아갈 수 있었다.

처음 한두 번은 다이스케가 타이머를 잘못 설정했는지 카노코와 나만 멀뚱히 서 있는 채로 플래시가 터져 실소를 머금을 수밖에 없었으나, 다이스케가 포기하지 않고 애를 쓴 덕분에 세 번째에는 겨우 셋이서 나란히 설 수 있었다.

하지만 다시금 느긋했던 카메라의 빨간 타이머 불빛이 꼭 고백을 앞둔 아이의 심장 박동처럼 조금씩 빠르게 뛰기 시작할 때였다. 우리는 하얗게 내리는 눈 속에서 미처 어떤 포즈를 할지 의논을 하지 못했기에 다 같이 카메라만 쳐다보고 있었는데, 갑작스레 머리 위로 '류이치,' 하는 커다란 외침이 들려와 나는 반사적으로 고개를 치켜들게 되었다. 그와 동시에 플래시는 한 번 더 팡, 하고 허무하게 터졌다.

이처럼 그해 나는, 나를 향해 쏟아지는 밝은 빛과 자주 엇갈렸다.

곧이어 다이스케와 카노코도 뒤늦게 나를 따라 고개를 들자, 그제야 3층 창문으로 담임의 얼굴이 불쑥 튀어나와 있는 게 눈에 멀리 들어왔다. 담임은 별다른 표정의 변화도 없이 가만히 이곳을 내려다볼 뿐 어떤 말도 덧붙이지 않았지만, 우리는 그의 등장만으로도 무언가 잘못되었음을 느낄 수 있었기에, 얼굴 위로 띄워 두었던 옅은 미소와 카메라를 주섬주섬 챙긴 뒤 영문도 모른 채 계단을 올라야 했다.

그리고 이번에도 그 불길한 예감이 맞았는지, 반에 가까워질수록 복도 위로 완연해 있던 소란스러움이 눈에 띄게 줄어만 갔다. 처음엔 주변의 소음에 다이스케의 커다란 발걸음 소리도 쉬이 들리지 않을 정도였지만, 점차 교복 셔츠의 소매가 옷자락과 스치는 소리마저 또렷하게 들려올 정도가 되었다. 도중에는 수상쩍은 기분을 지울 수 없어 서로 눈을 한 번씩 마주치기도 했다. 심지어 반에 가까이 다다르자 거대한 침묵이 작은 교실에 몸을 모두 웅크려 넣지 못했는지 그 꼬리가 문밖으로 삐죽 튀어나와 있는 게 두 눈에 선명히 보이는 듯했다. 모두가 이렇게까지 숨죽이고 나를 기다린 적이 한 번도 없었기 때문에 나는 문고리에 손을 집어넣으면서도 좀처럼 무슨 일인지 감을 잡기가 어려웠다.

그렇게 몇 번의 심호흡 끝에 문을 열자, '드르륵' 하는 미닫이문의 소리가 고요함 속에 예상보다 크게 울려 퍼지는 바람에 나는 일제히 나를 향해 쏟아진 시선을 피할 겨를도 없이 전부 받아 내야 했는데, 나는 곧장 무언가 잘못되어도 단단히 잘못되었다는 걸 직감할 수 있었다. 담임이나, 아이들의 시선이야 그렇다 쳐도 내 몸에 날아와 깊숙이 꽂힌 시선 중에는 생전 처음 보는 경찰관의 것이 두 개나 있었기 때문이다.

처음엔 그게 도무지 현실 같지가 않아 나는 얼마간 멀뚱히 서서는 제대로 상황을 이해하지 못했다. 그럼에도 아득히 멀어져 가려는 정신을 붙잡고 그 궤적을 따라가 보자 교탁에는 역시나 각진 모자를 벗어 옆구리에 끼워 둔 경찰관이 두 명이나 서 있는 게 두 눈 똑똑히 들어왔다.

두 명 다 무어라 설명하기 어려울 만큼 아주 평범한 인상이었지만, 곧바로 훔친 시집들을 전당포에 맡긴 것이 문제가 된 게 틀림없다는 생각이 들어 나에겐 갑작스레 들이닥친 아주 공포스러운 존재로만 느껴졌다.

"류이치 군이 어느 쪽…."

"저 중에서 중간입니다."

둘 중 조금 더 나이가 들어 보이는 경찰관이 옆으로 나란히 서 있던 담임을 향해 내 이름을 물었고, 담임은 마치 밀고라도 하듯 지나치게 빠르게 대답했다.

그럼에도 내가 문 앞에서 좀처럼 움직이질 못하자 두 명의 경찰관은 소리도 없이 다가와 잠시 밖으로 함께 가지 않겠냐며 내 어깨 위로 커다란 손을 올려 두었다. 그 때문에 나는 뒤편에 서 있던 다이스케와 카노코에게 애써 눈짓을 통해 괜찮을 거라는 뜻을 전한 뒤, 먼저 앞서 나간 경찰관들을 따라 밖으로 향했다.

그러나 멀리는 가지 않았다. 고작 2층으로 내려가는 계단, 그 중간쯤에서 멈춰 서더니 이번에는 더 젊어 보이는 경찰관이 나에게 다시 한번 이름을 물었다.

"우선, 학생이 류이치 군 맞죠?"

나는 지갑에 대한 변명을 생각하고자 머릿속이 바빴기에 그의 말에 간단히 고개만 끄덕였다. 하지만 그는 내 예상과는 별개로, 뜬금없이 주머니에서 투명 비닐 백을 하나 꺼내 보이며 말했다.

"혹시 이 열쇠 뭉치 알아보겠어요?"

자세히 보니 비닐 백 안에는 처음 보는 열쇠 뭉치가 있었고, 그 끝에 익숙한 모양의 네임택이 불길하게 매달려 있었다. 안쪽의 종이는 군데군데 젖은 듯 보였지만, 분명 카노코의 글씨체로 내 이름이 똑똑히 적혀 있었다. 나는 이게 무슨 일인지 이해가 되지 않아 한두 번 열쇠와 경찰관의 눈만 번갈아 쳐다볼 수밖에 없었다.

그러자 젊은 경찰관은 가만히 팔짱을 끼고 서 있던 나이 든 경찰관과 알 수 없는 눈짓을 주고받는 듯하더니 다시 말을 꺼냈다.

"혹시 단발머리의 여학생과 만난 적이 있지 않나요?"

"단발머리요?"

"네. 하시모토 아카리라고. 명찰에는 그렇게 쓰여 있었지만, 관청에서는 단순 보호 종료 아동으로 조회되는 데다가 조금 전 학교에 확인해 보아도 재학 중이거나 졸업한 학생 중에는 그런 이름이 없더군요. 분명 이 학교 교복이 맞는데도요."

"아카리에게… 무슨 문제가 있는 건가요?"

"역시 아는 사이인가 보네요. 류이치 군이 그 학생을 마지막으로 본 게 언제인가요?"

"아마 한 달 정도 전. 아니, 정확히 한 달 정도 전일 거예요."

"어떻게 알게 된 사이인지 물어봐도 될까요?"

"지난여름, 버스에서 처음 만났었어요. 그 뒤로도 몇 번 만나기는 했는데…."

경찰관은 내 목소리에서 전해져 오는 걱정의 파고가 점차 높아지고 있다는 걸 느꼈는지 이번에는 이전과 달리 한참을 뜸만 들이다 대답을 했다.

"그렇군요. 음, 그게. 사실 이런 이야기를 바로 말하기가 그렇긴 한데, 그 학생. 지난주쯤에 강 하류와 연결된 항구 쪽 방파제에서 죽은 채로 발견되었어요. 여러 정황상 타살인 것 같지는 않지만 신원도 확인되지 않고, 별다른 실종 신고도 없어서 이렇게 학교와 류이치 군에게까지 찾아온 겁니다. 이 열쇠들도 입고 있던 교복 안쪽 주머니에서 찾은 거고요."

나는 도저히 현실감 없는 그의 말에 곧장 무어라 대답을 하려 했지만, 갑작스레 목에 거대한 무언가가 턱 하고 막혀 버려 숨이 제대로 쉬어지지가 않았다. 가슴속이 따가울 정도로 안쪽에서 열기가 부풀어 오르는 게 느껴졌음에도 끝내 아무것도 내뱉지를 못했다. 높아진 안압에 금방이라도 눈이 터질 것 같았고, 온몸의 피가 끓어오르는 듯 고통스러웠다.

그러다 머릿속에 새빨간 풍선이 터지는 장면이 제멋대로 떠오르더니 이내 시야가 흐려지며 나는 끝내 정신을 잃어버렸다.

*

다시 눈을 떴을 때에는 내가 있는 곳이 학교 보건실인 것만큼은 바로 알 수 있었다. 얼마 전까지만 해도 어색하기만 했던 새하얀 천장이 단번에 알아챌 만큼 익숙해졌다는 뜻이었다. 게다가 간단히 정신을 잃는 것쯤으로는 아카리의 죽음에서 벗어날 수 없다는 걸 보여 주기라도 하려는 듯 누워있는 침대마저 아카리와 함께 이야기를 나누었던 그 자리였다.

결국 가슴 한쪽이 다시 뜨거운 숨으로 가득 차올랐고, 눈물은 금방이라도 쏟아질 듯 위태롭게 찰랑거리기 시작했다. 하지만 이번에도 아무것도 밖으로 새어 나가질 못했다. 터무니없이 커다란 슬픔이 지나치게 작은 내 목구멍과, 눈으로는 나가질 못해서인지, 다양한 종류의 감정들이 서로 먼저 나가려고 안간힘을 쓰다 꽉 막혀 버린 것인지 알 수는 없었다. 나는 그저 눈만 커다랗게 뜨고 천장을 무섭게 노려볼 뿐이었다. 계속해서 나가라고, 어서 나가라고 온몸에 힘을 줘 보았지만 아무런 소용도 없었다. 덩달아 숨도, 눈물도 안쪽에서 차오르며 다시금 시야가 흐려지기 시작했다. 옆에 앉아 있던 다이스케가 내 손을 꼭 붙잡아 주지 않았다면, 아마 한 번 더 정신을 잃었을 게 분명했다.

그리고 한참의 시간이 지나 내가 어느 정도 진정이 된 것처럼 보였는지, 카노코는 안절부절못하며 입을 달싹이다 말고는 내 쪽으로 하얗고 네모난 명함 하나를 내밀었다. 그러면서도 아카리가 지금도 안치소에서 기다리고 있을 거라고. 사건 조사가 끝나야만 장례를 치러 줄 수 있다고 들었다며 나만 괜찮다면 함께 경찰서로 가자는 말을 덧붙였다.

*

우리는 전철을 두어 번 갈아탄 끝에 명함에 적힌 주소로 도착할 수 있었다. 물론 조금 전 뵈었던 형사님이 더 쉬어야 하는 것 아니냐며 걱정스러운 눈빛과 함께 우리를 맞이해 주셨지만, 그렇게 시작된 조사는 고작 십여 분도 채 걸리지 않았다. 오히려 형사님은 장례가 어서 치러질 수 있도록 조치를 하겠다며 쉽사리 돌아서지 못하는 우리를 설득하시는 데에 더 많은 시간과 노력을 쓰셨다. 그게 마치 너희가 오래 있을 만한 곳이 아니라는 듯한 뉘앙스였다. 그 때문에 우리도 마지못해 무거운 문을 열고는 밖으로 나서려 했는데, 머지않아 누군가 급히 우리 쪽을 향해 다가오는 인기척이 들려와 뒤를 돌아보니 다시금 형사님이셨다. 형사님은 내 쪽으로 한 발자국 가까이 다가와 처음 보여 줬던 열쇠 뭉치를 건네주셨다.

"발견된 유품은 열쇠랑 교복뿐인데, 옷은 이미 많이 상하기도 했으니 관에서 장례를 치르며 같이 처리할 거예요. 그래도 이거는 원래 류이치 군 거니까, 자. 어서 받아요."

그러나 나는 그것을 받아 들고도 한동안 제자리에서 아무런 표정도, 말도 꺼내 놓지 않았다. 고맙다는 인사도 하지 못했다. 다만 이상하게도 연신 웃음이 나오려 했다. 어떻게 써야 할지 몰라 꽁꽁 숨겨 둔 감정을 훔쳐 가 놓고, 또 어떻게 써야 할지 모르는 것을 주었으니 그런대로 동점인가 하는 생각이 들었기 때문이었다.

그 뒤로 나는 마침 학교도 종업을 한 상태인 데다가 도쿄에 가기로 약속한 때까지는 며칠 시간이 남아 있으니 그동안은 잠시 찾지 말아 달라고, 카노코와 다이스케에게 부탁했다. 물론 당장 카노코가 무어라 말하며 나를 붙잡으려 했으나 이번에도 다이스케가 막아서 준 덕분에 우리는 각자의 길로 접어들 수 있었다. 그렇다고 어딘가로 무작정 떠나거나 한 것은 아니었다. 처음 겪어 보는 가까운 죽음에 머리가 고장이라도 난 듯, 어디로 가야 할지, 무엇을 해야 할지 도무지 떠오르지가 않아 나는 몇 시간이고 목적도 없이 걸었다. 끝도 없이 걷다, 그마저도 힘에 부친 뒤로는 시설에 틀어박혀 하루에 세 번씩 쓰러져 잠만 잤다. 간간이 무언가를 먹고, 게워 내고, 다시 쓰러지며 세상의 가장 밑바닥에 깔린 것들과 함께하였다.

어두컴컴한 그곳에는 일찍이 지쳐 쓰러져 버린 시간도 있었다. 내가 이따금 나의 처지조차 잊어버린 채 이제 그만 일어나라고 말을 걸면 시간은 어딘가 다친 떠돌이 개처럼 몸을 잔뜩 웅크린 채 고개만 슬쩍 돌려 나를 바라볼 뿐 아무런 말도 하지 않았지만, 돌아보아도 그 눈빛만큼은 정말이지 세상에서 가장 외롭고 애처로운것이었다.

그도 그럴 것이 다들 왜 이렇게 빨리 흘러 버린 거냐며 원망만하지, 그 누구도 쉬지 않고 뛰어왔음에 고맙다 말해 주지 않았으니까. 그러니 나는 시간을 더 이상 재촉할 수가 없었다. 그 대신 그 굽은 등을 안쓰러운 듯 쓰다듬어 주며 아카리와의 포근했던 기억을 천천히 되짚어 볼 뿐이었다.

그 시작이 나여야만 한다고 생각했을 게 분명했다.

 그럼에도 나는 어찌 된 일인지 아무도 오지 않은 무연고자들의 시시한 합동 장례식을 지켜보면서도 조금도 울지를 못했다. 무겁게만 보이던 시신이 한껏 졸아 허공으로 풀풀 휘날리는 가루가 되어 가는 것을 모두 지켜보았음에도 끝끝내 눈물 한 방울 내보내지 못했다. 슬픔을 느끼지 못한 건 아니었다. 얼마나 손에 힘을 줬으면 손바닥에 피가 이슬처럼 둥그렇게 맺히더니 한두 방울 바닥을 향해 떨어졌고, 손톱 아래에는 스며든 피가 굳어 시커멓게 색이 변해 있었다.
"류이치."
 손에 난 열 개의 작은 상처, 그 틈 사이로 겨우 숨을 고르고 있으니 다이스케의 목소리가 들려왔다.
"내일, 도쿄 꼭 안 가도 돼. 그러니까 모레가 되면 합장식에도 같이 가. 말릴 생각 말고."
"아냐. 그러지 말고 카노코랑 같이 가서 사진이라도 좀 찍어 와 줄래? 나, 생각보다 괜찮은가 봐. 눈물도 안 나와. 그러니까 걱정 말고 다녀와서 어땠는지 이야기 좀 해 줘. 분명 함께 가거나 다 같이 안 가 버리면 내가 미안해서 못 견딜 거야."
 실제로 나는 당시 느끼는 감정이 슬픔인지, 분노인지, 후회인지를 구분할 수 없을 만큼 혼란스러웠다. 그리고 동시에 그런 혼란에 이들을 더 이상 휘말리게 해서는 안 된다고 생각했다. 다이스케는 그런 내 의중을 알았는지, 무어라 대답하려다 말고는 조용히 수첩을 꺼내 합장될 묘의 주소가 적힌 부분을 찢어 나에게 건네주었다.

"좋아. 대신 다녀와서, 열 시간이고 떠들 테니까 각오해."

"응. 얼마든지 들어줄게. 그리고 오늘, 정말 고마웠어. 유쾌한 장면은 아니었는데."

"됐어."

나는 곧이어 따라온 카노코에게도 똑같이 말을 했고, 역시 그녀도 마지못해 고개를 끄덕여 주었다.

하지만 두 사람 모두 나를 혼자 두고 가는 게 도저히 내키지 않는 눈치였기에, 나는 내가 중간에라도 따라갈지 모른다고. 그러니까 처음 가려고 했던 곳들 꼭 빠짐없이 가 달라고 말했다. 아니면 도중에 엇갈려서 못 만날 수 있다며 한 번 더 그들을 설득한 것이었다.

*

나는 그렇게 다시 혼자가 되어 직장에서 갑작스레 해고된 셀러리맨처럼 그 주변을 황망히 걸었다. 이번에도 어디로 가고자 한건 아니었다. 단지 한 곳에 가만히 있으면 아카리가 더 이상 이 세상에 존재하지 않는다는 거대한 사실이 나를 짓누르니, 서 있는 그 자리 그대로 무너져 버릴 것만 같아 비교적 색이 옅은 쪽을 향해 묵묵히 걷고 또 걸은 것뿐이었다.

하지만 나는 도망을 치는 그 중간마다 버려진 자전거들을 보았고, 한가로운 야채 가게를 지나쳤고, 색 바랜 우체통을 발견했다. 그것은 어디로 가든 그 모든 곳에 아카리와의 기억으로 연결된 문이 있었다는 뜻이었다. 물론 문을 열고 들어가면 그곳에는 더 이상 아무것도 존재하지 않았다. 그녀가 새하얀 입김과 한줌의 눈이 되었듯 그 세상 또한 모두 하얀 재가 되어 있었다.

심지어 나는 한동안 그 광활한 광경을 멍한 눈빛으로 바라보다 문득 세상이 지나치게 넓어졌다는 생각에 사로잡히기까지 했다. 어느새 두 발과 맞닿아 있는 보도블록은 저 멀리 희미하게 보이는 산등성이라도 되는 양 머나먼 거리감이 느껴졌고, 내 앞을 지나가는 사람들의 웃음소리조차 동틀 무렵 아스라이 멀어져가는 기차의 기적 소리 같았다.

이것이야말로 처음 온전히 겪어 본 상실의 감각이었다. 물론 애초에 상실의 땅에서 태어난 사람이 이렇게 말한들 소용은 없겠지만, 어쩌면 이빨을 고작 하나 가지고 태어난 사람이 평생을 안절부절못하다 예기치 않게 마지막 하나 남은 이빨마저 빠져 버린 모양이라고 하면 설명이 될지도 모른다. 입구가 폭삭 무너진 동굴처럼, 입을 완전히 다물게 되며 느끼게 되는 그 허무하고도, 절망적인 감각. 나는 그렇게 처음 느껴 보는 두려움에 쫓기는 신세가 되어 한참을 쉼 없이 걷고, 또 걸어 다녀야 했다.

한 가지 다행이었던 것은, 12월 31일. 그날 저녁 무렵의 해는 다 써 버린 달력을 태우기라도 하듯 세상 전부를 태워 버릴 기세였다는 점이었다. 전깃줄에 가려져 몇 조각으로 나뉘어 보이던 커다란 구름조차 메마른 편지지가 타오르듯 맹렬한 기세로 붉게 물들어 가고 있었다. 어느 이름 없는 육교 위에서, 우리는 모두 함께 발걸음을 멈추고 그 장면을 하염없이 올려다보았다.

하지만 지나치게 뜨거웠던 탓인지 겹겹이 쌓여 하나의 거대한 성을 이루고 있던 구름도, 그 위로 보이는 광활한 하늘도, 십 분도 채 지나지 않아 온통 까맣게 불에 타 버렸다. 그 자리로는 금세 숯덩이 같은 밤만이 둔하게 내려앉았다. 그러자 함께 육교의 난간에 기대어 하늘을 올려다보던 사람들도 하나둘 집으로 돌아가기 시작했다. 덩달아 나도 다시 혼자가 되어 한참을 치켜들었던 고개를 외투 안쪽으로 깊숙이 숨겨야 했는데, 바다을 향해 천천히 낙하한 나의 시선은 어느새 눈에 익은 황량한 풍경 사이를 외로이 날고 있었다. 낡은 아파트들. 앙상한 가로수와 조금의 미련도 없이 일찍이 문을 닫은 상점들. 그래. 화산재가 내려앉은 듯 아무런 색도, 특징도 없는 이 풍경 속에 눈부실 만큼 또렷한 아카리가 살았었다. 혼자서 그 색을 잃지 않기 위해 얼마나 애를 썼을까. 그래서 모든 창문을 가려 두었나. 회색의 구경거리가 되지 않기 위해. 어쩌면 아카리는 끝내 그 수족관을 탈출해 바다로 나아가려 한 걸지도 몰랐다. 단 한 명의 구경꾼도 없는 자유로운 곳으로. 그리고 그건 분명 나에게도 부탁한 일이었다.

나는 늦게나마 주머니 속 열쇠 꾸러미, 그 뾰족한 송곳들을 어떻게 써야 할지 감이 잡히는 듯했다. 아카리의 부탁이 아직 유효할 거라고. 아카리가 떠나고 나서도 202호는 여전히 신문지로 빈틈없이 막혀 있었지 않았나. 그 안에는 아직 빠져나가지 못한 것들이 헤엄치고 있을 게 분명했다.

*

나는 그렇게 아카리의 죽음에 대한 책임감 때문이었는지, 혹은 정말 갇혀 있는 것들이 있으리라 생각을 했던 건지,

혼란스러운 감정을 손에 힘껏 쥔 채 다시금 시끄러운 철제 계단을 올랐다. 하지만 다시 마주하게 된 낡은 2층 복도는 근처 가로등 불빛마저 등지고 있는 탓에 지나치게 어두웠다. 천장을 보니 드문드문 까만 구멍이 뚫려 그 안에 전등이 있는 듯했지만, 고장 난지 한참이나 되었는지 눈을 꼭 감고 도통 말을 듣지 않았다. 그나마 할머님이 계시는 203호 그 작은 주방 창을 통해 조각 빛이 새어 나오고 있어, 나는 그 옆으로 가까이 다가가 아카리가 남긴 열쇠 뭉치에서 모양이 맞아 보이는 열쇠를 겨우 찾아낼 수 있었다. 그게 마치 추위에 다 꺼져가는 모닥불이라도 쬐려는 모양새였다.

하지만 나는 꼭 감전이라도 된 사람처럼 202호의 문고리를 잡은 채 한참이나 가만히 서 있을 뿐, 그런 수고로움에도 곧바로 문을 열지는 못했다. 찾아낸 열쇠로 몇 번인가 시도한 끝에 간신히 무거운 잠금장치를 풀어내자, 갑작스레 작년 여름 잡지에서 읽었던 이야기가 머릿속에 멋대로 떠오른 탓이었다.

당시 잡지에는 여름 휴가철을 맞아 피서지에서 차가 물에 빠질 경우 탈출하는 방법에 대해 쓰여 있었다. 보통은 패닉에 빠져 곧장 문을 열려고 하지만 내외부의 수압의 차이 때문에 문이 열리지 않으니 오히려 침착하게 차량 안쪽에 물이 어느 정도 차기를 기다렸다가 문을 열고 나가야 한다는 것이었다. 여태 열리지 않았던 이 문도 이제야 열리는 것을 보니 아카리와 나의 슬픔은 오늘에야 그 부피와 무게가 비슷해진 모양이었다. 누군가의 마음속으로 들어가기 위해서는 같은 압력의 슬픔을 견뎌야 한다는 걸 나는 지나치게 늦게 깨달아 버렸다.

그리고 이를 반증이라도 하듯, 머지않아 힘겹게 열리기 시작한 202호의 작은 틈에서는 짙은 비 냄새가 쏟아져 나와 나의 몸을 끈적하게 휘감았다. 그건 꼭 장마철에나 맡을 수 있는 그런 비릿한 물의 향이었다. 하지만 창문을 가리고 있는 신문지 탓인지 문 안쪽이 마치 공간이 툭, 잘려 나가 더 이상 존재하지 않는 것 같았기에 이 냄새의 출처를 확인할 수는 없었다. 그나마 현관에서 멀지 않은 곳에 홀로 외롭게 튀어나온 스위치가 희미한 달빛에 어렴풋이 윤곽을 드러내고 있어 곧장 불을 켜 볼 수 있었으나, 전등은 고작 한 번의 시도만으로는 시커먼 물속에서 타오르기가 여간 힘에 부치는지 가냘픈 필라멘트를 진동시키며 눈을 가만히 껌뻑이기만 했다.

그 때문에 나는 한 번 더 끈적한 어둠에 손을 집어넣어 다시금 스위치를 내렸다가 올려야 했는데, 이번엔 어디서 작은 물고기가 지느러미를 파닥이기라도 하는지 '파르르.' 하는 소리가 나지막이 들려왔고, 머지않아 아주 작은 빛이 태어났다. 빛은 놀라울 만큼 연약해 보였지만, 그 안을 가득 채우고 있던 거대한 어둠을 한순간 바퀴벌레로 전락시키기에는 충분했다. 짙은 어둠은 그만큼이나 잘게 쪼개져 온갖 사물의 틈 사이로 재빠르게 도망쳐 갔다. 아이러니하게도 세 개의 삶이 꺼진 이곳에서, 어둠은 저 홀로 살고자 하는 생의 의지가 있었다.

그러나 어둠이 어딘가 숨어 숨을 고르는 사이, 겨우 드러난 안쪽 공간은 방금 막 태어난 빛에게조차 미안해질 정도로 숨 막히는 인상이었다. 분명 할머님의 방과 구조는 같았으나 눈앞에 펼쳐진 집 안은 박스와 잡동사니 같은 게 천장에 닿을 만큼 쌓여 있어 그보다 훨씬 비좁게 느껴졌기 때문이었다. 낡은 가스레인지 위로도 커다란 박스가 한두 개쯤 올라가 있어 요리 같은 것을 안 한 지 한참이나 되었다는 것을 알려 주고 있었다. 오직 문지방 너머에 위치한 다다미방, 그곳에 놓인 책상 앞으로만 꼭 한 사람이 누울 수 있는 빈 공간이 있는데, 그게 애석하게도 정확히 아카리의 키와 넓이만큼이었다. 그 공간을 제외하고는 그 어디에서도 아카리와 닮은 것을 찾을 수 없을 정도로 온통 난잡하고 엉망이었다. 도대체 이렇게 비좁은 곳에서 어떻게 몇 달이나 지냈을까 하는 의아한 감정만 먼지처럼 수북이 쌓여 갔다.

그러다 점점 무거워지는 비릿한 물 냄새에 숨이 막힐 것 같아 주위에 놓인 박스를 열어 얼마간 살펴보자 부서진 일회용 우산부터, 장우산, 접이식 우산, 양산 등 다양한 종류의 우산들이 한가득 눈에 들어왔다. 그나마 우유를 나를 때 쓰는 플라스틱 박스에는 비교적 온전한 모양을 한 우산들이 두세 개쯤 꽂혀 있었으나, 그마저도 손잡이가 통째로 없거나, 뼈대의 마디마디가 부러져 있어 연신 미간을 찌푸리게 했다. 아무리 봐도 전부 쓰레기장에서 주워 왔다고 해도 믿을 만큼 못 봐줄 것들이었다. 하지만 어째서 이렇게 모아 둔 건지 당장에는 알 수 없었기에 나는 조용히 박스를 덮어 두고는 숨을 꾹 참으며 안쪽을 향해 쭉 나 있는 단 하나의 통로를 조용히 걸을 뿐이었다. 그러면서도 좌우로 쌓여 있는 박스들에 부딪히지 않기 위해 부단히 조심해야 했다. 숨이 모자랄 때에만 입으로 숨을 뻐끔, 하고 쉬었다.

그렇다고 아카리가 누워 잠을 청했을 만한 그 빈 공간에 도착해서도 숨을 돌릴 만한 여유가 있지는 않았다. 그곳조차 바깥에 비해 이미 충분한 양의 잡다한 사물들로 가득 차 있었기 때문이었다. 그중에서도 작은 수술대처럼 생긴 나무 책상이 곧장 눈에 들어왔는데, 그 위를 살펴보니 제도용 녹색 고무판과 다양한 크기의 니퍼, 바느질 도구들이 아무렇게나 널브러져 있었고, 그 가운데에 새하얀 종이 뭉치가 마치 나를 기다렸다는 듯 저 혼자 가지런히 놓여 있었다.

홀로 새것같이 은은한 빛을 내는 종이. 그 맨 앞 장에는 나의 이름이 작게 쓰여 있었다. 꼭 사진 뒷면에 적혀 있던 그 희미한 글씨체였다.

9

 류이치. 인간에게 언제나 슬픔이 비처럼 내리고, 그걸 따듯한 기억을 펼쳐 막아야 하는 거라면, 나는 평생 동안 쏟아지던 비를 내 힘으로 막아 본 적이 없어. 내 기억과 마음은 너무 어릴 때부터 고장이 났거든.

 우산의 걸림쇠라 해야 해나. 꼭 아빠가 죽고 나서부터였을 거야. 그게 툭, 빠져 버렸는지 온 힘을 다해 마음을 펼쳐도 자꾸만 힘없이 접혀 버리기만 했어.

 어딘가에 스며드는 비는 언제나 차갑고, 눅눅했고. 어쩔 때는 따갑거나… 뜨거웠지. 정말 질릴 만큼. 나 혼자서라도 어떻게든 고치고 싶었는데. 어쩌다 이렇게 된 걸까. 괴로웠어. 쉴 새 없이 내리는 비가 너무나도 무서웠어. 이제는 너무 오래 맞아 마음이 얼얼하고, 무감각하지만.

아, 이 세상엔 고장 나고, 버려진 우산이 왜 이렇게 많은 걸까? 고작 한 번 쓰고 버려지거나, 깜빡하고 놓고 간 우산들. 다른 우산이랑 헷갈렸는지 멋대로 훔쳐 가는 바람에 잊힌 우산들. 그것도 아니면 비바람에 구멍 나고, 꺾이고 하는 최악의 경우까지.

나는 그것들에게 온갖 연민을 가지다가도, 또 동시에 혐오스러운 마음을 품기도 했어. 나도 그들 중 하나였지만… 애써 태연한 척하며 사는 걸 보고 있자면, 꼭 못된 마음이 불쑥 튀어나왔거든. '너희도 사실은 슬프잖아. 마음을 제대로 펼칠 수 없잖아. 지금도 축축한 비가 뚫린 구멍 사이로 새어 나오고 있잖아. 그런데도 어째서 그런 표정을 하고 있는 건데?' 하면서 말이야.

그래서 나는 있지, 여태 한 번도 고장 나지 않은 척했어. 걸림쇠가 없는 것 정도는 비만 오지 않는다면 고장 난 티가 나지 않는다는 거 알아? 햇볕 아래 긴 머리카락을 내리고, 조용히 입만 다물고 있으면 끝이야. 게다가 겉으로 멀쩡해 보이는 내가 아주 가까이서 한 번 웃기만 하면 그들은 어딘가 간지러운 사람처럼 꼭꼭 숨겨 두었던 마음을 펼치게 되는데, 나는 바로 그때 무방비하게 드러난 걸림쇠를 훔쳐 왔던 거야.

하지만, 류이치. 나는 우습게도 여태 꼭 맞는 걸림쇠를 찾지를 못했어. 정말이지 단 한 번도. 수도 없이 훔치며 살아왔는데도 말이야. 그나마 그중 한두 개만이 크기가 비슷했지만, 그것들조차 한동안 맞는 듯하다가도 사이즈가 미묘하게 달랐거든. 조금 작은가 싶으면 들꽃도 고개 숙이지 못할 만큼의 작은 비바람에도 힘없이 접혀 버리니 아무런 소용이 없었고, 조금씩 큰 것들은 오히려 툭, 하고 걸려서는 거꾸로 접히질 않았지. 그러면 밖에 비가 그치고 해가 떠도 매일 그늘에 살게 되니까, 그것은 그것대로 괴로웠어.

그러니까, 너는 나에게 적당한 크기의 마음이었다는 거. 알까. 적당한 걱정과, 적당한 무관심. 스스로를 위한 건지, 아니면 상대를 생각해서인지 언제나 적당한 거리를 두려고 애쓰는 게 나는 좋았어. 우리가 처음 옥상에서 나란히 앉았을 때처럼, 너무 멀지도, 너무 가깝지도 않은 그 거리에서 어쩐지 마음이 놓였거든. 그리고 너는 내가 나의 과거를 이야기하고, 너의 과거를 알았음에도 함부로 위로하려 다가서지도 않았고, 또 불행을 뚝뚝 흘리는 내 곁에서 도망치지도 않았지.

애초에 그런 이야기를 말할 수 있었던 것조차 네가 남겨 준 그 틈 덕분이겠구나 싶어. 물론 여태 나의 모든 과거를 말한 건 아니지만, 거짓말은 한 번도 안 했어. 정말이야. 다만 그때에는 머리가 길었으니까. 조금은 숨겼어. 아니, 어쩌면 많이.

음. 너에겐 도대체 어디서부터 말해야 할까. 아무래도 내가 들어간 시설에서 처음 뛰쳐나왔을 때부터겠지? 내가 어쩌다 시설까지 가게 된 건지, 벌써 잊은 건 아닐 거라 믿어. 그럼 정말 실망할 거야. 너라면 그럴 리 없겠지만.

그래. 사실은 있잖아. 그때는 비교적 좋게 이야기하기는 했지만, 나는 내가 있었던 시설을 정말이지 최악이라 생각하고 있어. 처음 입소할 때에는 그렇게 잘해 주다가도 자신들에 비해 내가 겉으로 너무 멀쩡해 보였던 건지 기어코 우산대를 부러트리고, 구멍을 내려고 안간힘을 쓰는 인간들뿐이었거든. 그러면서도 밖에서는 다 괜찮은 척하는 모습을 보면 그게 너무 웃겨서 눈물이 날 정도였고.

그리고 내가 도벽이 있다는 거, 너는 처음부터 알고 있었겠지? 너의 지갑을 훔친 것도 나였으니까. 그렇다고 나도 처음부터 훔치는 것에 관심이 있었던 것은 아니야. 몇 번이나 엄마에게서 자신의 것을 훔쳐 가지 말라는 얼토당토않은 말을 들어서인지 처음엔 아주 사소한 반발심 같은 거였어.

고작 초등학생이었던 내가 뭘 알았겠어.

그때 당시 엄마에게는 그나마 자주 참여하던 모임 같은 게 딱 하나 있었는데, 그 모임 사람 중에 학교 앞에서 문구점을 크게 하시는 분이 있었거든. 나도 오고 가며 가끔 인사를 했으니 그걸 잘 알고 있었어. 하지만 여태 그곳에서 무엇을 훔쳤었는지는 지금까지도 기억이 잘 안나. 아마도 아주 작은 지우개였을까. 하여튼 한번 주머니에 들어가면 티도 안 날 만한 거였어. 용돈조차 거의 받아 본 적이 없으니 잠깐 들러 구경만 하려 했던 건데, 무언가를 집어 들고는 무심코 손에 꼭 쥐어 보니 그게 꼭 세상에서 사라진 물건처럼 느껴지더라고. 그래서 나는 주먹에 힘을 꼭 준 채 그대로 바깥으로 도망쳐 나왔어. 근처 작은 놀이터를 지나고, 육교를 하나 건너고, 둑방을 걸어 집에 갈 때까지도 손을 한 번도 펴지 않았지.

그렇게 겨우 한 손으로 집 문을 열고, 이불속으로 들어가 그대로 굳어 버릴 것 같았던 다른 한 손을 천천히 펼쳐 보았을 때야. 아아. 그 안에서는 고작 지우개 따위가 아니라, 정말 커다란 무언가가 터져 나오는 듯했어. 그때 느꼈던 감정만은 여태 잊을 수 없을 만큼 강렬한 것이었고.

나는 눈물을 쉴 새 없이 흘리기 시작했어. 아빠가 죽고 나서부터 매일같이 슬퍼하는 엄마를 위해 애써 참아왔던 감정들에서 잠시나마 벗어나서였을까.

그것도 스스로의 힘으로.

하지만, 나도 알아. 그건 기쁨 따위가 아니었다는 거. 너도 알겠지만 괴로운 과거라는 건 있지. 커다란 수족관 같아서 고작 그런 행위로 벗어날 수 있는 게 아니잖아. 그저 공연이 끝나고 막이 내리듯, 잠시 가려졌던 것뿐이야. 아빠와의 따뜻했던 기억도, 그날들을 그리워하는 마음도, 먼저 떠나버린 것에 대한 원망 같은 것도, 단지 훔치는 행위에 대한 흥분과 엄마에 대한 죄책감으로 덮어졌던 거야.

거기에 운이 좋다면, 엄마도 충격을 받고 자신의 수족관 속에서 빠져나와 나를 안아 줄 수 있지 않을까. 그런 희망도 품을 수 있었고.

하지만 엄마는 그 뒤로 내가 무려 일곱 번이나 훔친 것들을 들켰는데도 나에게 아무런 말도 안 했어. 내 생각이기는 하지만, 아마 그때마다 본인이 나서서 조용히 돈을 물어 주거나 했던 것 같아. 그러니 나도 속으로는 고맙기도 하고, 또 미안하기도 해서 이제 정말, 정말로 그만둬야지 하고 마음을 먹었는데… 마침 그날, 엄마가 새벽 늦게 들어와서는 주방 식탁에 엎드려 정말 서럽게 울더라고. 그래서 나는 내가 정말로 아껴 두었던 아빠 티셔츠를 꺼내 가져다줬거든? 응. 맞아. 내 딴에는 사과를 하려고 한 거야. 그런데 엄마는 티셔츠를 가만히 끌어안더니 나에게 한마디 툭, 던져 놓았어. '도둑년 아니랄까 봐.' 하고. 고맙다거나, 그만두라는 말도 없이.

맞아. 이때부터야. 어딘가가 한 군데 더 망가져 버린 건지 짜증이 나고, 우울해지려고만 하면 어떻게든 물건을 훔치고 싶어서 견딜 수가 없게 됐어. 변명 같겠지만 마음에 내리는 비가 너무 추운데, 더 이상 막아 줄 수 있는 지붕도, 기댈 만한 사람도 없어졌으니 내가 무얼 더 어떻게 하겠어.

그때부터 나는 꼭 그날 우리가 술을 마신 것처럼 차라리 무언가에 취하기라도 해야 했어. 그게 어떤 종류의 흥분이든, 죄책감이든 상관은 없었어.

*

그 뒤로 엄마와 할아버지마저 세상을 떠나고, 시설에 들어가서도 훔치는 버릇은 더하면 더했지, 전혀 나아지질 않았어. 그래도 처음엔 아까 말한 것처럼 작거나, 사소한 것들만 훔쳤거든? 문구점이나, 편의점 같은 데에 들러서 손에 쥘 수 있을 만큼 작은 것들만 말이야.

하지만 시간이 지나고 중학교 3학년이 됐을 때였어. 나는 먹는 것도 부실했다 보니 또래 애들에 비해 성장 같은 게 늦은 편이었어. 생리도 그해 겨울에 처음 겪게 되었는데, 나는 그게 그렇게 최악인 줄은 꿈에도 몰랐어. 안 그래도 시설 생활이 너무 힘들었는데 기분조차 정말 이유도 알 수 없이 제멋대로 오르락내리락 하니까 나도 나를 어떻게 할 수가 없을 정도가 되더라고.

정말이지, 도저히 작은 물건을 훔치는 정도로는 성에 차지를 않으니 미치는 줄 알았어. 안 그래도 그동안 작은 무언가를 훔치는 것 말고는 어떻게 쌓여 가는 감정을 내보낼 수 있는지 배운 적도, 해 본 적도 없었으니 마음속엔 계속해서 무언가 빠져나가질 못하고 응어리져서는 정말로 숨이 잘 안 쉬어질 정도로 답답했어. 그때 마침 미카 언니의 지갑을 줍게 된 거였고. 전에도 말했지만 그 지갑을 손에 들고 있으면 정말로 내가 아닌 다른 사람이 된 것 같은 데다가 동시에 쌓여 있는 감정도 내 것이 아닌 것처럼 굴 수 있으니 얼마나 기분이 좋았는지 몰라.

그렇지만, 그런 기분은 고작 며칠을 가지 못한다는 거. 너도 알겠지. 결국 다음 번 생리 때마다 계속해서 다른 지갑이 필요해질 뿐이었어. 하지만 내가 어디서 훔치는 걸 전문적으로 배운 것도 아니잖아. 처음 두세 번쯤은 전철 같은 곳에서 지갑을 훔치다 들켜 기어코 경찰서까지 들락날락했는데, 결국 시설에서는 이렇게 되면 강제로 퇴소시킬 수밖에는 없다느니 하면서 나에게 자유 시간마다 청소나 온갖 허드렛일들을 벌이랍시고 주기 시작했어. 그 탓에 나는 겨우 잡아뒀던 아르바이트도 다 그만둬야 했고, 일요일에도 잠깐도 쉴 수 없었어.

내가 겨우 모아 둔 돈을 뺏어 갔던 선배들도 그 소식을 듣고는 잘됐다 싶었는지, 하루 종일 청소를 하고 와서 지쳐 있는 걸 뻔히 알면서도 잠에 들지도 못하게 한 명씩 돌아가면서 괴롭히기도 했어. 도중에 내가 분에 못 이겨 송곳처럼 노려보기라도 하면 움찔하는 것도 잠시야. 이내 도둑질을 해 놓고는 뻔뻔하다면서 걷어차고, 뺨을 때려. 그러니 나는 정말, 정말 도둑질이라도 해서 사는 게 낫겠다 싶었어.

그렇게 나는 결국 입학하기로 했던 고등학교의 입학식이 있던 날, 새벽에 맞춰 옷도, 칫솔도, 가방도 아무것도 챙기지 않고 선배들이 모아 둔 돈을 조금 훔쳐서 거리로 나선 거야. 이제 날씨도 많이 따듯해졌을 테니까, 어떻게든 되지 않을까. 정류장까지 뛰어가며 아무런 대책도 없이 겨우 그런 생각만 되뇌었어. 그 먼 거리를 한 번도 쉬지 않고 겨우 정류장에 도착했을 때엔 땀인지 눈물인지 모를 것들로 온몸이 젖어 있었는데, 차가운 새벽 공기가 자유가 된 나를 축하해 주기라도 하는 것처럼 얼마나 상쾌했는지 몰라. 언제 올지 모르는 버스가 걱정거리조차 되질 못할 정도로 말이야.

다행히 정류장에 앉아서 한 시간 정도 지났을까. 마침내 어디로 가는지도 모르는 파란 불빛의 버스가 안개를 뚫고 튀어나와서는 나를 한입에 집어삼켜 주었어. 목적지는 어디든 상관없었어. 시설에서부터 거리만 있으면 됐으니까. 그저 그 따듯한 배 속에 들어앉아 차갑게 식어 있던 몸도 조금씩 녹고, 긴장도 풀리고 하니 졸음만이 물밀듯 밀려올 뿐이었어.

그렇게 한참을 졸다가 깨 보니 어느새 네 시간이나 지나 있었어. 바깥도 물론 눈부실 만큼 환해져 있었는데, 빠르게 스쳐 가는 풍경도 생소한 데다가 표지판 위로 보이는 이곳의 지명도 그때는 영 어색하기만 해 긴장인지 기쁨인지 모를 것으로 발끝이 간지러울 정도였어. 이 정도 거리면 이제 그 인간들과 쉽게 마주칠 일은 없겠구나 싶어 버스에서 내릴 때엔 나도 모르게 웃음이 났고.

맞아. 정말로 여기 와서 한동안은 즐거웠다고 생각해. 얼마간 있는 돈으로 겨우 빵 하나를 사 먹고 매일같이 한적한 비상계단을 찾아 잠을 자야 하기는 했어도, 낮에는 자유롭게 도심 이곳저곳을 돌아다니면서 이곳 사람들 구경도 하고 상황이 되면 간간이 지갑도 훔쳐 음식다운 음식을 먹기도 했거든.

하지만 류이치. 이런 식으로 사는 건 고작 보름이면 완전히 한계에 다다르게 돼. 공용 화장실에서 간단히 씻는 걸로는 몸에서 나는 냄새를 지우기에는 역부족 인데다가, 밥도 부실하게 먹어 항상 속이 쓰라릴 정도로 배가 고파. 게다가 간신히 새벽 사이 아무도 없는 계단에 기대어 선잠에 들었더라도 문이 열리는 소리나, 발걸음 소리가 나면 재빨리 도망쳐야 하니 긴장을 놓을 수도 없어. 그때부터는 아침이 오면 오히려 자기 전보다 더 초췌해져 있으니 차라리 더 이상 밤이 오지 않았으면 하는 마음까지 들고 마는 거야. 그리고 그쯤부터는 슬슬 한두 명씩 내가 가출을 했거나, 갈 곳이 없는 아이라는 걸 눈치채기도 했어. 저녁쯤 역에 가만히 앉아 사람들을 구경하고 있으면 꼭 이상한 아저씨들이 와서는 말을 걸어올 정도였다니까? 밥은 먹었냐고 하면서. 상상이 돼?

한 번은 꼭 내 또래 같은 여자애들 무리가 나를 가득 에워싸더니, 자신들의 아파트에 마침 빈자리가 하나 있으니 재워 주겠다며 다들 엄청 친근하게 굴기도 했어. 응. 알아. 나도 처음엔 분명 경계를 했어. 그렇지만 더 이상 계단에서 자는 것도 너무 지쳤고 해서, 일단 같이 가본 뒤에 분위기를 봐서 도망을 치든지 하자며 어쩔 수 없이 마음을 고쳐먹을 수밖에 없었어. 역시나 같이 따라가 보니 집 안이 온통 담배 냄새에 찌들어 있고 가구랄 것도 딱히 없는 작고 허름한 아파트이기는 했어도… 한쪽에 쌓아 둔 두툼한 이불을 펴 주고 또 따듯한 목욕물도 받아 주니 그런 곳에서도 얼떨결에 긴장을 풀어 버리게 되더라고. 아무래도 사람은 궁지에 몰리면, 속이 다 뻔히 보이는 호의조차 허겁지겁 먹게 되나 봐.

그래도 그게 얼마 만에 개운하게 씻어 보는 거였는지, 신이 나 밖에 둔 옷이랑 돈도 다 까먹어 버릴 정도였어. 머리를 감던 도중에서야 겨우 생각이 나서 서둘러 나가 보기는 했는데 이미 여자애 중 한 명이 동전 몇 개를 찾아내 손에 쥐고 세어 보고 있더라고. 다 해 봤자 고작 천 엔 정도 됐었을까. 얼마였는지 자세히는 생각이 안 나지만 나는 놀라 뭐 하는 거냐며 돌려달라고 곧장 소리를 질렀어. 그러자 여자애들은 웃는 표정을 조금도 바꾸지 않고는 자기들은 다 같이 돈을 모아서 똑같이 나눠 쓴다고. 그러니까 걱정 말라는 거야. 이미 머리도 푹 젖어 버린 데다가 분위기가 도저히 돌려달라고 해도 돌려줄 것 같지도 않으니까. 나는 결국 무어라 더 쏘아붙이질 못하고 포기하는 심정이 되어서는 가만히 이불에 누워 버렸어. 그저 속으로 그 돈이면 여기서 하루쯤은 지내게 해 줄 거라며 애써 마음을 달랠 뿐이었지. 물론 다시 돌아봐도 너무 순진하고, 터무니없는 생각이었다는 거 알아. 그렇지만 나, 정말 너무너무 피곤했거든. 하필 금방이라도 생리가 시작될 것 같았고.

그런데 그날 새벽이었어. 누군가 어깨를 흔들어 깨우더니 몰래 밖으로 나와 보라고 어렴풋이 속삭이는 거 있지. 그 작은 방에 잠든 사람만 일곱 명쯤 됐을까. 그 모습이 꼭 어두운 흙탕물 아래 조용히 잠들어 있는 악어 떼 같았는데, 용케 아무도 건드리지 않고 복도로 나가 보니 나를 불렀던 건 무리에서도 가장 의기소침해 보였던 애였어.

그 애는 한동안 비상구 전등 아래에서 내 얼굴을 빤히 쳐다보다가 나에게 대뜸 이렇게 말했어. 이제 하루만 더 있으면 먹었던 거랑 방 값이랑 이것저것 해서 터무니없는 돈을 내라고 할 거라고. 그래도 도저히 돈이 없다고 하면 은근히 몸을 팔도록 강요할 거라고. 그러면서 그 애는 내가 이쁜 게 마음에 들었다며 손쓸 수 없을 만큼 망가지기 전에 어서 도망치라면서 내 손에 동전을 두 개 정도 쥐여 줬는데, 이야기가 도무지 현실감도 없고, 잠도 덜 깨서인지 얘가 지금 무슨 말을 하는지 모르겠는 거야.

게다가 그 애는 내가 당황해 계속 우물쭈물 가만히 서 있기만 하자, 눈을 질끈 감은채 소리를 지르기까지 했어. '어서 가. 어디든 제발 돌아가.' 하면서. 내가 아니라 꼭 지난날의 자신에게 말하기라도 하는 듯, 고개를 푹 숙인 채 그 작은 두 손으로는 내 등을 힘껏 떠밀고 있었어.

나는 그렇게 근처 공원에 있는 의자에 앉아 아침을 기다리게 된 거였어. 그러면서도 머리는 여전히 덜 말라서 춥지, 돌아보면 위험하기도 했구나, 하는 생각도 들지. 그 애 말대로 이럴 바에 차라리 시설이라도 다시 가야겠다는 마음이 나도 모르게 불쑥 떠오르니까, 너무 억울해서 눈물이 다 나왔어. 어쩌다 나는 지금 여기서 이러고 있는 걸까. 어디서부터 잘못되었길래. 세상에서 가장 최악이라고 생각했던 곳이 그나마 차악이었다는 걸 깨닫는 건 정말 괴로운 일이야 류이치. 심지어 너무 배가 고파서 얼마 되지도 않는 돈을 쪼개 편의점에서 아침이라도 먹고, 버스를 타려고 할 때였어. 하필 그때 딱 생리가 시작되는 거 있지.

그 탓에 식사는커녕 겨우 버스를 탈 정도의 돈만 남기고는 생리대를 살 수밖에 없게 되니 오히려 그때부터는 화도 안 나고 어이없는 웃음이 날 정도로 허탈했어. 하는 수 없이 시설로 돌아가는 버스에 올라타서도 돌아가는 게 무섭다기보다는 그저 될 대로 되라는 마음뿐이었고.

하지만 류이치. 내가 탄 버스는 우습게도 조금의 망설임 없이 반대 방향으로 나아가기 시작했어. 분명 탈 때에도 몇 번이나 물어보고 탔는데. 정말 이상했어. 지금 생각해 보면 아마 종점에서 회차를 하고 출발하는 버스였던 것 같아. 그런데 나는 워낙 지쳤기도 했고 거기까지는 생각도 못 한 채로 혼자서 내 인생은 정말 최악으로 흘러가는구나. 속으로 그런 생각만 했어. 그렇다고 언제까지고 앉아 있을 수도 없잖아. 더 멀리 가 버리기 전에 일단 내리기는 해야 하는데 주머니를 보니 역시 다시 버스를 탈 돈은 안 되는 데다가, 창밖으로는 이미 꽤 한적하게 바뀌어 버린 풍경만 지나쳐 가고 있었으니 다시 도심까지 걷기에는 무리가 있어 보였어. 그 와중에 배까지 점점 아파 오니까 눈앞이 정말 캄캄했어.

*

그렇게 어쩔 줄 몰라하며 배만 쓰다듬다 몇 정거장이나 더 지나쳤을까. 어느덧 창밖으로는 아주 오랜 시간 버려진 듯 풀이 허리춤까지 무성하게 자란 정류장이 보였어. 그리고 그곳에는 누군가 대충 접은 듯한 종이 박스 안에 우산을 한 가득 담은 채 우두커니 서 있었지. 심지어 우산들은 저마다 색도 다 달랐어. 촌스러운 보라색, 짙은 먹색, 빛바랜 녹색과 회색… 생김새조차 같은 게 하나 없었어. 아무리 봐도 바깥은 구름 하나 없이 너무 화창하잖아. 곧장 눈에 띌 수밖에 없었어. 아마 기사님도 멀리서부터 알아봤을 거야. 올라탈 때에도 한두 개쯤 길게 튀어나온 장우산이 여기저기 부딪히면서 난리도 아니었어.

하지만 그에 비해 그 사람은 정말 평범하고, 반듯하게 생겼었어. 아니, 어딘가 중심이 잘 잡혀 있다고 해야 할까. 용케 그 박스 안에서 이리저리 흔들리는 우산들을 떨어트리지도 않고 맨 뒷자리까지 갔으니까. 그리고 그 사람은 우산이 꼭 소중한 사람이라도 되는 양 자기보다 안쪽 자리에 앉히더니 두 손으로 박스를 꼭 잡은 채로 창문 밖만 보기 시작했어. 혹여나 우산이 떨어질까 걱정하는 것 같았는데, 그 모습만큼은 얼마나 허술하게만 보이던지. 왼쪽 주머니에 아슬아슬하게 걸쳐 있는 지갑이 금방이라도 떨어질 것 같았는데도 그 사람은 계속해서 우산만 챙기기에 여념이 없었거든.

맞아. 하필 지갑이 여기서 다시 등장해. 힘껏 닳아 버린 끄트머리만 봐도 낡아 보인다는 걸 알 수 있었지만, 당시 나에게는 그게 꼭 동아줄같이 느껴지기에 충분했다는 것쯤. 이제는 너도 알겠지. 그러니 정신을 차렸을 때 나는 나도 모르게 이미 그 옆자리로 가서 그 사람한테 말을 걸고 있었어.

뭐라 했더라. 정말 바보 같은 말이었던 것 같은데, 아마 우산 하나만 빌려달라는 말이었던 것 같아. 그것도 바깥에서부터 비스듬히 들어오는 부신 햇살 속에서.

내가 말해 놓고도 이해가 안 됐지만… 그 사람은 내 얼굴을 잠시 쳐다보더니 금세 다시 뒤돌아 한참이나 박스를 뒤지기 시작했어. 나는 그때를 놓치지 않고 몰래 지갑을 슬쩍한 거야. 그리고 그 사람은 그런 사실을 아는지 모르는지, 얼마 안 가 민트색 접이식 우산 하나를 나에게 건네주면서 그랬어. 전부 고장 난 것들 뿐이라 빌려줄게 마땅치는 않은데, 이게 걸림쇠가 헐거워서 그렇지 손으로 꼭 잡고 있으면 잠깐은 쓸 만할 거라고. 다른 데는 다 멀쩡하다고 작게 웃어 보이면서 말이야. 나도 그 사람을 따라 웃어 보이려고 했는데… 어쩐지 그때 나는 이상하게 눈물을 뚝뚝 흘리고 있었어.

게다가 그 사람은 있지. 그런 내 모습에 당황스러운 기색도 없이 이렇게 한 번 더 말했어. 가져간 지갑에 든 돈은 다 줄 수 있으니까 오늘 하루만 자기 일 좀 도와줄 수 없겠냐고. 아, 그때까지만 해도 나는 그 사람이 훔친 걸 눈치 못 챘다고 생각하고 있었으니 얼마나 부끄러웠는지 몰라. 덩달아 맺혀 있던 눈물도 쏙 들어가고 얼굴만 화끈 달아올라서는… 재빨리 지갑을 주머니에서 꺼내 돌려준 뒤, 도망치듯 다시 내 자리로 돌아와야 했어. 그러곤 고개를 푹 숙이고 어서 버스가 멈추기를 기도했지. 어디가 되었든 일단 내리고 싶을 만큼 창피했거든.

다행히 몇 분이나 지났을까. 버스가 고가 도로 아래쪽 정류장에 멈춰 서기에 나는 곧장 주머니에 있는 돈을 전부 꺼내서 동전 수납기 위로 쏟아낸 뒤, 뒤도 돌아보지 않고 도망치듯 내려 버렸어. 기사님이 뭐라고 소리치는 것 같았지만 나는 그런 것도 다 무시하고 바닥만 보면서 빠르게 걷기만 했어. 속으로 도대체 뭘 하는 거냐고 자책하면서. 도대체 내린 곳이 어딘지, 내가 어디로 가는지도 몰랐어. 그냥 길이 이어지는 대로 걸었을 거야. 그러다 처음 횡단보도가 나와서야 겨우 멈춰 섰는데, 이제는 어떻게 해야 할지 감도 안 오고 더 이상 스스로한테 실망하는 것도 지치니 그대로 차도에 뛰어들고만 싶었어. 그곳은 마침 마을 외곽에서 고속도로로 이어지는 곳이었으니 차들이 꽤 빠르고 시끄럽게 내 앞을 지나가고 있었거든.

그러다 어디선가 더 시끄러운 소리가 들려와 뒤를 휙 돌아보게 됐는데, 곧장 어떤 사람이 거리 위로 우산을 몇 개나 떨어트리면서 내 쪽을 향해 뛰어오고 있는 게 눈에 보였어. 맞아. 내가 버스에서 지갑을 훔쳤던 그 사람이었어. 또 얼마나 열심히 뛰던지, 내 곁으로 가까이 다가왔을 때엔 이미 이곳저곳 우산을 흘린 탓에 들고 있던 박스가 절반은 비워져 있었어. 그러면서도 얼마나 밝게 웃고 있었는지 몰라.

그 사람은 한동안 숨을 몰아쉬더니 여전히 가쁜 호흡으로 나한테 한 번 더 말했어. 당장 하루가 어려우면 반나절만이라도 좋으니 일을 잠깐 도와줄 수 없겠냐고. 자기가 이상한 사람은 아닌데, 오늘은 단지 손이 없어서 곤란하다고. 하지만 내가 지갑 생각이 나 부끄럽기도 하고, 도대체 무슨 말을 꺼내야 할지 모르겠어서 가만히 서 있기만 하니까, 그 사람은 그제야 박스를 내려놓고는 지갑 안에서 자기 명함을 꺼내 내 쪽으로 내밀었어. 그렇게 얼떨결에 받아 든 명함에는 엄청 큰 글씨로 '우산 수리, 수거.' 이렇게 쓰여 있었어. 그 뒷면에는 똑같이 큰 글씨로 사무실 전화번호와 함께 타츠키라는 이름이 쓰여 있었고.

그래. 네가 아는 그 타츠키가 맞아.

나를 처음 만났을 때, 타츠키는 여름 장마에 앞서 외곽 마을을 돌아다니며 고장 난 우산들을 수거해 오는 길이었나 봐. 평소에는 하루에 한 박스도 다 채우기가 힘든데도, 이상하게 그날은 반나절 만에 다 채워 버려서 곤란한 참이었다고 했어.

그렇다고 내가 어떻게 뻔뻔하게 입을 열겠어. 손에 든

명함의 끄트머리만 만지작거리는 게 내가 할 수 있는 전부였어. 그러자 타츠키는 한동안 내 말을 기다리다가 말고는 이번엔 자기 지갑에 있는 돈을 몽땅 꺼내 다시 내 손에 쥐여줬어. 선보수라고. 얼마 되지는 않는데 오늘 하루 일당 정도는 될 거라면서. 그러고는 또다시 내 대답은 듣지 않고는 혼자서 뭐가 그렇게 신이 났는지 다시 왔던 길을 힘차게 뛰어가 거리에 흘렸던 우산을 하나둘 줍기 시작했어.

나는 그렇게 손에 쥐어진 돈과 그 허둥거리는 모습을 번갈아 보다 보니 또 막 웃음이 났어. 아마도 류이치. 너라도 그 장면을 보았다면 똑같이 웃었을 거야. 덕분에 긴장이 풀려서인지, 얼마 안 가 타츠키가 옆구리며, 손이며 품에 한가득 우산을 들고 돌아왔을 때, 이미 내 두 손에는 바닥에 놓여 있던 허름한 종이 박스가 들려 있었지. 안에 든 몇 개의 우산들이 거추장스럽기는 했어도 속은 대게 비어 있으니 생각보다 들 만 했어.

우리는 그렇게 근처 마을부터 시작해서 세 시간은 넘게 걸어 다니며 박스 두 개를 고장 난 우산들로 가득 채워 갔어. 하나는 폐우산으로, 하나는 고칠 우산들로. 그 사이에 마주치는 마을 사람들과 서로 잘 아는 모양인지 연신 반갑게 인사를 나누고, 이번 해에는 장마가 일찍 올 것 같다며 우산 좀 잘 고쳐 달라고 부탁을 하는데, 그 모습이 정말이지 정겨웠어. 뒤에서 지켜보던 나까지 기분이 좋아질 정도였어.

그러다 오후 네 시 정도가 되자, 내가 슬슬 지쳐하는 걸 타츠키도 눈치챘는지 이제 그만 일찍 일을 마무리하고 밥을 먹으러 가자고 했어. 나는 그날 아침도 못 먹고 열심히 타츠키를 따라 돌아다니기만 했으니 또 거절도 못 하고 고개만 끄덕였지. 하지만 어쩐지 잡아탄 버스 창문으로는 점점 더 한적한 풍경만이 이어졌어. 어느 순간부터는 도대체 이런 곳에 식당이 있을까 하는 생각이 들 정도였어. 그때까지만 해도 이 사람마저 결국 뭔가 속셈이 있지 않을까 하는 의심을 했던 게 사실이었거든.

그 의심은 버스에 내려서도 이어졌어. 아니, 오히려 자꾸 외진 길만 골라 걸으니 더욱 짙어질 수밖에 없었어. 주위를 둘러보니 우리는 어느새 꽤 칙칙한 마을을 걷고 있었고, 보이는 거라곤 고작 오래되어 보이는 아파트들뿐이었으니까. 간혹 지나치는 상점들마저 대부분 문이 닫혀 있었어. 그나마 열려 있는 것마저 오토바이 수리점 같은 것들 뿐이었지. 나는 그렇게 쌓여 가는 불안함과 의심을 참지 못해 조금씩 그 사람과 거리를 뒀어.

그런데 머지않아 좁고 긴 골목을 지나 비교적 넓은 인도로 나설 때였어. 누군가 저 멀리에서부터 타츠키의 이름을 크게 부르며 뭐라고 소리치길래 그쪽을 바라보니 어떤 여자아이가 우리 쪽으로 급히 뛰어오는 게 보였어. 손을 막 흔들면서. 그게 금방이라도 넘어질 듯 불안해 보이는 모습이긴 했어도 아주 반가워하고 있다는 것쯤은 쉽게 알 수 있었어. 타츠키도 한쪽에 들고 있던 박스를 바닥에 내려놓고는 곧장 그 사람을 향해 뛰어나갔고, 나는 무슨 영문인지를 몰라 그 자리에서 두 사람이 중간쯤에서 만나 포옹을 하고 다시 내 쪽을 향해 다시 걸어올 때까지도 내 손에 든 박스를 바닥에 놓지도 않고 가만히 서 있기만 했어.

그렇게 그 둘이 손을 꼭 잡고는 바로 내 앞까지 도착했을 때야. 내가 얼마나 놀랐는지 류이치 넌 알까. 타츠키 옆에 있던 그 사람이 미카 언니인 걸 알자마자 잡고 있던 박스 한쪽을 그만 놓쳐 버릴 정도였으니까. 덩달아 담겨 있던 우산이 도로 위로 미끄러지듯 순식간에 쏟아져 그중 몇 개는 주울 새도 없이 지나가는 차에 밟혀서 부서지기까지 했어. 내가 더 당황해서 인도 위로 떨어진 우산이라도 주우며 어쩔 줄을 몰라하니 그 둘도 괜찮냐며 같이 부서진 우산들을 줍기 시작했는데, 우리는 끝내 여기저기 흩어진 커다란 파편들까지 대충 한 곳에 모아 두고 나서야 타츠키의 소개로 인사를 제대로 나눌 수 있었어.

그렇게 실제로 본 미카 언니는 사진과는 달리 나보다도 한 뼘은 키가 작고, 아주 많이 말라서 꼭 어린아이를 떠올리게 했어. 안색마저 좋지 않아 보여 분명 미소를 머금고 있음에도 어딘가 아프다는 걸 한눈에 알 수도 있었어. 그럼에도 언니는 오히려 내가 사과를 건네기도 전에 자기가 먼저 나서서는 다친 데는 없냐고 걱정스러운 표정으로 말했어. 이미 고장 난 것들이니까, 연신 괜찮다며 그 작은 손으로 내가 들고 있는 몇 개의 우산까지 뺏어 가더니 먼저 앞장서서 어디론가 걷기 시작했지. 옆에 있던 타츠키도 따라서 나에게 우산은 정말 신경 쓰지 않아도 되니까 먹기로 한 밥은 꼭 먹어야 된다면서, 미안함에 굳어 있는 나를 기어코 다시 움직이게 했어.

그 뒤로 얼마간을 더 걸어 도착한 곳은 내가 바로 하루 전에 도망쳐 나온 곳 보다도 두 배는 더 오래되어 보일 정도로 허름한 2층짜리 아파트였는데, 셋이서 동시에 철제 계단을 오르니 삐그덕거리는 소리가 얼마나 크게 나던지. 여전히 그 소리가 선명하게 기억이 날 정도야. 너는 이곳에 오면서 어떤 소리가 났을까. 혼자였을까, 아니면 나처럼 셋이었을까.

하여튼, 다 함께 복도로 올라가 보니 유독 한 집의 문만 활짝 열려 있는 게 보였어. 그리고 미카 언니는 그걸 보더니 다급하게 뒤돌아선 뒤 곧장 타츠키에게 미안하다는 듯한 멋쩍은 미소를 지었지. 보아하니 언니가 문을 열어 두고 나온 모양이었어. 타츠키는 금방 돌아와 별일 없을 거라며 다음부터 꼭 닫고 다니자고 웃으면서 타일렀지만, 미카 언니는 집 안에 들어가서도 몇 번이나 자책하는 탓에 타츠키가 꼭 안아 주면서 정말 괜찮다고 한동안 언니를 달래 줘야 했어. 나는 그때만 해도 언니가 평소에 문 닫는 걸 잘 깜빡한다고 생각할 뿐, 그렇게까지 이상한 점을 느끼진 못했어. 그저 그 자리에 멀뚱히 서 있는 게 부끄러워서 괜히 곁눈질로 집 안을 천천히 살펴보기만 했어.

너는 아마 쌓여 있는 잡동사니들에 가려져서 잘 모르겠지만, 이곳은 원래 꽤 소박하기는 해도 따뜻한 인상을 주는 공간이었어. 군데군데 무언갈 적어 둔 메모장이 다정하게 붙어 있었고 그 외에는 주방 식탁과 의자, 안쪽 방에 놓인 작은 나무 테이블이 전부였지만, 그곳들 뿐 아니라 신발장 위에까지 함께 찍은 사진들이 정겹게 올라가 있었거든. 따로 눈에 띄는 짐이라고 해 봐야 들고 온 박스와 한쪽에 가지런히 정리되어 있는 우산들이 전부였어.

그 뒤로 나는 주위도 한 번씩 다 훑어봤겠다, 괜히 어색한 나머지 손을 뻗어 신발장 위에 놓인 사진을 들어 올려 보려 했는데, 그때 마침 타츠키가 나에게 다가와 밥이 다 될 때까지만 편히 기다려 달라며 안쪽에 놓인 나무 책상 앞에 나를 앉혔어. 나야 당장은 조금의 호기심이 일어 그 위에 널브러져 있는 다양한 공구들과 우산 수리에 쓰이는 부품들을 둘러보기는 했지만, 그마저도 금방 질리는 바람에 조금씩 의자를 돌려 그 작은 주방에서 둘이 나란히 요리하는 걸 지켜볼 뿐이었어.

아아, 그때 그 둘의 모습이 얼마나 귀엽던지. 서로 몇 번이나 어깨를 부딪치면서 웃고, 미안해하고… 미카 언니가 전골에 들어갈 무를 반듯이 썰어 보이면, 타츠키가 그걸 보며 얼마나 기뻐하고, 칭찬을 하던지. 굳이 나한테 가져와서 자랑까지 했다니까. 도중에 내가 도울 일이 없냐고 묻거든 둘이 동시에 놀라면서 괜찮다며 편히 쉬라고 꼭 한 사람처럼 행동하고 말하는데, 그게 또 얼마나 웃겼는지 몰라. 간장을 쏟을 뻔한 걸 타츠키가 용케 잡아내거나, 같이 간을 보며 인상을 쓰는 모습마저 보기가 좋았어.

그러다 이내 따듯한 전골의 향이 온 집 안으로 퍼지자, 둘은 멋쩍은 표정으로 다가와서는 입에 맞을지는 몰라도 양은 많다며 나를 주방 식탁으로 데리고 갔어. 오늘 도와줘서 고맙다며 밥을 얼마나 많이 담아 주던지. 내가 한사코 손사래를 쳐도 그 둘은 보기 좋은 미소로 끝내 수저를 들게 했어.

하지만 나. 여전히 그때를 떠올리면 너무 웃기고, 부끄러워. 곧장 국물을 조금 떠서 입에 넣자마자 그만 모두 뱉어 버렸거든. 그 전골, 생각보다 너무 짠 거 있지. 또 그런 내 모습을 보며 둘이 얼마나 크게 웃던지 나를 골탕 먹이려고 그런 게 아닐까 하는 의심마저 들었어.

그렇지만 나는 그날 배가 터질 때까지 식탁에서 일어나지를 않았어. 그게 단지 고맙다거나, 미안해서 그런 게 아니었다는 건 너라면 알겠지? 밥은 설익어 푸석한 데다가, 어묵은 오래되었는지 시큼했고, 말했듯이 국물마저 너무 짰지만… 그때 먹은 식사는 꼭 어릴 적 아빠가 차려 준 것같이 정말 따듯했거든. 나는 그날 오래도록 먹어 보지 못한 제대로 된 애정을 먹고, 또 먹은 거야. 눈물이 나는 것도 모르고 작은 부스러기까지.

결국 꼴사납게 화장실로 달려가 몽땅 게워 내기는 했어도, 오랜만에 정말 배부를 만큼 행복했어. 화장실에서 나오자 오히려 그 둘이 미안한 표정을 짓고 있어 이번엔 내가 괜찮다며 얼마나 크게 웃었는지 몰라.

그리고 밤이 깊어지자 우리는 소화도 시킬 겸 간단히 주변을 산책했어. 그때만큼은 젖은 머리카락과 피부를 스쳐 가는 선선한 저녁 공기도, 그 주변으로 낮게 울려 퍼지는 귀뚜라미의 울음도 나를 조금도 쓸쓸하게 하지 못했어. 아니, 오히려 나는 걸으면 걸을수록 가벼운 기분이 되어서는 정말이지 쉴 새 없이 떠들기만 했어. 엄마와 아빠에 대한 이야기부터 여태 해 온 도둑질, 그리고 할아버지와 시설에서 대한 이야기까지. 나 혼자 어이없어하거나, 막 웃으면서.

그게 또 꽤 길어져서 늦은 밤이 되어서야 나는 테이프가 다 된 사람처럼 입을 꾹 다물 수 있었어. 정신을 차리고 보니 어느새 나와 미카 언니는 이미 같은 이부자리에 누워 있더라고. 타츠키 혼자 책상에 앉아 작은 불빛과 함께 무언가를 자르거나 붙이고 있었어.

그리고 미카 언니는 내가 긴장도 다 풀려 버려서는 점점 눈도 감겨 오는 걸 알았는지 나를 가만히 꼭 끌어안고는 그동안 너무 애썼다며, 언제까지고 여기서 쉬어도 된다며 다정한 목소리로 말해 줬어. 그러니 나는 어떤 말도 못 하고 몇 번이나 이 사람이 엄마였으면, 아니. 엄마가 이 모습을 조금이라도 닮았더라면 어땠을까. 그런 생각을 할 수밖에 없었어. 나는 그렇게 소리 없이 울기만 하다 나도 모르게 잠에 들어 버렸던 거야.

다음 날 아침엔 어디선가 선선한 바람이 얼굴에 기분 좋게 부딪히는 게 느껴져서 눈을 뜨게 됐어. 어느새 내가 꼭 이 집에 벌써 몇 년은 살았던 것 같은 기분이었어. 나는 그런 내가 우습기도 하고, 혼자 마음이 푸근해져서는 또 바보처럼 웃기만 했어. 주방에서 앞치마를 두른 채 뭔가를 요리하고 있는 미카 언니의 뒷모습이 얼마나 보기가 좋던지. 나는 누운 채로 한참이나 그걸 지켜보다 다시 잠에 들었어.

그런 나른한 기분을 꼭 껴안고 얼마나 더 잤을까. 이번엔 어쩐지 더운 느낌이 들어서 일어나 보니 주방은 무언가 요리를 하려 다 만 것 같은 상태였고, 현관문은 어제처럼 활짝 열려서 한껏 덥혀진 낮의 공기가 스멀스멀 들어오고 있었어. 처음엔 잠시 외출했겠거니 생각했으니까, 나는 아무 걱정 않고 개운하게 흘린 땀을 씻고, 또 주변을 천천히 걸어 다니며 마을 구경을 하고 그랬어. 그렇게 나갔을 때가 이미 오후 두 시를 넘은 때여서 마을에 딱 하나 있는 편의점을 기준 삼아 시계 방향으로 주변을 다 둘러보자 어느덧 해가 뉘엿뉘엿 산등성이에 닿기 직전이 되어 있었어.

하지만 돌아와 보니 현관문은 여전히 열려 있었어. 그렇게나 시간이 지났는데도 말이야. 어제도 그랬으니 그럴 수 있다고 생각할 수도 있었지만, 나는 곧장 무언가 잘못되었다는 걸 거의 본능적으로 알 수 있었어. 그리고 아니나 다를까.

내 발걸음 소리를 들었는지 안에서 타츠키가 다급히 뛰어나왔어. 그러고는 곧장 미카를 보았냐고 물어보기에 나는 점심때부터 못 봤다고 말했는데, 타츠키는 무언가 설명하려다 말고는 잠시만 집에서 기다려줄 수 있겠냐는 부탁만 남기곤 바깥으로 또 급히 뛰어가 버렸어.

나는 어떻게 된 영문인지 몰라 그저 집 안을 빙글빙글 돌다가 잘라 둔 지 오래되어 말라 가는 식재료들을 치우고, 욕실을 간단히 청소할 뿐이었어. 거기에 내 양말과 속옷을 손으로 빨아 널은 뒤 나머지 짐까지 정리했는데도 이렇다 할 소식이 없으니 나도 슬슬 걱정이 되었어. 집 안 한편에 뽀얗게 먼지 쌓인 전화가 있기는 했지만, 들어 보아도 신호가 가질 않는 걸로 봐서는 아마 오래도록 요금을 못 내거나 해서 끊겨 있던 것 같았어.

그러다 혼자 안절부절못하는 것도 소용없어 집 근처라도 나가 보려 할 때였어. 마침 바깥에서부터 두 사람의 발걸음 소리가 들려와 나는 금세 반가운 마음이 되어 현관으로 뛰어가 문을 열 수 있었어. 하지만 눈앞에 보이는 그 둘은 행색은 어딘가 잔뜩 지쳐 보였어. 도대체 그 사이 무슨 일이 있었던 건지 얼굴에는 어딘가 희미한 눈물 자국까지 있는 것 같았어. 그 탓에 나는 덩달아 무어라 더 물어보지도 못하고 그저 한쪽으로 길을 비켜 줘야 했어. 그러자 미카 언니는 그대로 힘없이 나를 지나쳐 곧장 욕실에 들어갔고, 타츠키는 목이 탔는지 냉장고에서 물을 꺼내 한참을 마시기만 했어. 교대라도 하듯 타츠키가 씻으러 들어갈 때쯤엔, 미카 언니는 많이 피곤하다는 듯 인사도 없이 이불 속에 들어가 잠을 자기 시작했어. 나 혼자 어색한 식탁 의자에 앉아 상황을 이해해 보려고 안간힘이었지.

욕실 문이 다시 열린 건 십 분도 지나지 않아서였어. 타츠키는 수건을 목에 건 채 나오더니 나에게 곧장 저녁은 어떻게 했냐고 물어왔어. 나는 먹는 걸 깜빡했다고 말했는데, 타츠키는 그렇게 얼마간 고민을 하다 말고 괜찮으면 잠깐 밖에 다녀오지 않겠냐며 먼저 신발을 고쳐 신고 밖으로 나가 버렸어. 따라가 보니 타츠키는 아파트 담장에 기대어 담배를 피우고 있었어. 근처로 가로등이 없어 그 담뱃불이 얼굴을 비추지 않았다면 나는 그게 타츠키인지 정말 몰랐을 거야. 너처럼 담배와는 정말로 거리가 먼 그런 인상이니까.

그렇게 코끝을 스쳐가던 담배 냄새가 희미해질 때쯤, 우리는 공원 벤치에 앉아 빵이랑 우유를 먹기 시작했어. 나는 그때에도 한동안 말없이 혼자서 흙바닥을 발로 쓸거나 괜히 기지개를 켜고, 다 먹은 우유갑을 반듯하게 접어 볼 뿐이었어.

타츠키는 그런 내 옆에 앉아 자신의 검고 짧은 머리카락을 스쳐 가는 선선한 여름 바람이 눈에 보이기라도 하는지, 까만 밤하늘만 무척이나 가깝게 올려다보고 있었어.

그러다 어느 순간 머물고 있던 바람조차 저 멀리 떠나가고, 조용한 정적이 하얀 눈처럼 어깨 위로 내려앉을 때였어. 타츠키는 그제야 정신이 들었는지 고개를 바닥을 향해 떨어트리더니, 그 뒤로는 나지막이 '미카는' 하며 처음 자신들의 과거에 대해 말을 꺼내기 시작했어.

류이치. 나는 그렇게 처음 만져 보는 단단한 사랑에 속절없이 부딪히며 슬프고, 기쁘고, 설레고, 나도 모르게 웃음까지 났어. 하지만 그 끝에는 너무나 아프고, 화가 났어. 멋대로 다가와서는 구멍을 내고, 부러트리고, 찢어 버리는 건 다른 사람들인데 왜 그걸 고치는 건 온전히 고장 난 것들의 몫이어야 하는 건지 여전히 이해가 안 됐으니까.

내가 듣기에는 타츠키와 미카. 그 둘은 꼭 손잡이가 없어진 우산과 손잡이만 멀쩡한 우산이 만난 것 같았거든. 어찌 보면 다행이라고도 할 수 있겠지만, 그럼 결국 사람은 두 사람인데 우산은 하나가 되는 거잖아. 비가 내리면 한 사람은 반드시 젖어야 하는 게 나는 너무 화가 났어. 그런 게 사랑이라 불리는 것도 정말 싫었고.

맞아. 너라면 이미 눈치챘을지도 모르지만 타츠키도, 미카 언니도 우리처럼 시설에 버려지거나, 주워진 사람들이었어. 타츠키는 유치원에 다닐 나이쯤 유원지 근처의 해변에서 처음 발견된 모양이었나 봐. 깜깜한 밤이 되어서도 어린애가 혼자 백사장에 덩그러니 서 있으니 그걸 본 근처 상인들이 걱정 끝에 결국 경찰서로 데리고 간 거였지.

하지만 나이가 그렇게까지 어렸던 건 아니어서 당시 살던 집의 풍경이나 부모님의 얼굴쯤은 금방 생각이 났는데, 이상하게 이름이나 집의 전화번호, 주소 같은 건 어떻게 해도 떠오르지가 않았대. 부모님을 잃어버린 상황 자체가 지나치게 무서웠던 탓인지 마치 그것만 쏙 누가 머릿속에서 지워 버린 것 같았다고 했어. 그 외에는 딱히 부모를 찾을 방도도 없었고, 그 때문에 며칠이나 임시 보호 센터 같은 곳에 머물렀지만, 끝내 별다른 실종 신고가 들어오질 않아 시설에 맡겨지게 된 거야.

그리고 듣기에는 타츠키가 처음으로 맡겨진 시설도 꼭 네가 있었던 곳처럼 아이들을 그저 돈으로만 생각하는 곳이었던 던 것 같아. 방이 너무 좁은데도 닥치는 대로 아이들을 받는 바람에 덩치가 작고 힘이 없는 애들은 잘 때 제대로 눕지도 못하는 정도였다고 했으니까. 타츠키도 처음엔 복도와 이어진 문, 그곳에서 새어 나오는 찬바람을 맞아 가며 잠에 들었다고 했으니 그 와중에 밥이나, 옷은 말해서 뭐 하겠어. 턱없이 부족하기는 마찬가지였겠지.

그래도 그곳에서 생활한 지 일 년이나 되었을까. 타츠키는 운이 좋게도 금세 새로운 가정으로 입양을 가게 되었어. 당시 타츠키를 입양한 부부는 예순을 바라보는 노부부였는데, 아주 오래전 물놀이 사고로 하나뿐이었던 아이를 잃은 바람에 마음을 오래도록 닫고 있다가 늦게나마 입양을 결심하고는 근처 시설을 찾았던 모양이야. 아무래도 타츠키가 바다 앞 백사장에서 발견되었다는 걸 들으시고는 도저히 지나칠 수 없었던 것 같아.

하지만 이미 나이가 꽤 있으시기도 했고, 두 분 모두 지병이었던 당뇨가 심해지는 바람에 타츠키가 중학생이 되던 해, 반년의 시간을 두고는 차례차례 합병증으로 돌아가시게 되었어. 타츠키도 한 분, 한 분 그분들을 잃을 때마다 다시 너른 백사장에 홀로 덩그러니 놓인 기분이었다고는 했지만, 그럼에도 짧지 않은 시간 동안 그분들에게 많은 사랑을 받아 굉장히 기뻤다고 했어. 어쩌면 사람이 사람에게서 구원받을 수도 있겠다는 희망을 그 시간을 돌아보며 찾았다고 했을 정도였으니까.

그 뒤로는 별다른 후견인도 없고, 예치되어 있던 신탁도 따로 없었으니 다시 시설로 돌아가게 된 거였어. 그나마 그 사이 양부모님과 함께 이사를 다녔던 까닭에 지난번 그 시설이 아닌 미카 언니가 살고 있던 시설로 갈 수 있었던 거였고.

그리고 미카 언니는 말이야. 그 이야기가 시작되고, 끝이 날 때까지도 나는 내내 인상을 찌푸릴 수밖에 없었어. 지독한 가난에 찌들어 버린 그런 집 안에 홀로 태어나 그 작은 몸으로 얼마나 애써야 했는지. 그러면서 얼마나 고통스러워야 했는지. 그런 걸 떠올리면 나는 지금도 너무 분해 눈물이 나올 정도거든.

물론 가난이야 별게 아니라고 독하게 마음만 먹으면 어떻게든 스스로를 속일 수 있을지 몰라도, 너도 알다시피 가난은 까마귀 같은 거잖아. 이미 다른 것들로 이곳저곳 충분히 병들고, 냄새를 풍기며 썩어 들어갈 때쯤 흉흉하게 나타나는 그런 거.

그러니까, 너는 미카 언니가 부모에게서 유일하게 칭찬받았을 때가 언제인지 알 수 있을까? 아니. 상상이나 할 수 있을까? 그 정답을 내가 이렇게 적으면서도 정말 어이없지만, 그건 바로 밥을 눈치껏 아주 조금 먹었을 때야. 아주 아주 조금. 딱 한 입. 너무 배가 고파서, 살기 위해 조금이라도 무얼 꺼내 먹다가 걸리는 날에는 온몸에 멍이 들 정도로 맞아야 했는데, 먹는 것 외에도 돈이 들어가는 것이라면 끔찍이도 여겼던 모양이었나 봐. 따로 육아에 필요한 물건을 사는 모습은 한 번도 보지 못한 데다가 좀처럼 밖에 데리고 나가질 않았으니 가까운 이웃들조차 그 집에 애가 있는 줄 몰랐다고 할 정도였어.

다시 말해 미카 언니는 태어나서부터 사랑을 받기 위해, 무엇이든 아주 조금만 먹어야 했어. 살기 위해 조용히, 조금씩 죽어 가야 했다는 거야. 나는 세상에서 구걸보다 더 비참한 게 없다고 생각해 왔는데… 그 이야기를 들었을 때엔 나 스스로가 부끄러울 지경이었지. 그렇게 돈이 아까우면서도 왜 놓아주질 않는 건지 이해할 수가 없었어.

그래도 그 바보들이 관청에서 나오는 지원금 따위를 받아야 한다며 미카 언니를 어쩔 수 없이 초등학교에 보내는 탓에 언니는 늦게나마 세상에 발견될 수 있었다고 해. 교사들이 또래에 비해 몸집이나 키가 작은 건 둘째 치고, 뼈가 앙상히 보일 정도로 야윈 데다가 온통 흉터뿐인 몸을 보았으니 당장 경찰에 신고를 했거든.

생각해 보면 그렇게 되리라는 걸 몰랐다니. 참 웃기지 않아? 덕분에 언니는 곧바로 시설에 보호 격리되었지만,

그 뒤로 그들이 어떻게 되었는지는 타츠키조차 소식을 모르는 듯했어. 아마 교도소든 어디든 갇혔겠지. 아니, 분명 그럴 거야. 나는 그렇게 믿고 싶어.

그렇지만 언니는 시설에 들어가서도 몸에 난 흉터는 금방 아물었을지언정, 살은 좀처럼 붙질 않았던 것 같아. 그러니 본인도, 주위 선생님들도 한동안 식습관을 고치려 꽤 고생을 한 모양이었어. 처음엔 식탁 앞에 한 시간을 넘게 앉아 있어도 밥을 두 숟가락 이상 먹는 걸 힘들어한 데다, 식욕을 스스로 참으려 굉장히 애를 쓰는 게 눈이 보일 정도였다고 하니까. 가령 무엇이든 딱 한 입만 먹고는 거의 반사적으로 웃으면서 배부른 시늉을 하는 거야. 그 어린아이가 고작 칭찬 하나만을 바라면서.

물론 평생 제대로 된 걸 먹어 본 적도 없으니 위가 많이 쪼그라들어 있기도 해서 뭘 먹어도 소화가 어려워 먹는 것 자체를 부담스러워했던 것 같아. 심지어 입에 무언가를 넣을 때마다 구타가 이어지지는 않을지 벌벌 떨며 책상 아래로 도망을 가거나 하는 탓에 언니를 진정시키는 데에만 해도 한참이나 시간이 걸렸는데, 그 과정에서 누구도 해치지 않는다고 아무리 설명을 해 줘도 도통 이해를 하는 눈치가 아니어서 확인해 보니 그 사람들. 말도 제대로 가르쳐 주질 않았더라고. 당시 언니가 알아들을 수 있었던 건 고작 앉아. 먹어. 하지 마. 기다려. 자. 치워. 이런 것들뿐이었어. 이런 이유로 언니는 여덟 살이 될 때까지 유치원에 다니면서 다시 말을 배우고, 다른 사람들과 감정을 주고받는 걸 연습해야 했던 거야.

그나마 언니가 중학생이 됐을 때쯤엔 식사량이 약간은 늘어서 살도 붙은 데다가 말도 겉보기엔 평범하게 할 수 있게 되었다고 했지만, 끝끝내 학업이나 주의력 같은 건 좀처럼 나아질 기미가 안 보여서 주변 모두가 걱정을 놓을 수 없었던 것 같아. 안 그래도 하루는 혹시나 하는 마음에 시설 아이들과 다 함께 모여 인지 능력 테스트 같은 걸 해 보니, 당시로는 꽤나 아슬아슬한 검사 결과가 나온 모양이었어. 아마 결과로 나온 숫자가 그보다 아주 조금만 낮았으면 가벼운 지적 장애로 분류가 되었을 수도 있었던 것 같아. 물론 그 선에 가깝기는 했어도 아예 넘어가지는 않았으니 언니를 처음 보는 사람들이라면 어딘가 이상하다고 생각은 하지 못했어도, 주의력이나, 기억력, 문해력 모두 일반인들과는 확연히 차이가 나서 항상 배운 것이나 물건 따위를 쉽게 잊어버려 스스로도 많이 답답해할 수밖에 없었대. 언니는 그렇게 정상과 비정상의 아슬아슬한 경계에서 오래도록 생활하게 되었던 거야. 별다른 제도적 도움을 바랄 수도, 또 사람들의 이해를 바랄 수도 없이.

그나마 시설 선생님들이 그런 사실을 알게 되었으니 그때부터는 학교에서나, 시설에서 생활을 할 때에도 같이 도움을 줄 수 있는 친구를 붙여 주고자 했는데, 그렇다고 미카 언니가 일방적으로 도움만 받게 하는 것에서는 조심스러웠던 것 같아. 언니가 사고 능력이 현저히 떨어지는 건 아니어서, 그런 것쯤은 금세 눈치채고 스스로를 어딘가 고장 난 사람으로 여길 게 분명하잖아.

그때 마침 언니가 있던 시설에 타츠키가 입소하게 된 거였어. 꼭 서로가 서로의 필요에 이끌리기라도 한 것처럼 말이야. 물론 타츠키도 새로운 시설에서의 생활이나 학교에 적응하는 것까지, 여러모로 도움이 필요했던 게 사실이었어. 이런 점에서 시설의 선생님들은 서로에게 아주 잘됐다고 생각했던 것 같아. 게다가 타츠키는 새로운 환경에 적응하는 걸 떠나서 양부모님을 잃고는 매일 밤 백사장에 홀로 남게 되는 꿈에 시달리고, 또다시 갈 곳 잃은 마음이 되어 방황을 하던 때였으니까. 그런 제안을 받았을 때 모든 게 비로소 또렷해지는 기분이라고 했어. 자신이 어디로 가야 할지, 무엇을 해야 할지, 왜 이곳까지 오게 되었는지 한 번에 다 설명이 되는 것 같았다며 그날 나에게 고백을 할 정도로.

그 둘은 그렇게 처음 만난 그날부터 종일 붙어 다니는 사이가 되었던 거야. 서로가 서로의 쓸모를 넘어 삶의 의미까지

되어 버리는 그런 사이. 상상해 봐. 태어나 받기만 하던 도움이란 걸 누군가에게 처음 줘 보고, 또 사랑이 무엇인지는 몰랐어도, 비슷한 감정을 느낄 수 있었으니 삶이라는 게 얼마나 다른 색으로 보이고, 다른 감촉으로 느껴졌겠어.

물론 미카 언니가 실질적으로 도와줄 수 있는 건 처음 며칠 동안 길을 알려 주거나 학교나 시설을 소개해 주는 것 정도로 아주 작은 것들에 불과했지만, 그럼에도 타츠키는 매번 일부러 길을 잘 잊어버리는 시늉을 해 온 모양이었어. 서로가 가진 쓸모의 저울을 부지런히 수평에 맞춰 그런 관계의 균형이 오래도록 이어질 수 있도록. 나를 처음 만난 날에 미카 언니가 큰길까지 마중을 나와 있었던 것도 그런 이유였던 거겠지. 아마도 타츠키라면 그때도 분명 미카 언니에게 이렇게 말하지 않았을까. 한참이나 헤매고 있었다고. 마중 나와 줘서 너무 고맙다고. 이제 같이 집으로 돌아가자고. 그리고 그게 나를 만날 때까지 이어졌으니까, 응. 자그마치 무려 7년이야. 그 긴 시간 동안 타츠키는 그게 거짓말이든, 연기든 미카 언니에게 도움이 되는 것이라면 무엇이든 해왔던 거야. 단순히 공부나 생활을 돕는 걸 넘어서 조금씩 삶이라는 걸 긍정할 수 있도록. 무섭기만 했던 내일이라는 곳에 나를 기쁘게 가져다 둬 볼 수 있도록.

그 때문인지 학교에서도, 시설에서도 워낙 둘이 붙어 다니는 탓에 처음엔 많이 놀림도 받았다고 했어. 둘 사이에 애를 가졌다느니 하는 말까지 따라다닐 정도였으니까. 하지만 타츠키는 오히려 학교에서 진행하는 직업 훈련 같은 것에 빠짐없이 참여하느라 바빠, 그런 것들은 신경 쓸 겨를 조차 없었던 모양이었어. 아무래도 시설에서 나오게 되면 둘 다 공부를 더 해 보기엔 어렵기도 했고, 미카언니가 제대로 일을 할 수 없다고 하더라도 타츠키라면 자신이 그 몫까지 할 수 있어야 한다고 생각했겠지.

그리고 들어보니 당시 직업 훈련의 경우 목공이나 용접 같은 기술을 배우는 게 대부분인 모양이었어. 그런 게 또 여기저기 쓸 일도 많고 일찍부터 돈이 되잖아. 다행히 타츠키도 손재주가 있었으니 그런 것에 그다지 불만이나 적성에 대한 고민도 없이 그저 열심이었다고 했어. 가장 먼저 나와서 수업 준비를 해 놓는 걸로 모자라서 항상 늦게까지 남아 작업장 정리를 돕거나, 그 사이 몰래 더 연습을 했다고도 말했으니까.

그런데 하루는 다른 훈련생의 실수로 그라인더의 날이 반대로 껴있었는지, 작업 도중 지도 선생님께서 크게 다친 일이 있었나 봐. 부러진 쇳조각이 날아가 왼쪽 쇄골 부근에 박혀 피를 꽤 많이 흘린 탓에 하마터면 생명까지 위험했다고 했어. 그렇게 응급실에 실려 가신 뒤로 반년은 넘게 입원을 하시는 바람에 그 시간 동안은 다른 선생님께서 그 자리를 급하게 메꾸게 되었고, 마침 새로 오신 분이 가르치시던 게 우산 수리였던 거야.

당연히 타츠키도 처음엔 상황이 그렇게 된 것을 못마땅해했다고 말했어. 딱 보기에도 다른 기술들에 비해 돈도 안 되어 보이는데다가, 자신이 잘하던 걸 관성에 맡겨 쭉 하고 싶은 게 사람의 마음이잖아. 그러니 타츠키도 처음엔 시큰둥하게 수업에 임하거나, 오히려 머릿속으론 전에 배웠던 기술들을 떠올리고 잊지 않으려 애쓰기만 할 뿐이었어.

그렇게 집중도 못하고 시계만 훔쳐보다가 첫 수업이 끝날 때였대. 선생님께서 마침 맨 앞에 앉아 있던 타츠키를 부르시더니 자신이 다리가 조금 불편하니 일 층까지 내려가는 걸 도와줄 수 없겠냐고 물어오셨다고 했어. 알고 보니 그분은 어린 시절 트랙터에 오른쪽 다리 일부분이 끼어 못 쓰게 된 이후로 여태 손으로 무언가를 만들고 고치는 일을 해 오신 분이었나 봐. 타츠키는 혼자 다른 작업장에서 목공 연습을 하다 수업에 늦게 들어와 그걸 그제야 알게 된 거였고.

그러니 타츠키는 부끄러운 마음이 불쑥 들어, 걸음을 부축하는 것뿐만 아니라 직접 학교 근처를 전부 소개해 드린거야. 꼭 미카 언니가 그랬던 것처럼, 반나절이나 넘게. 그러면서 함께 이런저런 이야기도 하고, 얼떨결에 선생님 댁에 들러 같이 저녁도 먹으며 그분의 이야기를 더 듣게 되었다고 했는데, 그게 얼마나 인상 깊었다고 하던지. 타츠키의 말로는 그날 살면서 처음 제대로 된 선생님을 만나게 되었다 했으니까. 단순히 기술이나 지식을 가르치는 선생이 아니라 삶을 바라보는 시야에 대해 이야기해 줄 수 있는 그런 선생님을 말이야.

특히 타츠키는 선생님께서 자신이 왜 그 많은 물건들 중에서도 굳이 우산을 수리하고 있는지에 대해 설명해 주셨을 때가 무엇보다도 가장 기억에 남는다고 했어. 그때 나도 그 이유를 들으니 꽤 마음에 들더라고.

그러니까, 우산은 있지. 그렇게나 쉽게 부서지고, 망가지면서도. 웬만큼 수리용 부품이 따로 나오질 않나 봐. 차라리 새로 사는 게 훨씬 싸서. 그러니 수리를 할 때엔 부서진 것들 중에 각자 쓸 만한 부품들을 모아서 고치는 게 대부분인 거야. 선생님은 그게 꼭 사람 같다 하셨어. 사람도 사람을 고치는 데에 따로 부품이 있질 않고 고장 난 마음을 고치기 위해서는 꼭 서로가 만나서 서로를 위해 기꺼이 제 몸을 뜯어내고, 기워 주고, 붙여 주고. 그래야만 하니까. 그렇게 기어코 하나의 마음이 되는 게 우산과 꼭 닮았다고.

그리고 그렇게 고쳐진 우산은 세상에 하나뿐인 게 된다고도 하셨어. 시중에 수만 개씩 찍혀 나오는 우산들일지라도 일단 한번 부서지고 나면 서로의 부품들을 공유해야 하잖아. 예컨대 양산에 들어가는 우산살이 장우산에 들어맞기도 하고, 접이식 우산의 나무 손잡이가 다시 양산의 손잡이가 되어 주기도 하는데, 그 모습이 엉성할 때가 많아 꽤 웃음이 나오긴 해도 어디서도 살 수 없는 그런 고유한 모습이 되니까. 이것마저 사람과 똑같다면서.

생각해 보면 나도 너와 있을 때면 정말 다른 사람이 된 것 같아 기뻤어. 아무리 타츠키를 떠올려 보려 해도 너는 결국 너였고 내가 미카 언니를 흉내 내려 해도 그 순간만큼은 나조차 내가 아는 그 누구도 아니었지. 그 때문인지 우리 둘이 다녔던 곳들마저 모두 이미 한 번 가 봤던 곳들이었어도 정말 모두 처음인 것 처럼 얼굴엔 나도 몰랐던 웃음이 잔뜩 피어있었어. 꼭 고가도로 밑에 숨어 자란 능소화처럼.

타츠키도 그런 이야기를 듣고 나니 그게 꼭 자신과 미카 언니의 상황이랑 닮아 있다고 생각했던 것 같아. 덕분에 우산이란 것에 애착이 가기도 하고, 하나하나 고쳐 갈 때마다 생기는 뿌듯함도 다른 사람들과는 다를 수밖에 없었겠지. 그게 또 얼마나 열정적이었으면 더 이상 고칠 우산이 없을 때엔 자기가 직접 근처 쓰레기장에 가서 버려진 우산들을 몇 개씩 주워 오기도 했는데, 시간이 지나 원래 직업 훈련을 맡아 주시던 선생님께서 병상에서 돌아오셨음에도 그 시간에 따로 우산 수리를 가르치시던 선생님의 작업실로 발걸음을 할 정도였다니까. 그렇게 학교를 졸업하고 시설에서 퇴소하게 될 때쯤에는 이 년이라는 시간 동안 거의 천 개가 넘는 우산을 고치며 조금씩 모은 돈으로 방을 얻고, 미카 언니를 기다릴 수도 있던 거였어.

그렇지만, 안타깝게도 새롭게 시작된 생활은 타츠키의 예상과 달리 생각보다 빠르게 형편이 힘들어진 모양이었어. 말 그대로 두 사람분의 의식주를 온전히 타츠키 혼자 책임을 져야 하는 거잖아. 타츠키가 아무리 쭉 일을 해 왔다고 해도, 이제 막 고등학교를 졸업한 나이인 데다가 시설에서의 생활에 익숙해져 있었으니 예상하지 못한 지출이 꽤 많을 수밖에 없었어.

미카 언니도 그런 게 너무 뻔히 보였는지 속상한 마음에 타츠키 몰래 아르바이트를 해 보고 그랬는데, 오히려 물건을 못 쓰게 만들거나 실수를 연달아 저질러 타츠키가 나서서 돈을 물어줘야 하는 때가 많았다고 했어. 자꾸만 아르바이트에 지원한 것조차 연신 탈락을 하니 그게 전부 면허가 없는 탓이라며 타츠키를 한동안 괴롭게 하기도 했고.

심지어는 그런 상황 탓에 미카 언니의 예전 습관까지 뜻하지 않게 불쑥불쑥 튀어나오기 시작한 모양이었어. 밥을 먹으면 자꾸만 토를 해 겨우 조금씩 붙여 놓았던 살이 또 순식간에 빠져 버렸고, 밤에는 머리카락을 잡아 뜯으며 자신의 모자란 머리를 자책하거나 큰 소리로 울음을 터트리니 타츠키가 오래도록 꼭 껴안고 달래 줘야 했어. 그러니 그때부터 타츠키는 절박한 마음이 되어 맡겨진 우산만을 고치는 걸 넘어 아예 자신이 이곳저곳을 돌아다니며 직접 우산을 수거하고, 수리를 한 거였지.

그러던 와중에 나를 만난 건데, 물론 타츠키도 대놓고 그럴 생각은 아니었겠지만, 나는 여전히 타츠키가 미카 언니를 위해 나까지 훔친 게 아닐까 생각해. 타츠키 본인이 한 번도 직접 그런 말을 한 적은 없지만 나는 어렴풋이 알 수 있었어. 훔치는 건 몇 번이고 해 봤었으니까. 타츠키가 나에게 왜 그렇게까지 잘해 줬는지도 말이야.

응. 이건 어디까지나 내 생각일 뿐이지만, 타츠키는 급한 대로 나를 집으로 데려가 미카 언니에게 누군가를 보살피는 보람을 느끼게 하려 했던 게 아닐까. 나를 주워서는 자신들의 저울 위로 가져다 둔 게 아닐까. 이런 의심들을 여태 지울 수가 없어. 사실 그날도 미카 언니가 오랜만에 누군가에게 도움을 줄 수 있다는 것에 너무나 들뜬 나머지 타츠키의 말도 무시하고 지나치게 먼 곳까지 재료를 사러 나갔던 게 분명해. 해물이 잔뜩 들어간 오코노미야키를 만들어 주려다가 꽤 먼 거리에 있는 수산 시장까지 흘러가게 되었고, 그곳에서 결국 길을 잃었다고 했거든. 물론 이게 조금 꼬인 생각이라는 것쯤은 나도 알아. 하지만 나는 여전히 미카 언니도, 타츠키도 너무 미워. 아무리 돌아봐도 모든 게 고마울 따름인데 이상하게 고마운 만큼 자꾸만 더 미워져. 이런 기분 너는 알까. 혹시 너도 내가 미울까. 그날도 타츠키가 벤치에서 일어나며 우리는 분명 서로가 서로의 부족한 부분을 채워 줄 수 있을 거라고, 그러니 상황이 허락할 때까지만이라도 함께 돕고 살자며 그런대로 솔직한 이유를 이야기해 주기는 했지만… 나는 지금도 있지. 그 둘에게 한 번만이라도 묻고 싶어. 나는 그 많은 것들 중 도대체 어떤 부품이었냐고.

*

그래도 우리는 서로의 과거를 알게 되자, 자연스레 각자의 자리를 찾아가는 듯했어. 처음엔 그 둘이 자신들이 다녔던 학교에 입학하는 게 어떻겠냐는 진심 어린 말을 해주기도 했지만, 당시 나는 시설에서 도망쳐 나와 법적인 보호자도 없었으니 사실상 불가능했어. 안 그래도 타츠키가 알아보니 내가 뛰쳐나온 시설에서 나를 가출이나 실종이 아니라 기타 사유에 의한 단순 보호 종료 아동으로 처리해 두어서 나는 정말로 이도 저도 아닌 제도 밖에 있는 사람이 되어 있었더라고. 고작 학교 때문에 다른 시설에 들어가는 건 죽어도 싫었어. 그러니 나는 길을 잃을까 항상 타츠키 곁을 쫓아다녔던 미카 언니 대신, (어디까지나 표면상이었지만) 길을 외우고 안내하는 담당이 되기를 자처했던 거야. 덕분에 미카 언니도 집안일에 집중할 수 있게 되었고, 거기서 오는 보람 덕분인지 놀라운 속도로 다시 건강을 회복하기도 했어. 타츠키도 마음을 놓고 일을 할 수 있었지. 일이 쌓일 때에는 급한 대로 나까지 나서서 수리하는 일을 돕기도 했는데, 처음으로 밥값 정도는 한다는 사실이 정말이지 뿌듯하고, 기뻤어.

그래. 그렇게 시작된 새로운 일상은 잠시나마 이전의 고통스러웠던 기억을 다 잊게 해 줄 만큼 나에겐 너무 즐거운 기억이 되어 주었어. 행복했어. 그렇게 자신있게 말할 수 있어. 일을 마무리하고 매일같이 먹는 저녁도, 함께 주변 하천을 끼고 걷던 산책도, 연휴에 맞춰 조금씩 모아 둔 돈으로 떠났던 당일치기 여행도. 아빠가 떠나지 않았으면 분명 이런 삶을 살았을 거라는 확신이 들 정도로 우리는 퍽 가족 같은 모습이 되어 갔거든. 여행지에 가서 새로운 길을 걸을 때면 타츠키가 항상 엉성한 연기로 여긴가? 하는 바보 같은 표정을 짓는데, 그걸 놀리기라도 하듯 미카 언니와 내가 둘이 손을 잡고 먼저 뛰어가 버리거나, 남은 잔돈으로 겨우 산 주먹밥 하나를 어떻게든 나눠 보겠다고 애쓰다가 결국 바닥에 떨어트려 아무도 못 먹게 돼 모두가 크게 웃고는 했던. 그런 날들이 나는 지금도 너무나 그리워.

처음 함께 맞이한 내 생일에는 지난번 못 해 준 요리를 꼭 해 주고 싶다며 미카 언니가 하도 고집을 부리는 탓에 우리는 하는 수 없이 지난번 길을 잃었던 수산 시장까지 가서 장을 보기도 했어. 돌아와서도 미카 언니의 실수로 말도 안 되게 많은 양의 오코노미야키를 만드는 바람에 우리는 또 한참을 웃고, 그걸 또 내가 다 먹겠다며 억지를 부리기도 했지만, 덕분에 나는 처음으로 옆집 사람들에게 무언가를 나눠 볼 수도 있었어.

게다가 그 둘은 식사가 끝나자 생일 선물이라면서 엉성하게 포장된 박스를 건네줬는데, 그 안에는 깨끗하게 다림질된 교복 하나가 반듯하게 개어져 있었어. 이야기를 들어 보니 미카 언니가 고등학생 때 입던 것이었나 봐. 타츠키가 내 몸에 맞게 수선한 뒤에 밑품을 팔아 내 이름으로 된 명찰까지 달아 두었더라고. 비록 조금 작은 데다가 새것도 아니지만 언제나 교복이 정말 잘 어울릴 것 같았다면서 서툰 글씨로 써 둔 편지도 놓여 있었으니 그걸 읽으며 또 한참을 울 수밖에 없었어.

그러다 그 교복을 처음 입어본 건 아마 이 주 정도가 더 지난 일요일 아침이었을 거야. 부산스러운 분위기에 눈을 떠 보니 타츠키가 어째서인지 자기 교복을 꺼내 주섬주섬 입고 있었어. 그러고는 내 쪽을 향해 어딘가 쑥스러운 표정을 지어 보이더니 오늘은 학교에 사람이 별로 없다며, 몰래 자기가 소개시켜 주겠다고 가만히 누워서 구경만 하던 나에게도 기어코 교복을 입혔어. 나, 사실 그 사이 몇 번 입어 볼 기회가 있긴 했지만, 괜히 부끄러운 마음에 한 번도 입어 보질 않았었거든. 그 둘도 내가 교복을 입은 모습을 보며 정말 잘 어울린다며 되게 좋아해 줬어. 스스로도 그게 얼마 만에 다시 입어 본 거였는지. 기분이 정말 이상했어.

하지만 미카 언니의 배웅을 뒤로하고 둘이 나란히 길을 걷고 있자니 내 기분은 점점 더 알 수가 없어져 갔어. 매번 땀을 흘리며 일을 하느라 옷을 대충 입고 다니던 타츠키가 교복을 멀끔하게 입고 있으니까 꽤 다르게 보이기도 했고,

나도 그때까지 제대로 된 연애 같은 걸 해 본 기억도, 여유도 없었으니까.

네가 다니던 그 학교에 도착해서도 기억나는 건 타츠키의 모습뿐이었어. 자신들이 어느 반을 썼고, 어느 자리에 앉았고, 둘이 어떻게 옥상에 올라갔고, 그곳에서 서로의 편지나 간식 따위를 어느 곳에 숨겨 두었는지. 그런 이야기들을 어찌나 설레하며 말하던지. 쉴 새 없이 떠들다 나와 간혹 눈을 마주칠 때면 꼭 내가 아니라 미카 언니가 옆에 있기라도 한 듯 타츠키는 정말이지 사랑에 빠진 눈을 하고 있었어.

그렇게 한참을 이곳저곳 둘러보고 슬슬 돌아가려고 할 때는 있지. 갑작스레 맞은편 복도 저 멀리서부터 누군가 걸어오는 소리가 들려오는 거야. 타츠키는 그 발걸음 소리만 들어도 분명 자기가 아는 선생님이라면서 갑자기 내 손을 덥석 잡고는 어디론가 빠르게 뛰어가기 시작했는데, 얼마 안 가 도착한 곳은 우리가 있었던 바로 그 보건실이었어.

아, 나는 걸리면 곤란할 것 같았다고, 자기도 모르게 꼭 쥐고 있던 내 손을 놓으며 사과를 하는 타츠키의 모습을, 여태 잊을 수가 없어. 그러면서도 함께 숨을 고르느라 침대에 앉아 언니가 아팠을 때 몰래 약을 훔쳐서 가져다주었던 이야길 해 줄 때엔 불현듯 부드럽게 움직이는 저 입술에 내 입을 맞추고 싶다는 생각마저 들었어. 부끄럽지만, 정말이야. 정말로 그랬어. 타츠키가 더 늦어지면 미카 언니가 걱정하겠다며 급히 일어서는 바람에 끝내 그러지는 못했지만.

그렇게 처음엔 단순히 교복 때문에 그런 거라고 스스로 마음을 달랠 수 있었어도… 그것조차 얼마 못 갔어. 고작 며칠 뒤였어. 타츠키가 지도 선생님 댁 이사를 돕는다며 집을 비우게 된 적이 있었어. 미카 언니와 나는 그때를 틈타 타츠키의 생일을 준비하기 위해 하루종일 시내를 돌아다니게 되었어. 단둘이 시간을 보내 본 건 그때가 처음이었거든? 언니는 어찌나 호기심이 많던지. 도심을 걸으면서도 나에게 궁금한 것들을 잔뜩 물어보는 바람에 우리는 남들이 십 분이면 걸을 거리를 족히 삼십 분은 걸었던 것 같아. 물론 내가 아는 선에서 모두 설명해 주기는 했지만, 그러면서도 나는 반대로 타츠키에 대해서는 아는 게 없다는 게 확연히 드러나는 것 같아 어쩐지 점점 분해졌어. 언니는 세상에 대해서는 아무것도 모르면서 타츠키에 대한 거라면 정말이지 누구보다도 많이 알고 있더라고.

그러니 부끄럽지만, 선물을 고를 때 내가 말도 안 되는 억지를 부리기도 했어. 미카 언니는 타츠키가 평소 워낙 많이 걷는 데다가 왼쪽 다리가 조금 짧아 신발이 곧잘 닳는다며 선물로 편한 신발을 사 주고 싶어 했는데, 나는 언니에게 선물은 당장 필요한 걸 사는 것보다 꼭 필요하지는 않아도 있으면 좋은 걸 사는 거라며 마치 어린아이를 가르치는 듯 말을 했거든. 결국 언니가 생각이 짧았다며 자신의 머리를 쥐어박는 바람에 그걸 말린다고 한참 애를 먹이는 했어도, 우리는 그렇게 그다지 쓸모도 없는 지갑을 새로 사게 되었던 거야. 사실 타츠키가 하루에도 몇 번씩이나 버스를 타니 단지 주머니 크기의 작은 지갑이 필요했고, 그런 이유로 오래되었어도 지금의 지갑을 편하게 쓰고 있었다는 걸 아마 언니라면 충분히 알고 있었을 텐데도.

심지어 생일 편지를 쓸 때에도 자기는 글씨를 자주 틀린다며 나에게 대신 옮겨 써 줄 걸 부탁했는데, 나는 흔쾌히 그러겠다고 해 놓고도 정작 편지지 위로 거의 내가 하고 싶은 말만 꽉 채웠어. 마치 모든 걸 나 혼자 준비하고, 애쓴 것처럼. 나는 이게 잘못된 걸 알고 있었지만 도저히 스스로를 멈출 수가 없었어. 게다가 말했듯이 그때쯤엔 미카 언니도 꽤 상태가 호전되어서 살이 붙고 누가 보더라도 아름다워지고 있었으니까. 그런 것들을 의식하지 않았다면 거짓말이겠지.

하지만 정작 문제는 타츠키의 생일날에 터져 버렸어. 물론 나도 무언가 특별한 것을 기대한 건 아니었어. 두 사람 사이에 쌓인 시간과 감정이 얼마나 거대한 것인지, 또 나라는 사람이 그 앞에서 얼마나 작은 존재인지 말로 하지 않아도 어렴풋이 느끼고 있었으니까. 그럼에도 그날 저녁 막상 타츠키가 선물을 받고, 준비해 둔 저녁상을 보며 기뻐서는 온갖 애정과 고마움을 일방적으로 미카 언니에게만 쏟는 걸 보니 나도 모르게 눈물이 왈칵 났어. 분명 축하해 주려 최대한 웃고 있었는데, 꼭 타츠키를 처음 만난 날처럼 자꾸만 흐르는 눈물은 닦아도 닦아도 멈출 줄을 몰랐어.

그래서 나는 괜히 기뻐서 그런 거라며, 부끄러우니 잠시 산책하고 오겠다며 밖으로 뛰나가야 했어. 정말 괜찮은 거 맞냐며 곧장 타츠키가 따라 나오기는 했지만, 내가 연신 고개만 끄덕이니 타츠키도 하는 수 없이 집으로 돌아가야 했지. 나는 그렇게 혼자 공원에 앉아 손등으로 눈가가 빨갛게 물들 때까지 문지르고, 몇 번의 심호흡을 한 끝에야 스스로를 겨우 달랠 수 있었어. 그리고 좋은 날 괜히 분위기를 망친 것만 같아서 사과를 하자며 채 십 분도 안 돼서 조심스레 현관문을 열었을 때였어. 나는 다시금 함정에라도 빠진 사람처럼, 처음 느껴 보는 감정에 발목을 붙들려 현관에 한참이나 우뚝 멈춰서 있어야 했어.

배신. 맞아. 우습지만 그때 활짝 벌어진 상처에서 흘러나온 건 분명 배신이라는 새빨갛고 뜨거운 단어였어.

미안한 마음에 살며시 문을 열고 들어가 보니 웬일인지 식탁엔 아무도 없고, 안쪽 다다미방으로 향하는 미닫이문, 그 헐거운 틈 사이로 아주 나지막이 신음 소리가 흘러나오고 있었거든. 물론 조금 전에도 말했던 것처럼 그 둘이 충분히 그럴 만한 사이라는 걸 이전부터 알고 있었지만, 나는 우습게도 타츠키가 꼭 나를 두고 바람이라도 피우는 사람같이 느껴졌어. 게다가 안쪽 전등 탓에 그 둘의 그림자가 창호지 위로 선명히 비치고 있었는데, 나는 그 둘이 서로를 격렬히 껴안고 점점 더 큰 소리를 낼수록 반대로 제자리에서 굳어 작은 숨소리조차 낼 수가 없게 되었어.

그렇지만 류이치. 나는 조용히 다시 식탁에 앉았어. 그러고는 아무런 인기척도 내지 않으며 묵묵히 식사를 하기 시작했어. 지금 이 편지를 읽고 있을 너라도 그런 내 행동을 이상하게 생각하겠지만 사실이야. 나는 그저 숨을 죽인 채 밥알을 씹다가 신음 소리가 날 때에 맞춰 꿀꺽 삼켰어. 그 둘이 절정에 다다를 때쯤에는 내 앞에 놓인 모든 음식을 다 먹어 버렸지. 그 뒤로는 타츠키가 먼저 속옷을 입고 나와 나랑 눈이 마주쳤는데, 나는 정말 아무렇지도 않은 표정으로 그랬어. 조금만 더 늦게 나왔으면 두 사람 것까지 먹어 버릴 뻔했다고. 나는 꼭 그런 상황이 나에겐 별것도 아니라는 듯 군 거야. 타츠키도, 뒤이어 나온 미카 언니도 내가 이렇게 빨리 돌아올 거라는 예상을 못 한 건지 옷가지를 손에 쥔 채 당황한 기색이 역력했지만, 나는 어서 씻고 와서 마저 식사하자며 오히려 그 둘을 욕실로 등 떠밀기까지 했어.

어쩔 수 없이 한동안 약간의 어색함이 맴돌기는 했지만 내가 워낙 아무렇지 않은 듯 구는 탓에 우리는 조금씩 평소대로 돌아오는 듯했어. 응. 적어도 표면상으로는 말이야. 나도 눈치라는 게 있잖아. 나는 그날 이후부터는 일주일에 하루 정도는 자리를 비워 줘야겠다는 생각에 일요일만 되면 도서관에 들러 공부라도 하겠다며 혼자 외출을 하기 시작했어. 물론 사실 그건 다 핑계였고, 그때마다 마음이 터져 버릴 것만 같아 다시 지갑을 훔치러 다녔던 거지만.

그래도 훔칠 때마다 숨죽이며 음식을 씹고, 넘기던 때가 떠오른 덕분일까. 그 뒤로는 어쩐지 훔치는 걸 한 번도 걸리지 않았어. 김이 빠질 정도로 쉽게 훔친 지갑들과 돈은 타츠키가 알려 줬던 학교 옥상에 가져가 숨길 수도 있었어. 매일매일 엄마가 나에게 '도둑년 아니랄까 봐' 하고 툭 던졌던 말이 떠올라 괴롭긴 마찬가지였지만, 그렇다고 공원 벤치 따위에 가만히 앉아 그 둘의 관계를 상상만 하고 있을 수는 없었어. 그랬다면 아마 머리가 어떻게 되어 버렸을 거야.

*

그러나 상황은 전혀 예상치 못한 부분에서 더욱 안 좋게만 흘러갔어. 거의 이 년이라는 시간 동안 나름대로 즐거운 생활을 이어 갔음에도 그것과는 별개로 타츠키의 일감이 줄어가는 속도가 눈에 띄게 빨라졌거든.

사실 이미 삼십 년도 더 전부터 비닐우산이 시장에 나와 있었음에도 여태 우산을 고쳐 쓰려는 사람들이 조금이나마 있었으니 타츠키가 일을 계속할 수 있었던 건데, 시간이 지날수록 비닐우산들이 비교도 할 수 없을 만큼 저렴해지는 바람에 다들 고장이 나면 조금의 고민도 없이 쉽게 버리기 시작했어. 말 그대로 우산은 그저 일회용이라는 인식이 점차 자리를 잡은 거야. 마치 사람도 너무 흔해져서, 서로 서로 쉽게 이용하고 버리는 것 처럼.

그러니 타츠키도 어쩔 수 없이 수리에 드는 값을 내리기도 했지만, 그조차도 비싸다고 여기는 사람이 많았어. 심지어 어느 날에는 단 한 개의 우산도 수거하지 못한 때도 있었어. 하루 종일 이 마을, 저 마을을 돌아다녀도 말이야. 덩달아 생활은 다시 빠른 속도로 남루해져만 갔어. 옷가지나 반찬이 줄어드는 것으로 시작해 여러 공과금을 조금씩 미뤄 내기도 했는데, 짧은 여행은커녕 즐겁게 챙기던 서로의 생일조차 점점 부담으로 다가왔어.

특히 겨울은 해도 짧고 비도 내리질 않으니 안 그래도 엄청나게 비수기잖아. 작년 겨울은 제대로 난방도 못 하는 지경이 되어 버려 다들 애써 숨겨 왔던 걱정을 결국 입 밖으로 꺼내어 보일 수밖에 없었어. 네가 그 모습을 봤다면 냉골이 되어 버린 방 안에 다 같이 모여 앉아서는 온기를 한곳에 모으는 사람들 같았을 거야. 다들 애써 웃고 있기는 했지만, 말을 할 때마다 하얀 입김이 터져 나와 그 모습이 꽤 안쓰럽기까지 했어.

게다가 잠자코 말을 들어 보니 당시 타츠키는 이 모든 상황을 전부 자신의 탓으로 여기고 있더라고. 자신이 더 열심히 했어야 하는데 이렇게 되어 미안하다며 머리를 긁적이는 그 모습이 얼마나 슬펐는지 몰라. 그러니 나는 이참에 겨울만이라도 다른 일을 해 보는 건 어떻겠냐고 제안을 하기도 했는데, 어쩐지 사람이 한계에 몰리면 이상한 고집 같은 게 발동되기 마련인가 봐. 타츠키는 그보다 그동안 가 보지 않았던 도심까지 돌아다녀 보자고 대답할 뿐이었어.

일찍부터 우산을 고치는 일이 타츠키에게 어떤 의미인지 잘 알고는 있었지만… 나는 계속 혼자 다 해결하려는 게 너무 미안하니까. 내가 따로 아르바이트라도 하는 건 어떻겠냐고 거듭 제안을 건네니 타츠키는 결국 버럭 화를 내기까지 했어. 덩달아 옆에서 듣고 있던 미카 언니는 의기소침해져서 눈물만 이따금 글썽였고, 나는 혼자 더 답답한 마음이 되어 갔지.

그러니 다음 날에는 하루는 쉬어야 한다며 보통 내가 밖으로 자리를 피해 주고 둘이 함께 시간을 보냈어야 했지만, 타츠키와 나는 이른 점심부터 밤이 깊어질 때까지 하루 종일 도심을 걸어 다녔어. 추위에 뺨이 벌겋게 트는지도 몰랐어. 새벽 내내 잠에 들지 못하고 조급해하는 타츠키를 보기가 힘든 나머지, 마침 내일이 일요일이니 같이 도심을 돌아다녀 보자며 내가 먼저 말을 건넸거든. 타츠키는 잠든 미카 언니를 슬쩍 돌아보고는 마지못해 고개를 끄덕였어.

도심까지 우산을 수거하러 나와 본 건 그때가 처음이었던 까닭에 우린 어디로 가야 할지, 어떻게 고칠 만한 우산을 찾을지 요령이 전혀 없었어. 그저 교외의 변두리 마을을 돌아다니며 그랬던 것처럼 간간이 보이는 단독 주택의 문을 두드렸어. 그마저도 쉽지 않아 로비에 경비가 자리를 비운 틈을 타 커다란 맨션에 몰래 들어가 이 집 저 집을 찾아다녔지. 몇몇 사람들이 지겹다는 듯 불쾌한 표정을 짓기는 했어도, 간혹 아직도 우산 수리를 하는 곳이 있었냐며 선뜻 아끼던 우산을 내어 주신 덕분에, 처음엔 나름대로 성공적이었다며 집으로 돌아가는 길에 작은 오코노미야키를 사 먹으며 조촐한 자축을 하기도 했어.

그렇지만 평일엔 그마저도 쉽지가 않더라. 종종 일을 하고 들어와 신경이 날카로워져 있는 사람들이 화를 내다 못해 경찰을 부르는 바람에 거리로 내쫓기기 일쑤였어. 오히려 멀리 나오며 쓴 교통비에 적자가 나는 날마저도 생기니까, 한동안 미카 언니와 집에만 있어야 할 때도 많았고.

물론 그 사이 우리는 우리 나름대로 힘을 보태 보자며 간단한 조립이나 포장 같은 부업을 구해도 봤지만, 그마저도 잦은 미카 언니의 실수로 일이 쉽게 진행되질 못했어. 거기에 타츠키가 없는 틈에 집주인이 찾아와서 이렇게 월세가 밀리면 자신도 어쩔 수 없다는 둥 면박을 줘 우리는 그제야 상황이 생각보다도 더 안 좋다는 걸 알게 되기도 했어.

나는 그런 상황 속에 결국 지금까지 훔쳤던 돈에서 일부를 꺼내 집주인에게 가져다주게 된 거였어. 그게 정확히 한 달치의 월세였는데, 나는 그러면서도 내가 가져다준 걸 꼭 비밀로

해 달라고 몇 번이나 부탁을 했어. 타츠키가 가진 책임감이 어떤 종류의 것인지 잘 알고 있었고, 혹시라도 타츠키가 알게 되면 자신의 쓸모를 침범당했다는 것에 화를 낼 게 뻔했으니까. 하지만 다음 날, 어떻게 돈을 구했는지 타츠키가 월세를 내려 하자 집주인이 그새 내 말을 까먹고는 이렇게 바로 줄 거였으면 한 번에 가져다주지 왜 번거롭게 왔다 갔다 하느냐며 괜한 말을 한 모양이었어. 그러니 그 말을 들은 타츠키가 곧장 나를 밖으로 불러내 담배를 연달아 피우다 말고 결국 바닥에 침을 뱉듯 딱 한마디 말을 한 거야. '그거, 훔친 돈이지?' 하고.

꼭 예전의 엄마가 생각났어. 그렇게까지 차가운 말투는 처음이었어. 나는 당황을 해서는 급한 대로 진심을 털어놓았어. 돕고 싶었다고. 너무 안쓰러웠고, 어쩔 수 없었다고. 그렇게 떨리는 목소리로 변명을 했지만 타츠키는 나에게 실망한 기색이 역력했어.

그런데 사실 실망, 뭐 그런 건 문제도 아니었어. 타츠키는 연신 미안해하며 눈치를 살피는 내가 신경도 쓰이지 않는지 곧장 나에게 미카가 이런 상황을 아느냐고 꽤 화난 듯한 표정으로 물어보았거든. 내가 미카 언니도 대충은 안다고, 다만 월세를 내가 낸 것까지는 모른다고 대답하자 타츠키는 그대로 내 말은 더 듣질 않고 집으로 뛰어들어 갔어.

나는 내심 타츠키가 나에게 미안하다거나… 그것도 아니면 더 화를 내주기라도 바랐는데. 그런 모습을 보니 타츠키는 아무래도 내가 무엇을 훔치든 말든 상관이 없었던 게 아닐까 하는. 그런 생각이 들 수밖에 없었어.

그렇게 나는 혼자 덩그러니 남겨져서는 아직 다 꺼지지 않은 담배꽁초가 바닥에서 타들어 가는 모습을 보며 눈물을 한참이나 쏟아 냈어. 어찌나 눈물이 나던지 눈물이 아스팔트 바닥 위로 아주 작은 웅덩이를 만들고, 그게 또 다 타버린 담배꽁초를 적시게 할 만큼 나는 오래도록 울었어. 눈물이 그치고 나서도 당장 집으로 돌아가면 정말 져 버린 기분일까 봐 그 자리에서 한참을 벗어나질 못했어. 아니, 그것도 아니면 내심 중간에라도 타츠키가 나를 데리러 오지 않을까. 그런 기대를 했는지도 몰라.

하지만 한 시간이나 지나 해가 지고 샛노란 가로등 불빛이 켜졌는데도 나는 혼자였어. 그리고 단지 돕고 싶었을 뿐인데, 가만히 생각할수록 그렇게 잘못한 일인지 도저히 모르겠는 거야. 그래서 나는 홧김에 집으로 가는 대신 버스를 잡아타 예전 처음 잠을 청했던 비상계단에서 밤을 지새웠어. 이럴 거면 왜 같이 살자고 한 거냐고. 그날 버스에서도 그냥 모른 체 지나가지 그랬냐면서, 그 추운 날 계단에 걸터앉아 얼마나 많이 울었는지 몰라.

그래. 그건 나의 작은 복수이기도 했어. 타츠키와 미카 언니라면 분명 나를 찾느라 고생할 게 뻔했으니까. 울다 지쳐 겨우 잠에 들고, 출근하는 어떤 회사원 아저씨가 나를 깨워 초췌해진 몰골로 집으로 갈 때만 해도 조금은 통쾌한 기분이었어. 그 둘도 분명 내 걱정에 편히 잠들지 못했을 테고, 이제는 나를 조금은 신경 써 주지 않을까 하는 어린애 같은 생각도 했어. 솔직하게.

집에 가 보니, 예상대로 두 사람 모두 아침 일찍 나를 찾으러 나갔는지 안에는 아무도 없었었어. 물론 걱정이 되긴 했지만, 나는 한편으로 신이 나 어질러진 방을 정리하고, 설거지를 하면서도 그들이 돌아오면 무어라 말하며 용서를 해 줄지 계속해서 고민했어. 이렇게 쓰고 나니 우습기도 하지만, 정말 그랬어.

그러다 굳게 닫힌 현관문이 힘겨운 비명을 지르며 다시 입을 열어 준 것은 오후 내내 기다리다 지쳐 깜빡 잠에 들고도 한참이 지나 깜깜한 밤이 찾아왔을 때였어. 갑작스레 느껴지는 인기척에 눈을 떠 보니 타츠키는 저 혼자 어두운 낯빛으로 나를 가만히 내려다보고 있었어. 나는 불쑥 미안한 마음이 솟아올라 우선 이불을 걷으며 천천히 일어나려고 했는데, 타츠키가 불현듯 크게 소리를 지르는 바람에 뒤쪽으로 풀썩 넘어지고 말았어. 이번에도 겨우 한 마디였지만 정말, 정말 큰 소리였어. '도대체 왜.' 하고.

타츠키는 내가 넘어진 채 한동안 버둥거리기만 했는데도 도와줄 낌새조차 내비치지 않았어. 그저 가만히 지켜보고만 있다가 아주 컴컴한 목소리로 말을 이어 갈 뿐이었어. 미카가 또 없어졌다고. 새벽에 혼자 나를 찾으러 나간 것 같은데 이번엔 도저히 못 찾겠다고. 물론 직접적으로 나 때문이라고는 말하지 않았어도, 그건 분명 나를 탓하는 듯한 눈빛과 말투였어. 몇 번이고 다시 되새김질을 해도 여전히 따가운. 그런 뾰족함이었어.

다행히 두어 시간 뒤쯤 버스 정류장에서 미카 언니와 재회할 수 있었지만, 서로를 만났다는 안도감도 잠시였어. 우리는 어느새 첫 타츠키의 생일날보다도 더 어색한 사이가 되어 있었어. 여태 공평하게 서로를 위했다지만 미묘하게 드러나 버린 마음의 불균형 같은 걸 두 눈으로 직접 확인한 순간들이었잖아. 그래도 얼마 뒤 오랜만에 다 같이 식사를 하며 나도, 타츠키도, 나름대로 각자의 잘못을 털어놓고 사과하고 또 같이 애써보자는 말을 하기도 했지만, 고작 그런 가벼운 말로는 도저히 기울어져 가는 균형을 다시 맞출 수가 없었어. 그날 이후로 미카 언니는 밤마다 커다란 쥐가 몰래 갉아먹기라도 했는지 아침이 오면 정말 눈에 띌 정도로 한껏 가벼워져 있었고, 그 모습을 본 타츠키는 내 쪽이 아닌 미카 언니 쪽으로 더 많이 다가가야 했거든.

알고 보니 언니는 우리가 잠에 들면 몰래 화장실로 가 먹은 걸 모두 게워 낸 모양이었어. 그러니 우리는 그때부터는 훔친 돈이고, 정직하게 번 돈이고 그다지 구분하려 하질 않았어. 오히려 마음이 급해진 타츠키가 먼저 나에게 돈을 빌려줄 수 있겠냐고 물어보기까지 했는걸. 겉모습일지라도 우선 생활을 괜찮게 돌려놓고 볼 일이었으니까. 그래야 미카 언니도 다시 안도하고 예전 습관이나 트라우마에서 멀어질 수 있을 것 같았어.

그럼에도 봄이 다가오려는지 두껍게 쌓인 눈이 녹으며 지붕에서 물이 뚝뚝 흐르던 날이었어. 하루가 다르게 말라 가던 미카언니가 주방에서 아침을 하다 말고는 결국 무너지듯 쓰러져 끝내 병원에 입원을 하게 됐어. 그 사이 우리가 우산을 아주 많이 수리했다며 거짓말을 하거나 언니 몰래 전당포에 들러 타츠키의 새 지갑을 맡겨 그 돈으로 일부러 값비싼 장어덮밥을 사 오기도 했지만, 그 어떤 노력도 미카 언니에게 닿지를 않았던 거야. 게다가 미카 언니는 입원을 해서도 자꾸만 간호사 몰래 병원밥을 숨겨 놓느라 바빴어. 누워만 있는 자신이 아니라 밖에서 고생한 사람들이 먹어야 한다면서. 그걸 또 우리가 마지못해 한술 뜨면 언니는 맞은편에 앉아 아주 해맑게 웃고 있는데, 아. 그 웃음은 있지. 내가 본 웃음 중에 정말 가장 애처로운 것이었어. 칭찬을 바라는 마음 아래로 시커먼 무언가가 깊이를 알 수 없이 펼쳐져 있었고, 파르르 떨리는 입꼬리가 꼭 살려 달라는 듯이 우리를 향해 다급히 손짓하고 있었어.

다행히 수액을 맞은 덕분에 그보다 더 상태가 나빠지지는 않을 수 있었지만, 미카 언니는 우리가 자리를 비우기만 하면 의사 선생님의 만류에도 몰래 짐을 챙기고 퇴원을 하겠다고 갖은 고집을 부린 모양이었어. 사실 고집이 아니라 히스테릭한 난동에 가까웠어. 오죽하면 수액이 배부르다고 했겠어. 그럴 때마다 연락을 받은 우리가 뛰어가 한참을 설득해야만 언니는 손에 꼭 쥐고 있던 옷가지들을 겨우 내려놓았어. 아무래도 미카 언니는 그곳에 누워서도 계속해서 돈 걱정을 했던 것 같아.

물론 치료라고 해 봤자 간간이 주사를 놓고 진료를 보는 정도였으니 병원비가 아주 비싸지는 않았는데, 그조차도 당시 우리가 벌고 있던 돈으로는 꽤 부담스러웠던 게 사실이었어. 다행히 내가 월세를 내고 남은 돈들로 얼마간의 비용은 해결할 수 있었지만, 그래 봤자 그게 얼마나 됐겠어. 그러니 타츠키도, 나도 점점 더 절박함에 물들어 갈 수밖에 없었어. 매일 같이 조급함에 시달리며 하루에 한 집이라도 더 들러보려 또 걷고, 뛰고 그랬으니 미카 언니조차 우리 둘 다 점점 수척해져 간다는 걸 쉽게 눈치챌 수 있을 정도였어.

그래도 얼마 뒤, 그런 모습을 본 미카 언니도 결국 마음을 바꿨는지, 차츰차츰 병원에서 주는 밥을 정말 힘겹게 씹고, 삼키기 시작했어. 토가 나오려 하는 것도 소리를 질러가며 억지로 참았어. 어서 살이 붙어 하루빨리 퇴원을 할 수 있도록. 늦게나마 언니도 자신이 이럴수록 우리만 더 고생한다는 걸 알게 되었던 거야. 덕분에 언니는 불과 보름도 안 되어서 다시 안색이 좋아졌고, 의사 선생님도, 간호사들도 모두 자기 일처럼 기뻐해 주었어. 퇴원 수속을 하며 훔쳐둔 돈을 조금도 남기지 않고 몽땅 써야 했지만 나도 얼마나 기뻤는지 몰라. 그깟 돈이야 다시 모으면 됐으니까.

집으로 돌아가는 길에는 미카 언니가 먹고 싶었다면서 카레빵을 하나 사서 함께 나눠 먹었는데, 오랜만에 다같이 길을 걷고 있자니 괜히 붉어진 눈시울을 들켜 완전히 울보가 다 됐다며 미카 언니와 타츠키의 놀림을 받기도 했어. 그 뒤로는 셋이 나란히 걸으며 아무 말도 하지 않았지만, 타츠키와 나는 한껏 따듯해진 날씨 속에서 이제 됐다는, 그런 홀가분한 표정이었지.

그렇게 집 근처 공원을 지나다 말고 미카 언니와 내가 벤치에 앉아 화장실에 들른 타츠키를 기다리고 있었을 때였어. 언니는 꼭 타츠키를 따라 하기라도 하듯 가만히 하늘을 올려다보다 말고는 문득 가벼운 웃음소리를 내며 나를 지긋이 쳐다보았어. 그러더니 나에게 너무 고맙지만, 이제 자기도 더 애써 볼 테니까 훔치는 건 그만해도 된다고 말하는 거야. 내가 곧장 황당하다는 표정을 하고는 그게 무슨 소리냐고 되물어 보았지만, 언니는 그대로 고개를 숙이고는 한번 더 웃기만 했어.

나는 속으로 언니가 걱정할 게 뻔하니 타츠키가 말했을 리는 없고, 그런 모습을 한 번도 들키지 않았는데 어떻게 알았을까 생각했어. 하지만 나는 내가 여태 언니에게 해 왔던 게 배려가 아니라 어떤 종류의 무시에 가까웠다는 걸, 언니의 무서우리만큼 씁쓸한 미소를 보고 나서야 깨달을 수 있었어. 언니는 처음부터 나를 타츠키만큼 사랑했고, 내가 숨기려 했던 마음도 전부 알았던 거야. 한 번 더 세상을 이해하려는 대신… 고작 나를.

그래서 나는 사과를 해야 할지, 아니면 다시 변명을 해야 할지 몰라 입만 달싹이고 있었는데, 이번엔 언니가 그 작은 손으로 미안함에 허공을 휘적이는 내 팔을 꼭 잡더니 이렇게 말을 했어. '아카리. 여태 말을 못 해 줬지만, 나는 네가 똑 부러진 게 정말 부러워. 나 때문에 너무 오래 고생했지. 미안해. 그렇지만 정말로, 네가 있어서 안심이야.' 하고.

나는 오히려 원망이 아닌 갑작스럽게 쏟아지는 칭찬에 쑥스러워진 나머지 여태 돌봐 준 건 언니였지 않았냐고, 내가 더 고맙기만 하다고. 그렇게 말하려 했지만, 마침 타츠키가 돌아오는 바람에 끝내 마음을 전하질 못했어.

그 뒤로 우리는 집에 도착해 언니가 없는 동안 엉망이 된 주방이며 쌓여 버린 빨래를 다 같이 해치웠어. 그러고는 오랜만에 다 같이 나란히 누웠는데, 또 어떻게 된 일인지 나만 혼자 신나서 말을 하고 있었어. 평소라면 시답지 않은 농담이 오고 가고, 서로를 간지럽히고, 이불을 빼앗거나 했을 텐데 말이야. 덩달아 민망해져서 나까지 입을 꾹 닫았을 때엔 무서울 정도로 불편한 침묵이 내려앉았어. 숨 쉬는 소리도, 배갯잎을 바스락거리는 소리도 내기가 부담스러울 정도였어. 아마 다시 일상으로 돌아왔으니 저마다의 걱정도 자연스레 머릿속에 둥실 떠오른 탓이었겠지. 그게 한 시간이고 이어졌으니 그대로 다들 자는 건가 싶어 나도 눈을 꼭 감고 잠을 청했어. 어서 아침이 와서 오랜만에 햇살 아래 웃는 두 사람이 보고 싶었거든. 나는 처음 내가 이 집에 왔을 때 그들이 보여 준 그 따스한 분위기와 웃음소리가 너무나도 그리웠어.

 그런데 밤 열 시쯤 됐을까, 타츠키가 옅은 잠에 든 나를 조용히 흔들어 깨웠어. 그러더니 올해 들어 처음 제대로 된 비가 오기 시작한다며, 여태 모아 둔 우산을 팔러 갈 거라고. 자기는 걱정 말고 미카 언니를 부탁한다는 말을 했어. 비라는 단어가 어색하게 들릴 정도로 정말 지겹도록 긴 겨울이었으니 나는 잘 떠지지 않는 눈으로 겨우 창밖을 봤는데, 정말로 바깥엔 비가 꽤 많이 내리고 있었어. 타츠키가 문을 열고 밖으로 나설 때쯤엔 바람도 조금씩 부는지 처마에서 떨어지는 빗물이 휘어져 창문을 이따금씩 두드릴 정도였어.
 나는 그런 타츠키의 부탁도 있고, 오랜만에 내리는 비도 내심 반가웠으니 얼마간 가만히 누워 빗소리를 들었어. 그리고 타츠키와 몇 주 전부터 주인이 없거나, 버려진 우산들 중 부품용으로 쓰기엔 아까운 것들을 골라 새것처럼 고쳐 나중에 비가 오거든 팔아 보자고 했던 말들을 떠올렸어.

도심을 돌아다녀 보니 그런 우산이 아주 많이 있더라고. 특히 사람들이 쉴 틈 없이 떠나고, 도착하는 전철 안이나 기차역에는 더더욱.

도중에 얼마를 받아야 좋을지. 언제, 어디서 팔면 괜찮을지 의논을 하며 어딘가 내키지 않아 하던 타츠키의 표정이 선명하게 떠오르기도 했는데, 어느새 미카 언니도 빗소리에 잠에서 깬 모양인지 내 어깨를 툭툭 치며 타츠키가 어딜 갔는지 물어왔어. 물론 처음엔 나도 잘 모르겠다며 에둘러 말을 하려 했지만, 나는 더 이상 걱정을 핑계로 언니에게 거짓말을 하고 싶지가 않았어. 그러니 나는 조금 전 타츠키가 보여 줬던 신이 난 듯한 표정을 그대로 따라 하며 우리가 지난겨울 얼마나 재치 있는 아이디어를 떠올렸는지 아주 천천히 설명을 해 줬지. 지금 비가 오는 게 얼마나 반가운 일인지, 이해하기 쉽도록 말이야.

하지만 미카 언니는 어쩐지 자신의 코앞에서 뿌려지는 환한 표정에 조금도 젖어드는 기색도 없이 또렷한 목소리로 그랬어. 도대체 왜 따라가지 않았느냐고. 그렇다고 그런 질문에까지 언니를 지켜봐야 하니까, 하며 솔직히 말을 할 수는 없잖아. 그래서 나는 타츠키가 역에서 나오는 사람들에게 처음 호객 행위를 하는 게 부끄러워서 당분간만이라도 혼자서 팔아 보겠다 했다고 순간적으로 거짓말을 했어. 하지만 미카 언니는 내 말을 듣기는 한 건지, 말이 끝나기가 무섭게 타츠키가 혼자 있는 게 걱정이라며 나에게 미안하지만 지금이라도 따라가 봐 줄 수 없냐고 연신 부탁을 할 뿐이었어. 분명 길을 잃을거라고. 바깥에서 들어오는 희미한 빛조차 등지고 있었던 탓에 얼굴이 잘 보이지는 않았어도, 왠지 울먹이는 듯 중간중간 말이 어색하게 끊기는 게 느껴지기도 했어. 그러니 나는 하는 수 없이 외투를 꺼내 입은 뒤 말끔히 고쳐 둔 우산을 서너 개 챙겨 밖으로 나서게 된 거였어. 현관문을 나설 때엔 괜히 있는 우산 몽땅 팔아서 올 테니까 먹고 싶은 걸 생각해 두라는 멋쩍은 말을 대신 남겨두었어.

그런데 류이치. 내가 신발을 고쳐 신고 문을 닫으려 할 때였어. 언니는 맨발로 차가운 현관에서 나를 배웅해 주다 말고, 갑자기 '나도 같이 갈까?' 하면서 앞으로 홱, 하고 몸을 바깥으로 기울였어. 금방이라도 복도에 쏟아질 기세였어.

나는 이미 밖에 물이 흥건하다며, 지금 내가 가니까 타츠키는 걱정 말라며 언니를 곧장 멈춰 세웠어. 사실 같이 가도 상관은 없었지만 오늘 퇴원한 사람을 왜 데리고 나왔느냐며 타츠키가 한 소리 할 것만 같았거든. 언니도 그제야 알겠다는 듯 고개를 끄덕였고, 항상 몸조심하라는 말과 동시에 이번엔 자신이 먼저 문고리를 잡아 문을 천천히 닫기 시작했어. 마침 문 틈 사이로 옅은 달빛이 네모나게 잘려 언니 언니 얼굴 위로 곧장 쏟아지고 있었는데, 그게 점점 가늘어지며 마치 그림자가 언니의 밝은 얼굴을 천천히 삼키고 있는 것처럼 보였어. 나는 그 아주 짧은 순간을 이렇게까지 생생히 기억할 수 있을 거라곤 당시로서는 전혀 예상하지 못했어. 무거운 문이 그날따라 유난히 큰 소리를 내며 입을 굳게 다물었을 때 나는 이미 뒤돌아서 빠르게 계단을 내려가고 있었으니까.

역으로 가는 마지막 버스를 잡아탔을 때에도 나는 있지. 웃고 있었어. 그저 놓치지 않고 타서 운이 좋았다고, 타츠키의 말대로 어쩐지 이제 모두 일이 잘 풀리려나 보다 생각했어. 얼마간 내달린 뒤 버스에서 내려 주위를 둘러보았지만, 역시 비 내리는 도심에서 웃고 있는 건 나 혼자였어. 다들 비가 올 걸 예상하지 못했는지 몇 명씩 무리 지어 빌딩이나, 건물들 입구에 서서는 걱정스러운 표정으로 하늘만 올려다보고 있었어. 그리고 얼마 안 가 전철역 출구 쪽에 골판지로 만든 작은 피켓을 들고 서 있는 타츠키의 모습이 눈에 보였는데, 그 모습이 얼마나 귀엽던지. 쑥스러워하면서도 입을 계속 움직이는 걸로 보아선 무어라 외치고 있는 듯했어. 가까이 다가갔을 때엔 옆에 놓인 박스에는 그 많던 우산이

다 팔려 벌써 몇 개 안 남아 있더라고. 나는 더 들뜬 마음이 되어서는 나도 모르게 큰 목소리로 인사했어. '타츠키, 대단해-.' 하고. 타츠키도 나에게 어서 오라며 반갑게 인사를 해 주었지. 마침 우산이 예상보다 너무 잘 팔리는 바람에 더 많이 못 가지고 나온 게 아쉬웠던 참이라면서 내 손에 들려 있던 몇 개의 우산들을 보며 연신 칭찬도 해 줬어. 물론 곧장 걱정스러운 말투로 미카 언니에 대해 물어오긴 했지만, 나는 지금쯤이면 푹 자고 있을 거라고. 오히려 미카 언니가 먼저 부탁해서 온 거라며 타츠키를 안심시킬 수 있었어.

그리고 그날의 마지막 열차가 한껏 취하거나 야근으로 지친 사람들을 뱉어 내자, 우리는 보기 좋게 남은 우산까지 몽땅 팔아치울 수 있게 되었어. 자리를 정리하려 빈 박스를 치우고 있으니 어떤 아저씨가 급한 얼굴을 하고는 내가 쓰고 온 우산이라도 비싼 값에 사겠다고 해서 우리는 그것마저 팔 수 있었어. 그때 따로 말은 하지 않았지만 타츠키도 분명 자신이 가져온 커다란 장우산을 같이 쓰면 될 거라 생각했을 거야.

그렇게 아침까지 계획했던 일정이 너무 일찍 끝나 버려 오갈 데 없어진 신세가 되기는 했어도 우리의 얼굴에는 여전히 웃음이 자리 잡고 있었어. 푸르스름한 전등이 달려 있는 버스 정류장에 앉아 첫차를 기다리면서도 앞으로 이렇게 비가 오는 날을 대비해 우산을 잔뜩 고쳐 두자며 신이 나서 이야기할 뿐이었지. 하지만 새벽이 깊어지며 할 말도 점점 사라져 버리고, 주위를 지나다니던 사람들의 발걸음도 완전히 끊기기 시작했어. 커다란 전광판이나 간판들도 하나둘 눈을 꼭 감으며 잠에 들었고, 널따란 도로 위로는 간혹 택시들이 술에 취한 사람들을 부지런히 태워 가거나 이따금 소방차가 큰 사이렌 소리를 내며 지나가는 게 전부였어.

그 대신 플라스틱으로 되어 있는 반투명한 초록색의 정류장 지붕 위로 빗방울이 부딪히는 소리만 나지막이 들려왔는데, 빗물이 얼마간 가로수의 나뭇잎 위로 모였다가 후두둑, 하고 한 번에 떨어질 때면 그게 꽤 규칙적이어서 꼭 심장 소리 같아 정말 듣기가 좋았어. 조금씩 잠이 올 정도로 말이야. 타츠키도 내가 조금씩 졸려하는 걸 눈치챘는지 먼저 옆으로 바짝 다가와 자기한테 기대서 자라며 흔쾌히 어깨를 내어 줬어. 물론 나야 처음엔 괜히 쑥쓰러워서 괜찮다고 거절을 했지만, 점점 쏟아지는 잠을 참을 수가 없어 앉은 채 앞으로 넘어질 뻔하고 나서야 고집을 꺾고 타츠키의 어깨에 기댈 수 있었어.

그리고 그 상태로 겨우 오 분이나 지났을까. 어디선가 거친 자동차 엔진 소리가 희미하게 들려오더니, 그게 순식간에 우리 쪽으로 가까워지는 게 느껴졌어. 나는 이런 시간을 방해받고 싶지가 않아 단순히 앞을 지나가겠지 하며 눈을 쭉 감고 있었는데… 갑작스레 온몸이 전부 다 젖을 정도로 많은 양의 물이 우리를 덮쳐 버렸어.

두 사람 모두 깜짝 놀라서 앞을 보니 근처를 지나던 택시가 정류장 앞으로 물웅덩이를 밟아 버린 모양이었어. 아마 우리가 늦은 밤 택시라도 탈 줄 알았던 것 같았는데, 주변이 어두운 나머지 연석 아래로 물이 고인 것은 못 봤나 봐. 우리는 사과도 없이 허겁지겁 도망가는 택시의 뒷모습을 보며 또 한참 당황해하고 있다가, 이내 서로 바보같이 젖어 있는 모습을 보며 얼마나 크게 웃었는지 몰라.

덩달아 내가 푹 젖은 머리카락에서 자꾸만 물이 얼굴로 흐르는 탓에 눈을 뜨는 것조차 힘들어하자, 타츠키는 그런 모습을 보다 말고 갑작스레 일어서 셔츠 안쪽에 겹쳐 입은 반팔로 내 머리를 닦아 주기 시작했어. 그러면서도 자기가 지켜봤어야 하는데 미안하다고, 어쩌다 보니 자신도 졸고 있었다는 다정한 말까지 함께 덧붙여 줬지. 아… 그렇게나 가까이서 맡게 된 타츠키의 향이 얼마나 기분이 좋던지. 그건 처음 느껴 보는 정신이 흐려질 만큼의 아득한 포근함이었어. 그래서였을까. 타츠키가 다시 옆에 앉았을 때엔 나는 어느새 타츠키의 볼에 입을 맞추고 있었어.

맞아. 이건 전에 말했듯이 정말 재채기라고 해도 좋을 거야. 나도 순간적으로 놀라서 곧장 입술을 떼어 냈으니까.

타츠키도 많이 놀랐는지 나를 커진 눈으로 쳐다보고 있었어. 나는 당장 옆으로 얼마간 거리를 두고 멀어진 뒤 곧장 미안하다는 사과를 했지만, 민망하게도 그때 생긴 거리는 그 뒤로 두 번 다시 좁혀지질 않았어. 타츠키가 사과를 받기는커녕 그대로 일어서더니 갑자기 미카 언니가 혼자 있는 게 걱정된다면서 곧장 집을 향해 걷기 시작했거든. 나 보고는 조금 더 기다리다가 첫차를 타고 오라며 손에 동전 몇 개를 쥐여 줄 뿐이었고. 심지어 타츠키는 조금 전 내 우산까지 팔아 버린 걸 까먹었는지 자기 혼자 커다란 우산을 펼쳐 쓰고는 정말 빠른 속도로 걸어갔어. 내가 뭐라고 변명이라도 해 보겠다며 비를 맞으며 따라가다가 결국 툭 튀어나온 보도블록에 걸려 넘어져 타츠키의 뒷모습을 놓쳤을 때엔 정말이지 말 그대로 부끄러워서 죽고만 싶었어.

무릎이나, 손바닥에서 피가 나고 쓰라렸지만 그런 건 전혀 신경 쓰이질 않았어. 어느 정도 실수를 했다는 건 알고 있었지만, 또다시 대화는 고사하고 이렇게 덩그러니 버려두고 도망갈 줄은 정말 몰랐으니까. 나는 그렇게 거의 실성한 사람처럼 바닥에서 일어서지도 못한 채로 내 모습이 웃기고,

또 안쓰러워서 웃다 울다를 반복했어. 그날 맞은 비는 내가 맞아 본 비중에 가장 차갑고, 뜨거웠지.

나는 버스 정류장에 다시 돌아와 보기 흉한 상처 위로 피가 단단하게 굳을 때까지 생각했어. 이제 깨끗이 마음을 접자고. 집에 도착하거든 짐을 싸서 떠나자고. 어차피 몇 달 안으로 떠나려 했는데 오히려 잘됐다고. 오늘처럼 비 오는 날마다 우산을 팔기 시작하면 두 사람의 생활도 더 이상 문제없을 테니 이제 내 역할도 끝이라고.

하지만 동이 트고, 푹 젖은 채 첫차에 올라타서도 나는 혼자 또 헛웃음이 났어. 불현듯 이곳에서 집까지 걸으려면 적어도 세 시간은 넘게 걸릴 텐데, 첫차를 기다렸다가 타고 가도 비슷한 시간에 도착한다는 걸 깨달았거든. 그걸 타츠키가 몰랐을 리도 없고. 그러니까 타츠키는 사실 미카 언니를 걱정했다기보다, 그저 당장 나에게서 도망을 치고 싶었던 거야. 내가 자신에게서 소중한 무언가를 훔치려는 사람이라도 되는 양.

나는 버스에 내려서도 혹시나 타츠키와 가는 길이 겹칠까, 집으로 바로 가지 않고 잠시 공원 화장실에 들렀어. 그곳에서 손목에 매달려 있던 머리 끈으로 엉망이 된 머리를 흔들리지 않게 단단히 묶고, 얼굴을 꼼꼼히 닦았어. 오랜만에다 괜찮다는 사람의 표정을 연습하고 억지로 활짝 웃어도 보고 난 뒤에야 나는 다시 집으로 향했어. 그때부터는 상처 난 무릎도, 손바닥도 쓰라린 게 느껴져서 나도 모르게 이따금 인상이 써졌지만, 그래도 나는 최선을 다해 괜찮은 표정을 지으려 안간힘이었어. 떠나면서까지 울고 싶지는 않았으니까.

하지만 어디선가 처음 들어 보는 종류의 비명, 아니. 괴성에 가까운 울음소리가 내 얼굴로 날아와 몇 번이고 부딪히더니 억지로 세워 둔 표정에 얇은 금을 내기 시작했어. 그 소리는 금방 멎기는 했지만, 내 마음 한편에 커다란 파도를 만들기에는 충분했어. 그리고 얼마 안 가 내 옆으로 구급차가 한 대 지나가기까지 했으니 그때부터는 나도 내가 어떤 얼굴을 하고 있었는지 기억하지 못해.

*

집 앞에 도착해 보니, 예상대로 아파트 앞으로는 조금 전 나를 지나친 구급차가 꼭 예정된 불행을 전달하러 온 우체부처럼 우뚝 멈춰서 있었어. 그리고 곧장 철제 계단 위로 곧장 구급 대원들이 들것을 들고 나오고 있는 게 눈에 들어왔어. 조금은 먼 거리여서 그 위에 누워 있던 사람의 얼굴까지 바로 보이지는 않았지만, 나는 담요가 덮인 몸의 실루엣만 보고도 알 수 있었어. 그건 분명 타츠키였어.

나는 놀라서 그쪽을 향해 정신없이 뛰어갔고, 급한대로 밖에 나와 계신 203호 할머님의 팔을 붙잡고 무슨 일이냐고 물어보아야 했어. 하지만 할머님은 내 얼굴을 보시더니 꼭 무언가 말 못 할 게 있다는 사람처럼 입을 굳게 다문 채 하얗게 세어버린 눈썹을 한두번 파르르 떨기만 하셨어. 그러고는 이내 별다른 설명도 없이 그저 타츠키를 부탁한다며 나를 억지로 구급차에 올라타게 했어.

그 때문에 나는 구급차에 올라타서도 곧장 어디가 잘못된 거냐고 구급대원 분들께 애원하듯 물어보아야 했는데, 그분들도 단지 쓰러진 사람이 있다는 신고를 받고 왔을 뿐 사정은 자세히는 모르는 눈치였어. 내가 하도 걱정을 하는 눈치니까, 도중엔 호흡이나 혈압을 체크해 주시며 큰 문제는 없으니 금방 깨어날 것 같다며 걱정 말라고 나를 애써 안심시켜 주시기는 했어도⋯ 타츠키는 도착한 병원의 응급실에 누워서도 한 시간은 넘게 정신을 차리지 못했어.

게다가 타츠키는 옆에서 자꾸만 훌쩍이는 내 울음소리가 듣기 싫었는지, 정신이 돌아오자마자 나보다 더 큰 소리로 울기 시작했어. 주위 사람들도 무슨 일인가 싶어 가림막 주변을 서성였고, 간호사들이 뛰어와서는 진정을 시키려 갖은 애를 써야만 했어. 하지만 그분들이 모두 떠나간 뒤에도 타츠키는 내가 옆에 있는 게 무슨 상관이냐는 듯 천장만 뚫어지게 쳐다보며 소리 없이 눈물만 흘렸어. 내가 도대체 왜 그러냐고 손을 꼭 잡고 물어도 나에게는 조금도 눈길을 주지 않았어.

심지어 내가 잠시 화장실에 다녀온 사이 타츠키는 또 어떤 이야길 들었는지, 이번엔 팔에 꽂혀 있던 주사 바늘을 멋대로 빼고는 수납도 제대로 하지 않은 채 어디론가 뛰어가기 시작했어. 그러니 나는 이유도 모르고 그 뒤를 급히 쫓아가야만 했어. 그때 난생처음 택시를 타 보기도 했는데, 타츠키는 본인조차 생소했을 택시 안에서조차 주먹을 있는 힘껏 쥐고는 창밖만 보며 이따금 눈물을 흘릴 뿐이었어.

거기에 타츠키가 힘겹게 입을 열고 갈라지는 목소리로 기사님께 말한 도착지가 그곳에서도 겨우 십 분 거리쯤에 있던 도립 병원이었으니까. 병원에서 다시 병원으로 간다는 게 도저히 이해가 안 되었어. 그저 나는 요금을 지불한 뒤 잔돈도 거슬러 받지 않고 뛰쳐나가는 타츠키를 계속해서 뒤쫓을 뿐이었어. 꼭 낡은 자전거에 매달린 빈 깡통처럼. 여기저기 부딪히고, 요란한 소리를 내면서.

그렇게 불길할 만큼 하얗고 네모난 건물에 뛰어 들어간

타츠키는 곧장 접수처에 쓰러지듯 매달려 무언가를 물어보기 시작했어. 처음엔 아주 속삭이듯 아주 작게 말했으니 그때까지도 내가 자신의 말을 듣지 못하게 하려 했던 것 같아. 하지만 얼마간 말이 오고 가자 타츠키는 다시 이성을 잃은 사람처럼 화를 내고 말았어. 그런 법이 어디 있냐며 소리를 치거나 그것도 아니면 제발 얼굴을 한 번만 보게 해 달라고 거의 애원하다시피 굴었어. 그사이 미카 언니의 이름을 한 번도 소리 내 말하지는 않았지만, 나는 그제야 타츠키가 아니라 언니에게 무슨 일이 벌어졌다는 걸 눈치챌 수 있었어. 그리고 그게 돌이킬 수 없을 만큼 큰일이라는 것도.

그 뒤로는 경비들이 와서 애처로운 몸짓을 말리고, 다른 직원분이 매달려 한참이나 설득을 한 끝에야 타츠키는 꼭 정전으로 전원이 꺼진 텔레비전처럼 한순간에 입을 다물었어. 그저 병원 복도에 아무렇게나 기대어 앉아 더 이상 얼굴 위로 어떤 방송도 만들어 내지 않았지. 타츠키의 그런 모습을 보고 있자니 나에겐 도무지 어떤 말도 해 줄 것 같지가 않으니까. 나는 결국 접수처 직원분께 다가가 도대체 어떻게 된 일인지 여쭤보아야 했어. 그러자 그분은 이미 타츠키와 한참이나 실랑이를 벌인 뒤라 그런지 잔뜩 지친 목소리로 그러더라고. 서류상 유족이 아니면 당장 시신

확인이 안 된다고. 자꾸만 우겨서 혼났다고. 나는 그렇게 언니의 죽음을 유추해 낼 수 있었지만… 나조차도 그런 사실이 쉽게 믿기질 않아 무어라 말도 못 하고, 타츠키를 따라 옆에 앉아 한참이나 미세하게 온몸을 떠는 전등을 쳐다보기만 했어.

우리는 그렇게 푸르스름한 병원 복도에서 한참을 말없이 앉아만 있다 병원이 응급실을 제외하고는 모두 문을 닫는 바람에 거리로 쫓겨나게 됐어. 그 뒤로도 한동안 거리를 방황을 해야 했는데, 우리는 여전히 서로 어떤 말로 어떻게 위로해야 할지를 몰랐어. 그저 내가 앞장을 서거나, 타츠키가 앞서거나 했어. 꼭 하루 전 생겨난 그 넓이만큼의 거리를 둔 채였어. 그러다 너무 지칠 때면 가장 가까운 넷 카페에 들어가 쪽잠을 잤어. 그게 며칠이나 이어졌어.

그나마 우산을 팔아 마련했던 돈까지 다 떨어져 갈 때쯤에는 타츠키도 겨우 정신을 들었는지, 집으로 가는 길 중간 어떤 육교 위에 문득 멈춰 서서 처음 입을 열었어. 그게 나에 대한 사과로 시작하기는 했어도, 떠올려 보면 타츠키는 단순히 그날 자신이 본 것들이 꿈이 아니었는지 나를 통해 확인하려는 것 같았어. 그 때문에 어딘가 기억의 순서도 이상했고, 말도 자주 더듬었지만, 나는 덕분에 미카 언니가 어떤 방식으로 죽음을 택했는지 아주 생생히 떠올려 볼 수 있었어.

류이치. 그날 타츠키는 '아카리. 집에 새겨진 선명한 못 자국, 그건 있지. 꼭 과거와 현재, 미래를 한꺼번에 몽땅 잃은 사람의 동공처럼 아주 새까맣게 뚫려 있어.' 라며 이야기의 끝을 맺었는데, 그 말은 정말이지 한치의 거짓도 보태지 않은 거였어.

나중에 장례까지 도움을 주셨던 경찰분을 통해 알게 된 거지만, 언니는 목을 매기 위해 한곳에 못을 무려 다섯 개나 박아 두었다 했거든. 거기에다 우산에 쓰이는 나일론 원단을 꼭 로프처럼 만들어 묶었던 것 같아.

심지어 로프를 만들 때 사용한 매듭 방식마저 네 가지나 되었는데, 하나하나 얼마나 꽉 묶었는지 곧장 의자를 딛고 올라가 풀어 보려 했는데도 쉽지가 않아서 결국 가위로 잘라 내야만 했다고 하셨어. 그래. 나는 그 이야기를 듣자마자 언니가 죽음마저 실수를 할까 두려워했다는 걸 곧장 눈치챌 수 있었어.

'죽음마저 실수를 할까 두려운 삶.'

그런 게 있는지조차 몰랐는데. 언니는 그렇게 떠나가면서까지 나를 부끄럽게 했어. 어떤 죽음 앞에 너무 안타깝고 슬픈 마음이 들면 살아 있는 것 그 자체에 죄책감을 느끼고,

더 나아가 창피하게까지 여기게 된다는 걸 나는 그때 깨달았어.

그리고 경찰분은 현장에 계셨던 분들이 모두 말렸는데도 203호 할머님께서 언니가 있던 자리, 그 아래로 쏟아져 내린 토사물들을 몇 번이나 닦고, 치워 주셨다며 당장은 힘들겠지만 나중에라도 꼭 감사 인사를 드리라고 일러 주시기도 했어. 할머님이 아니었더라면 아마 우리는 분명 그 자리에서 한 번 더 무너져 버렸을 거야.

*

그리고 류이치. 너는 방 안에서 사람이 죽거나 하면 그곳을 사고 물건이라고 부르게 된다는 거, 알고 있었어? 그곳에 바로 다음에 살게 되면 월세나 이런 게 말도 안 되게 저렴해진다는 것도 말이야. 돈이 없어 고생해 온 나조차도 아무도 오지 않는 언니의 쓸쓸한 장례를 치르고 꼭 한 달이 되고 나서야 알게 된 거였어.

그때 마침 집 계약이 끝나가서 내가 먼저 타츠키에게 같이 멀리 이사 가자고, 그것도 아니면 각자 살아도 되니까 이곳에 만큼은 더 이상 있지 말자며 그렇게 말을 했는데, 타츠키는 내 말에 갑자기 이상하리만큼 기괴한 웃음을 지어 보이더니 굳이 그러지 않아도 된다 그랬어. 이미 며칠 전 집주인에게 사고 물건으로 고지받은 뒤 헐값에 계약을 연장했다면서.

끝내 미카 언니가 살림에 보탬이 되었으니, 미카도 분명 좋아할 거라고.

정말이지 나는 그 말을 듣고 소름이 끼쳤어. 타츠키는 이미 속이 문드러질 대로 문드러져서 머리까지 어떻게 되어버렸다는 걸, 나는 그때 비로소 알 수 있었어. 미카 언니의 죽음을 어떻게든 조각내어 삼켜 보려는 그런 노력이었겠지만, 당시의 나로서는 타츠키의 그런 잔인한 말들을 도저히 이해할 수 없었어.

그 와중에 유일하게 우산을 고치는 것만큼은 관성처럼 계속해 나가기는 했지만, 더 이상 여러 부자재를 비교해 가며 고치던 섬세함도, 뿌듯해하는 표정도 찾아볼 수 없었어. 타츠키는 책상에 앉아 아무런 감정도 찾아볼 수 없는 표정으로 손만 기계적으로 움직일 뿐이었어.

심지어 초여름까지 비가 몇 번 오질 않고 얼마간 가뭄이 찾아오자 집 안에 있던 우산을 몽땅 자기 손으로 부숴 버린 적도 있었는데, 그 잔해를 보며 괴성 같은 울음을 터트리다 반드시 그다음 날이 되면 쓸 만한 것들을 골라 고쳤어.

그 뒤로는 매일같이 그렇게 우산을 부수고, 고치기를 성실히 반복했어. 그러니 나는 타츠키가 잠든 사이 혼자서라도 밖으로 나가 꼭 미친 사람처럼 새로운 우산을 찾아다녀야만 했어. 이렇게 하루하루 우산 고치는 일이라도 하지 않으면 타츠키마저 휙, 하고 사라져 버릴 것 같아 너무 무서웠으니까.

하지만 이런 위태로운 균형은 얼마 못 가 허무하게 무너져 버렸어. 뉴스에서도 장마의 시작을 예고하고 선풍기에서도 슬슬 후덥지근한 바람이 나오는 시기가 되자 집 안이 온통 부서진 우산들로 가득 차 버리게 되었거든. 그 어디에도 더 이상 새로운 우산을 가져다 놓을 공간은 없었어. 그나마 간혹 형태를 알아볼 수 없을 만큼 엉망인 우산들을 골라서 몰래 가져다 버리기도 해 봤는데, 타츠키는 정말이지 귀신같이 알아채고는 나에게 쓸 만한 걸 왜 버렸느냐며 화를 내는 바람에 나는 더 이상 손도 대지 못하게 되었어. 그동안 내가 산호초처럼 튀어나온 우산 살에 찔리고, 긁혀도 눈 하나 깜짝하지 않던 타츠키가 말이야. 타츠키는 내가 매일 밤 책상에 엎드려 잠에 든 타츠키의 등을 꼭 끌어안으며 제발 이제 헤어 나오자고, 정신 차리라고 울며 애원해 봐도 강제로 잡혀온 야생 구관조처럼 그때만 나를 따라 어색한 울음을 터트릴 뿐, 조금도 내 말을 들어주지 않았어.

그러다 하루 사이에 다른 모양의 구름이 네 개나 겹겹이 쌓이더니, 마침내 가장 아래 구름에서 검은 비를 주룩주룩 내리던 날이 왔어. 나는 이때가 기회라며, 타츠키가 부수지 않고 숨겨 둔 몇 개의 우산을 빼앗다시피 해서 아침 일찍 전철역으로 나섰어. 그동안은 비가 와도 사람들이 잠든 사이에 내리거나, 잠깐 소나기처럼 퍼붓고는 말았던 탓에 우산을 제대로 팔지 못했었거든. 나는 이걸 돈으로 바꿔 가면 타츠키도 꺼져 버린 자신의 쓸모에 조금이나마 불을 붙이지 않을까 생각했어. 우산을 처음 팔았던 날, 타츠키가 보여 줬던 그 밝은 미소에 나는 한번 더 희망을 걸었던 거야.

 실제로 우산은 그때처럼 불과 십 분도 안 되어서 금세 동이 나 버리기도 했어. 박스를 찢어 만든 피켓에 글씨를 다 적지도 않았는데도 한편에 쌓아 둔 우산을 본 건지, 급해 보이는 어떤 아주머니가 혹시 이것들 파는 거냐며 큰 목소리로 물어온 탓에 처음 판매가 시작될 정도였어. 아무렴 출근길이었으니까. 그 뒤로는 딱히 무어라 소리 지르지 않아도 먼저 다가와 사 가려는 직장인들이 대부분이었어.
 이렇게 쉬워도 되나 싶었어도, 기분이 좋은 건 사실이었어. 타츠키도 따로 예전처럼 우산을 수거하고, 직접 가져다주며 돈을 벌지 않았으니 집으로 돌아가는 길에는 오랜만에 음식다운 음식을 해 먹을 생각으로 장도 봤어. 축하를 할 때마다 꼭 오코노미야키를 만들어 먹었던 게 기억이 나서.

하지만 기억은 참 이상하지.
집으로 돌아가 문을 연 바로 그 뒤부터, 아무런 기억이 없어. 내가 떠올릴 수 있는 건 타츠키의 축축하게 젖은 바지와, 차갑게 식은 발. 그리고 깡마른 줄로만 알았던 그 몸의 묵직한 무게뿐이야.

하물며 너에게 편지를 쓰는 지금조차 아무런 소리도, 장면도, 냄새도 기억이 안 나. 분명 한순간도 정신을 잃지 않았는데, 오직 손가락 끝에 매달린 차가운 감촉들만 여태 흉터처럼 남아 있어.

그나마 며칠 뒤 집으로 돌아와 두 배는 더 커진 못 자국을 보고는 그때 당시 어떤 일이 벌어졌는지 가늠해 볼 수 있었지만… 내 기억 속 타츠키의 마지막 모습은 여전히 말끔히 지워져 있어. 꼭 파도가 휩쓸고 간 자리처럼.

며칠 뒤에 치러진 타츠키의 합동 장례식도 언니의 장례식만큼이나 쓸쓸하기는 마찬가지였어. 겨우 한 명의 조문객이 더 있었을 뿐이었는데, 나는 그 사람이 타츠키에게 우산 수리를 가르쳐 주신 선생님이라는 걸 얼굴을 보지 않고도 알 수 있었어. 누구도 울어 주지 않아 텅 빈 장례식장을 혼자서라도 가득 채워 보려는 양 멀리서부터 유난히 큰 휠체어 소리가 났거든. 그리고 그분은 내 부축을 받아 헌화를 마치자 꼭 그에 대한 답례라도 되는 듯 곧장 자신의 주머니에서 새하얀 편지 봉투를 꺼내어 나에게 건네주셨어. 타츠키가 죽기 전 자신에게 부친 편지라면서. 돌아보니 주소가 잘못된 것 같아 이렇게 가져왔다면서 말이야. 나는 그렇게 도움이 필요하면 꼭 연락하라는 그분의 걱정 어린 말은 들은 체 만 체 하고는 곧장 그 자리에 주저앉아 며칠은 굶은 사람처럼 다급하게 편지를 꺼내 읽었어. 엉망인 글씨여서 읽는데 한참이 걸렸지만 그게 오히려 더 안쓰럽게 다가왔어.

  심지어 편지는 '선생님, 저를 살려 주세요.'로 시작했으니 나는 타츠키가 그런 연약함을 숨기기 위해 그렇게 화를 내고, 우산을 부수고 했던 것 같아 다 말라 버린 줄 알았던 눈물이 다시금 샘솟아 얼굴을 순식간에 적시기 시작했어. 물론 그 아래로 길게 이어진 타츠키의 고백은 살려 달라는 말만큼이나 솔직하고 절박했어. 아니, 실은 더 애처로웠어. 미카 언니의 죽음을 빗대어 자신이 얼마나 역겨운 마음을 가지고 살았는지에 대해 빼곡하게 적혀 있었으니까. 꼭 뒤늦게라도 용서를 구하려는 사람 같았어.

타츠키는 무기력함에서 오는 공포가 얼마나 감당하기 어려운 것인지 어릴 적 홀로 남겨진 그 해변에서부터 온몸으로 이해하고 있었던 것 같아. 자신을 누군가의 선택으로 인해 다시 누군가의 선택을 기다릴 수밖에 없게 된 존재라고, 편지 가장 윗 줄에 먼저 적어 두었더라고. 심지어 미카 언니를 자신의 헛된 희망이라고 부르기도 했는데, 타츠키는 선택받지 못할 수 있다는 공포 속에서 몇 년이고 기다릴 바에 자신이 먼저 나서서 누군가를 선택해 구원해 내면 끝내 자신도 구원받을 수 있다고. 그렇게 믿고 있었던 모양이었어.

맞아. 타츠키는 언니를 마치 탈출구처럼 생각했던 거야. 미카 언니가 죽자마자, 슬픔보다도 먼저 찾아왔던 생각이 '이제 나는 어떡하지.'였다고 했을 정도였으니까. 게다가 집 안에 달린 모든 창문에 언니의 지문이 수두룩 한 것을 보고는 자신이 한 게 여태 사랑이 아니었을 수 있겠다는 생각이 끊임없이 들어 그게 죽을 만큼 괴롭다고도 써 놨어. 미카 언니를 지나치게 의존적인 사람으로 만들어 무엇도 하지 못하게 한 데다가, 수족관 같은 집에 가둬 둔 게 정말 사랑이었겠느냐며 타츠키는 지난날의 자신을 지독하게도 저주하고 있었어.

당연히 나에 대한 이야기도 빼놓지는 않았는데, 타츠키는 내 이름 옆으로 가장 먼저 이렇게 적어 두었더라고.

'수족관은 수족관이 아닌 척하기 위해 애를 쓸수록 오히려 더 수족관다워진다…'

나는 그 잔인한 문장을 소리 내어 몇 번이나 읽어 보고 나서야 타츠키가 나를 여태 어떻게 생각해 왔는지 알 수 있었어. 그 아래 진심을 다해 나를 돕고 싶은 마음이 있다고도 쓰여 있었지만, 그건 나를 돕는 자신을 사랑하게 될 뿐이고 누군가를 또다시 작은 집에 가두는 일 밖에는 되지 않을 것 같다며, 자신은 같은 실수를 저지르고 싶지 않다고 했어.

그리고 무엇보다도 자신은 이제 너무 지쳤다고. 걸어도 걸어도 새하얀 백사장이 끝이 나질 않는다고. 그러면서 편지는 끝이 나.

실제로 그 편지를 읽고 난 뒤에는 집이 점차 수족관처럼 보이는 듯했어. 문을 열 때마다 꼭 물이 쏟아져 내리는 것 같아 숨을 얼마간 참는 버릇이 생겼고, 창문 이곳저곳에 묻어 있는 언니의 손자국을 지우며 미안함과 동시에 나 자신에 대한 연민도 샘솟았어.

그리고 두 사람이 목을 매달며 만든 새까만 못 자국이 꼭 물이 빨려 들어가는 배수구라도 되는지, 그곳에 있으면 자꾸만 고개가 저절로 그쪽을 향했어. 그건 정말이지 위험했어. 한 번 쳐다본 뒤 정신을 차리고 나면 어느새 밤이 되어 있거나 아침이 되어 있거나 했어. 이곳이 유일한 출구인 것처럼 손짓하는 그 구멍은 무엇으로도 메울 수 없을 만큼 깊어 보였어. 두 사람 모두 저곳으로 빨려 들어가고도 여전히 배고픈 듯 입을 벌리고 있었으니까.

게다가 두 사람이 연달아 죽은 곳이잖아. 어떻게 소문이 났는지 집 앞에는 간혹 사람들이 모여들어 흉가라며 수군거리기도 했고, 몇몇 사람들이 사진까지 찍고 가는 탓에 밤이 되면 창밖에서부터 번쩍, 눈처럼 새하얀 빛이 새어 들어올 때도 있었어. 나는 그게 꼭 수족관을 구경하러 온 사람들 같아서 화가 났어. 그래서 온 집 안에 있는 창문에 모두 신문지를 붙여 놓은 거야. 사람들은 불행이 전시된 이곳을 들여다보는 게 뭐가 그렇게 재밌었던 걸까.

그리고 류이치. 너는 지금쯤 내가 이 집을 곧장 떠나지 않은 이유에 대해서도 궁금하겠지. 물론 나라고 타츠키의 편지를 아무렇게나 주머니에 구겨 넣고는 바로 집으로 향했던 건 아니야. 나는 도저히 감당하기에는 어려운 타츠키의 고백에 겁에 질렸었고, 어디가 되었든 당장 도망치고 싶은 마음에 곧장 학교 옥상으로 달려갔어. 그러나 그곳에는 고작 단돈 천 엔도 안 남아 있었지. 아무리 뒤져 봐도 쓸모없는 영수증이 들어 있는 지갑만 잔뜩이었어. 여태 병원비나, 생활에 조금씩 보태 썼다지만 고작 그 정도밖에 남아 있지 않을 줄은 정말 몰랐어. 아무래도 그 돈으로는 내가 시설에서 도망쳤을 때처럼 멀리 가 봐야 고작 이 옆에 위치한 도시까지 밖에는 못 가잖아.

물론 그때 나는 무엇보다도 아카리라는 나의 이름에서 도망갈 수 있을 만큼 멀리 가야만 한다고 거의 본능적으로 느끼고 있었어. 나에겐 그 작은 집 보다도 내 이름이 더없이 커다란 수족관처럼 느껴졌거든. 나에겐 고작 중력에 붙잡히고 마는 버스보다도 너른 바다를 건널 수 있는 무언가가 필요했다는 말이야. 그때 마침 초원 같은 그 옥상에서 하늘 위로 구름을 뚫고 지나가는 비행기를 보게 된 거고.

자유로운 새. 평생을 수족관에서 살아온 물고기.

그 사이에 놓인 거리는 건널 수 없을 만큼 광활했지만, 나는 어떻게든 닿고 싶었어.

집으로 돌아가면서도 그런 절박한 마음뿐이었어. 일단 말끔하게 씻자. 개어 둔 교복을 꺼내 입자. 나는 꼭 중요한 시합에 나서는 운동선수처럼 앞으로 해야 할 것만 죽어라 떠올렸어. 죽지 않기 위해서라도 그 게임에서 반드시 이겼어야 했으니까. 어떻게든 오십만 엔 정도를 마련하고 나면 비행기를 타고 미국이든 어디든 갈 수 있다고 들었으니까.

하지만 나는 더러 흔들렸어. 습관처럼 숨을 오랫동안 참다가 얼굴이 빨개지고, 숨을 한 번에 몰아 내쉬는 탓에 종종 아픈 사람처럼 주목을 받았어. 그러다 내 손에 훔친 지갑이 들려 있던 적도 있는데, 내가 교복을 입고 있었던 데가 이내 멀끔한 얼굴로 웃으면서 지갑이 떨어져 있었다고 하니 오히려 얼마간 사례라면서 돈을 받기까지 했어. 우습지. 나는 그렇게 수도 없이 위태로웠지만, 많게는 하루에 열네 시간에 걸쳐 만 엔씩 착실히 모아 갔어. 그러다 너를 만났을 때가 정확히 삼십일만 엔이었으니 꼬박 한 달을 채웠을 때겠다.

나는 그날도 북적거리는 출근 버스에서 지갑을 훔치고, 아무것도 모른다는 듯 자는 척을 하고 있었어. 그런데 그날만큼은 너무 피곤했는지 나도 모르게 정말로 잠에 들어 버렸던 거야. 눈을 떴을 때엔 주변이 온통 파란색 버스들이 즐비한 차고지였어. 기사님은 종점에 도착해서도 내가 엎드려 있었던 탓에 사람이 없는 줄 알았던 모양이었어. 이야길 들어 보니 자신도 오늘은 운행이 일찍 끝나서 도와줄 방법이 없다며 택시를 타는 게 어떻겠냐고 하셨지만, 나는 애써 괜찮다고. 그 대신 근처 정류장이 있는 곳만 알려 달라고 한 뒤에 길을 나섰어. 바깥은 햇볕이 믿을 수 없을 만큼 뜨거웠는데도 나는 한 푼도 허투루 쓰고 싶지가 않았으니까. 나는 그만큼 아카리라는 이름도, 그 숨 막히는 집도 하루라도 빨리 벗어나고 싶었어.

그렇게 기사님의 말대로 논길을 따라 사십여 분쯤을 걷자, 다행히 버려진 듯한 정류장이 하나 나왔어. 하지만 그곳에 가까이 가 보니 콘크리트로 엉성하게 만든 벽과 지붕, 그 주위까지 모두 근처 논에서부터 이어진 잡초들이 무성하게 뒤덮고 있었어. 이곳에 정말 버스가 멈출지 의심스러울 정도였어. 그나마 내가 그곳에 있지도 않은 버스 시간표를 찾아본다며 두리번거리고 있던 걸 지나가시던 어떤 할아버지가 멀리서부터 봤는지, 다음 버스가 올 때까지 두 시간은 더 있어야 한다고 크게 소리쳐 주신 덕분에 버스가 오기는 오는구나 하며 생각할 수 있었어.

나는 마침 한참이나 걸어 머리카락까지 땀에 흠뻑 젖어 있었으니 차라리 잘됐다며 그곳에 가만히 앉아 산꼭대기에서부터 불어오는 차가운 바람에 온몸을 식혔어. 얼마간은 저마다 다른 소리를 가진 매미들의 울음을 구별해 보고,

바람에 풀잎이 바스락거리며 춤을 추는 걸 지켜보았어. 파란 하늘 위로 끝을 모르고 피어오르는 뭉게구름도 오랜만이었어. 계절을 아득히 잊을 만큼 죽음이 연달아 곁에 있었으니 나는 언제부터 여름이었는지도 모른 채 그저 살아만 있었구나 싶었어. 그렇지만 여름의 음악도, 춤도 조금씩 지쳐 갔어. 어느 순간부터는 아지랑이가 피어오르는 아스팔트의 지평선과 나만이 움직이는 것의 전부가 되었어. 어느새 바람조차 보이지 않는 둑에 막혔는지 한 점도 새어 나오지 않았어. 어서 학교로 돌아가 돈을 넣어두고는 그만 쉬고 싶다는 생각만이 머리를 맴돌았어.

하지만 그렇게 두 시간이야. 그 두 시간이 훌쩍 지나면서도 버스는 단 한 대도 오질 않았어. 그 근방을 종종 지나다니던 트랙터도 더위에 녹아 버렸는지 더 이상 보이질 않아 물어볼 사람도 없었어. 그렇다고 어디론가 걷는다 해도 길도 잘 모르는 데다가, 한 시간이면 족히 누구라도 쓰러질 만큼 주위의 공기는 더욱 뜨거워져 있었어. 마치 타츠키를 처음 만났을 때 같은 그런 막막함은 또 오랜만이었어.

나는 기다린 게 아깝기도 해서, 주변을 서성이는 것도 멈추고 얼마 안 되는 그늘에 기대어 앉았어. 눈을 감고 가능한 열기를 먹지 않으려 숨도 조금씩 쉬었어. 피로에 눈이 감겨 오고 입 안이 끈적해질 만큼 목이 마르기도 했지만 언제 버스가 올지 모르니 같은 실수를 반복할 수는 없었어. 나는 쏟아지는 잠을 계속해서 참고, 또 참았어.

그러다 마침내 어느 순간 땅이 조금씩 흔들리고, 커다란 바퀴가 마른 흙을 짓이기는 소리가 점점 가까워지는 게 느껴져 나는 재빨리 일어나 눈부신 햇볕 속을 헤엄쳤어. 꼭 조난이라도 당한 사람처럼. 하지만 내가 눈을 가늘게 뜨고 일렁이는 지평선을 바라보니, 어쩐지 저 멀리 다가오고 있는 버스는 파란색이 아니라 희끄무레한 녹색빛을 띠고 있었어. 그리고 머지않아 그 다른 색의 버스는 후덥지근한 흙바람만 뿌옇게 일으킨 채 내 앞을 빠르게 지나쳐 갔지.

그렇다고 더 이상 화를 낼 힘도, 주저앉을 용기도 없으니까. 나는 그대로 굳어서 한참을 서 있어야 했어. 그런데 하필 그 자리에 서 있자니 전신주 한편에 매달려 있던 볼록 거울에 내 모습이 유난히 선명하게 비치고 있었어. 꼭 거울이 나를 따라 고개를 움직인 게 아닐까 싶을 정도로 나는 정확히 동공이 있어야 할 자리에 서 있었어.

아, 이곳에 있는 것들은 이제 다 포기하고 색을 잃어 가는데도 나 혼자 어떻게든 살아 보겠다며 우뚝 서 있는 그 모습이 나는 너무나 창피했어.

그 와중에 샛노란 플라스틱 명찰이 여름 햇빛을 받으며 그런 나를 더 눈에 띄게 하고 있으니, 나는 그걸 참지 못하고 손으로 거칠게 잡아 뜯어 아스팔트 위로 던져 버리기도 했어. 물론 얼마 가지 않아 지난여름, 학교에서의 다정했던 타츠키의 모습들이 떠올라 다시 주워야겠다는 생각이 조금씩 고개를 들기 시작했지만, 그것도 잠시였어. 내가 기억 속에서 만난 타츠키의 손을 잡고 더 먼 곳으로 도망가려 하자, 불현듯 플라스틱 특유의 짧은 비명이 내 귀에 닿았거든.

정신을 차리고 겨우 고개를 들었을 때, 내 이름은 이미 커다란 버스 바퀴에 밟혀 산산이 부서져 있었어. 그리고 언제 왔는지 모를 파란색 버스가 우두커니 입을 연 채 나를 기다리고 있었지. 나는 불어오는 바람 속에서 부서진 명찰을 보다가, 다시 버스를 보다가를 반복했어. 주워야 할 것 같아서. 부서진 마음이라도 간직해야 할 것 같아서. 그럼에도 이제는 나아가야 할 때라고 나를 호되게 꾸짖기라도 하는 듯 기사님이 큰 소리로 경적을 울리는 바람에 나는 뿌리처럼 바닥에 붙어 있던 발을 떼어 걸음을 옮길 수 있었어.

하지만 내 걸음이 너무 느렸던 탓일까. 버스 계단을 오르자 몇 없는 승객들의 시선이 나를 향해 일제히 쏟아지고 있었어. 멀찍이 떨어져 무언가를 보는 그 눈빛. 나는 그게 습관처럼 따가웠어.

그런데 무슨 이유에서인지 그중에 오직 한 사람만이 혼자 무심한 듯 창밖을 보고 있었어. 왼쪽 주머니에는 지갑에 매달린 플라스틱 키링이 튀어나와 버스의 숨소리에 맞춰 흔들리고 있으니 곧장 시선이 가지 않을 수가 없었어.

그런 까닭에 나는 네 옆으로 풀썩 앉아 버린거야. 너는 당황한 눈치였지만, 오히려 그렇지 않은 척을 하는 게 내 눈에는 쉽게 티가 났어. 그게 귀엽다가도 이내 화가 났어. 다 괜찮은 척하는 건 타츠키 하나로 충분했으니까. 맞아. 내가 널 알고 있었던 건 아니었어. 솔직히 시설에 사는 것도 몰랐어. 일단 한번 시설에 사냐고 물어보면 네가 그곳에 살든, 살지 않든 그 희미한 표정을 한순간에 깨트릴 수 있을 거라는 확신이 있었을 뿐이었어. 거기에 너는 묘하게 시설에 사는 애들과 비슷한 분위기였으니까. 가능한 눈에 띄지 않으려는 그 차분함이.

곧장 네가 놀란 표정을 하며 어떻게 알았느냐고 하는데, 그때 너는 어느새 훨씬 봐줄 만한 얼굴을 하고 있었어. 놀리는 게 아니라, 정말이야. 마음은 고작 숨기려고 생겨난 게 아닌걸. 눈앞의 상대를 믿어 볼 용기. 그런 게 있는 사람들이 내비치는 솔직한 표정을 나는 좋아해. 한 번도 가져 보지 못한 거라서 더더욱.

그제야 나는 내가 어떤 표정을 하고 있을지, 몇 시간이고 흘린 땀에 엉망이지는 않을지 괜히 신경 쓰이기도 했어. 심지어 어디선가 타츠키에게서 느꼈던 그 간지러운 감정들이 제멋대로 솟아나기까지 하니까, 나는 그런 스스로가 더 싫어지려 했지. 곧장 도망치지 않을 수 없었어. 또 어떤 재채기가 나올지 아무도 모르는 거잖아. 나는 그렇게 어딘지도 모를 정류장에 내려 한 번 더 여름을 표류한 탓에 며칠간은 꼬박 앓아 누워야 했지만, 애초에 한 달간 쉬지도 않고 더운 여름을 헤집고 다녔으니 그때까지 버틴 것 만 해도 신기한 거였어.

나는 겨우 집에 돌아와서도 정신이 들 때마다 수돗물로 목을 축이고 누워서는 네 지갑 속 사진만 들여다봤어. 문지방 위에 달린 커다란 검은 눈 대신 작고 새하얀 눈이 찍혀 있는 그 풍경을 보고 있자면 조금이나마 마음이 편해졌어. 열도 어쩐지 더 빠르게 식는 것 같았어.

지갑 속 영수증을 보며 널 상상하다 보니 네가 점점 친구처럼 느껴지기도 했는데, 나는 이때 처음으로 지갑을 돌려주고 싶다는 생각을 하게 됐어. 훔치는 게 아니라, 돌려주고 싶다는 마음이 꽤 어색했어도 그건 정말 정말 기분 좋은 거더라고. 게다가 그 마음이 든 이후로부터는 생리가 시작되어도 더 이상 지갑을 훔치고 싶다는 생각이 들지 않았으니까…

그건 나에게 너무나 신기한 경험이었어.

하지만 도망을 꿈꾸는 상상만큼은 여전했어. 자유로이 바다를 헤엄치는 내 모습을 한시도 쉬지 않고 떠올렸어. 그 와중에 타츠키가 돈을 구하기 위해 자신의 새 지갑을 전당포에 맡기던 게 떠오르기도 했으니, 남은 돈은 이미 훔친 지갑을 팔아서 충당하기로 마음먹은 거야. 이제 내가 왜 옥상으로 너를 불러 냈는지 조금은 이해가 될까.

그리고 우리가 함께 처음으로 옥상에 올라간 그날에는 있지. 집으로 돌아가 온통 엉망인 책상 서랍 속에서 타츠키가 숨겨 둔 지갑의 질권을 찾으며 그렇게 많이 울었는데도, 다음 날 아침 전당포로 가는 길에는 어쩐지 이상할 만큼 웃음이 새어 나와 참느라 혼이 났어. 너에게 타츠키의 지갑을 줄 생각을 하면 마음이 찢어질 듯 슬프면서도 동시에 기뻤거든. 그건 정말 처음 느껴보는 소름 끼치는 간지러움이었어.

맞아. 이제 와서 너를 타츠키와 헷갈리지 않았다고 하면 분명 거짓말이겠지. 너와 옷을 사고, 영화관을 가고, 자전거를 타고, 술을 마시고, 사진을 찍었던 건 전부 타츠키와 해 보고 싶었던 거였으니까. 하지만 타츠키의 옆자리에는 언제나 미카 언니가 앉아 있었어. 단 한순간도 내가 앉을 자리 따윈 없었다는 말이야. 그러니 나는 비록 하루 동안이지만,

네가 비워 둔 옆자리에 앉아 처음으로 또래 애들처럼 놀며 얼마나 즐거웠는지 꼭 말해 주고 싶었어. 넌 자꾸만 평범해 보이려 애썼겠지만. 나에겐 그게 무엇보다도 필요했던 것이라는 사실도.

안그래도 네 모자를 되돌려 주기 위해 처음 수업 중인 학교에 들렀었을 때, 나는 너를 만나 지갑은 내가 어떻게든 해 볼 테니까 내 부탁은 더 이상 신경 쓰지 말라고 말하려고도 했어. 생각할수록 너에게 정말 못 할 짓인 것 같아서. 하지만 어쩐지 그날 너는 자리에 없고 네 자리에는 사진에서 봤던 그 여자애만 혼자 걱정스러운 표정으로 한참을 앉아 있었어. 그러니 주말에 직접 돌려줄 생각으로 그냥 돌아서려 했는데… 나는 무심코 다시 학교로 돌아가 그 애에게 모자를 건네줘 버렸어.

심지어 그때 나, 엄청 예쁘게 웃었다? 정말이지 보란 듯이. 변명처럼 들리겠지만, 그건 분명 내가 한 행동이 아니었어. 꼭 내 마음속 누군가가 나를 대신해서 한 것 같았어. 하지만 돌아가는 길엔 마음속 어딘가에서 희열에 가까운 감정이 피어오르는 걸 똑똑히 느끼기까지 했으니, 나는 그제야 내가 왜 더 이상 지갑을 훔치고 싶지 않아졌는지 이해할 수 있었어.

그래. 나는 끝내 사람을 훔쳐야만 살아갈 수 있는 사람이 되어 버렸던 거야. 아니, 어쩌면 엄마 말대로 평생을 그래 왔는데 그동안은 작은 것들로 참아 온 걸지도 모르지. 나는 그 사실이 너무 역겨워서 참을 수가 없었어.

말라 버린 우물. 그 바닥에 핀 꽃은 정오에만 잠시 드는 햇빛으로 겨우 살아가면서도 누군가 자신을 발견해 주길 바란다는데, 그게 꼭 내 처지 같았어. 나의 향을 맡아 달라는 건, 나를 위해 죽어 달라는 말과 다름이 없는 거잖아.

우물에 빠져 다리가 부러질지언정 오래도록 내 곁에 머물기를. 내 외로움과 함께하길. 끝내 나의 향에 잠겨 죽어 주길. 아카리라는 사람은 그렇게 사랑과 저주를 동시에 할 수밖에 없는 운명인 거야.

그걸 깨달은 뒤로는 정말이지 하루하루가 매 순간 위기이자 작은 죽음이었어. 아침에 일어날 때마다 나는 조금씩 작아져 있는 기분을 느꼈어. 게다가 그 와중에 몇 달이나 지갑을 핑계 삼아 너를 만나 왔으니 나는 매일 저녁 집에 돌아와 지독하게 자신을 탓하고 후회했어.

아아, 그럼에도 류이치. 네가 먼저 나서서 오키나와로 가자고 그랬을 때엔 나는 속으로 너무 기뻤어.

이제 됐다, 살았다, 되뇌면서… 하마터면 당장 떠나자고. 어디든 좋으니까 그러자고 기뻐서 소리를 지를 뻔했지. 마지막 남은 힘을 쥐어짜 내 겨우 참을 수 있었지만, 나는 그 뒤로도 몇 번이나 파도 소리를 떠올렸어. 매일 같이 너와 바람이 나부끼는 해변에 나란히 앉아 기분 좋은 햇볕을 쬐는 상상을 했어. 하지만 이제 나는 알아. 너와 내가 함께 있으면, 아주 먼 곳일지라도 어디든 수족관 같을 거야.

우리가 함께 있었던 그 사진 부스처럼, 슬픔에 잠겨 숨이 부족할 때마다 나는 네 숨을 훔치고 말 거야. 우리는 그렇게 우물에서 함께 잠겨 죽을 거야.

그러니 너만큼은 누군가를 구원하는 것에서 가없는 기쁨을 느끼는 사람이 되지 마. 너에게는 이미 단단한 줄이 두 개나 매어져 있잖아. 나는 네가 선물로 주고 간 파도 소리를 들으며 너른 바다를 상상할 테니. 내 걱정은 마.

인간의 삶이란 게 고작 잃어버리고, 훔치고, 찾아내는 것의 연속이라고는 해도, 나는 단지 그걸 더 이상 반복하고 싶지가 않을 뿐이니까.

그 대신 류이치. 끝으로 하나만 기억해 줘.
너는 내가 처음으로 되돌려 놓는 소중한 무언가라는 걸.

*

마지막 페이지를 손에서 놓고 다시금 주위를 둘러보자 바깥에서부터 새벽 여명이 얇은 신문지들 사이로 어스름 들어오고 있었다. 그 빛은 점차 어둑한 집 안을 파랗게 채워 나갔지만, 유일하게 문지방 위로 난 못 자국만큼은 조금도 밝혀 주지 못했다.

나는 그것을 신기하다는 듯 한참이나 쳐다보았는데, 다시 정신을 차렸을 때 나는 이미 앉아 있던 의자를 그 아래로 가져가 그 위로 올라선 뒤였다. 일단 이 우물에 빠지기만 하면 저 아래에 혼자 외롭게 피어 있을 아카리를 만날 수 있다는 유혹이 강하게 나를 휘감은 탓이었다.

심지어 나는 곧장 그곳에 손가락을 집어넣어 필요한 못의 길이를 알아내려 하기도 했다. 하지만 그러기 위해 몸을 약간 더 앞으로 기울이자, 마음속 떨림을 지진계처럼 솔직하게 그려 내고 있던 볼품없는 나무 의자는 기어코 한계점을 넘었는지 갑작스레 우지끈- 하는 소리를 내며 나의 육체를 비좁은 바닥으로 내동댕이쳤다. 등허리 어딘가에서 무거운 통증을 느끼며 다시금 눈을 떠 보니 이미 새벽은 온데간데없이 어렴풋 환한 아침이었다.

나는 내가 얼마간 기절했었다는 사실을 깨닫고는 아카리가 편지에 적어 둔 죽음마저 실수하는 삶이라는 말이 떠올라 그 자리에 누운 채로 한참을 웃었다. 웃다가, 내가 지난날 그녀에게 더 이상 그 무엇도 훔치지 말라고, 그렇게나 무책임한 말을 했던 게 떠올라 다시금 가슴이 미어지는 것을 느꼈다.

과거의 나는 도대체 그녀에게 얼마나 잔인한 약속을 건넨 것일까. 그녀가 나의 숨을 훔쳐서라도 살 수 있었더라면, 나는 기꺼이 내어 줄 수 있었는데.

이윽고 창문 위로 가득 붙어 있던 신문지를 거칠게 뜯어내자, 밖에서부터 한겨울의 서릿빛 공기가 물밀듯 들어왔다. 나는 반대로 하늘을 향해 오래도록 참고 있던 뜨거운 숨을 내뱉었다. 숨은 점점 형태를 갖춰 가다 천천히 새벽으로 녹아내렸다. 눈물은 여전히 흐르질 않았다.

그 대신 나는 다시 책상에 앉아 가위를 손에 들었다. 그러고는 주머니에 있던 사진을 꺼내 내 뒷모습이 담긴 부분을 잘라 내었고, 그것을 우물 덮개라도 되는 양 못자국 위로 붙인 뒤 아카리의 편지만을 챙겨 밖으로 나섰다.

나는 그렇게 새해의 눈부신 아침을 걸었다.

영원히 우물을 들여다볼 나를, 그곳에 남겨 둔 채였다.

10

 머지않아 찾아온 삼 월의 첫째 날은 여전히 두꺼운 외투를 입어야 할 정도로 쌀쌀했다. 그사이 나는 아무런 감흥도 없이 새해를 흘려보낸 뒤 아카리의 초라한 합장식을 지켜보았고, 도쿄에서 돌아온 다이스케와 카노코를 만나 이런저런 이야기를 나누었다. 다이스케가 나를 따로 불러내어 도쿄에서 가져온 기억 외에도 아버지께서 내가 원하기만 한다면 근처 전문학교에 진학할 수 있도록 도움을 주겠다고 했다며 꼭 기념품을 가져온 사람처럼 이야기하기도 했지만, 나는 당시 여전히 무엇을 해야 할지 갈피를 잡지 못했었으니 애써 마음만 받겠다고 거절했었다.

그렇지만 며칠 뒤, 졸업식 이후 시설 원장님께서 약간의 자립 지원금이 담긴 통장을 내밀었을 때, 나의 태도는 정반대였다. 나는 그것만큼은 세상으로부터 당연하게 받아야 할 것이라도 되는 양 덥석 잡아 들었다. 그러고는 곧장 은행에 들러 그 돈 중 일부를 찾아 3월 20일 오후 네 시에 이륙하는 오키나와행 티켓을 구할 수 있었다.

하지만 출발 당일 배웅을 나온 다이스케가 손을 꼭 잡고 한동안 놓아주질 않는 바람에 하마터면 나는 그날의 비행편을 놓칠 뻔하기도 했다. 적어도 한 달에 한 번은 연락하겠다는 약속을 하지 않았더라면 공항에 제시간에 맞춰 도착하는 버스를 타지 못했을 게 분명했다.

그렇게 작은 공항에서 산뜻하게 날아오른 국내선 비행기는 얼마간 너른 바다 위를 지나는 듯하더니 금세 안내 방송을 통해 착륙을 예고했다. 그 뒤로는 말 그대로 얼마 안 가 저녁 붉은 어스름을 뚫어내며 나하 공항의 활주로에 미끄러지듯 내려앉았다. 착륙하는 동안 창문 너머로 본 오키나와는 내 생각보다도 더 이국적인 분위기였다. 고작 두 시간도 안 되는 비행시간 탓에 그러한 낯섦이 더욱 부각되는 듯했다.

공항을 빠져나와서도 주변을 가득 메운 열대 식물들과 지평선 끝에 매달려 있는 높다란 구름들이 그런 이국적인 분위기를 한층 더하고 있었으나, 그 당시 내가 이곳이 아주 먼 어딘가라는 사실을 가장 선명하게 느낄 수 있었던 지점은 다름 아닌 우울하고 따듯한 공기의 냄새에 있었다.

먼바다의 눈물을 머금고 있는 탓인지 바람이 불어올 때마다 울적한 기분은 더없이 짙어졌다.

하지만 주변이 빠른 속도로 어둑해지는 바람에 나는 곧장 정신을 차리고 츄라우미라고 적힌 버스에 몸을 실어야 했다. 그 옆으로 국제 거리라든지, 만좌모라고 적힌 버스들도 나란히 서 있었지만, 내가 이곳에 대해 아는 거라곤 아카리와 편의점에 들렀던 날 얇은 여행 잡지에서 읽어 본 게 전부였기에 조금도 망설이지 않을 수 있었다. 다만, 거의 세 시간을 걸려 도착한 츄라우미 수족관은 당연하게도 문을 닫은 상태였다. 근처 이사카와라는 이름의 마을에도 이렇다 할 숙소가 없어 나는 희미한 불빛이 모여 있는 방향으로 삼십 분은 더 걸은 끝에서야 다다미 네 장 크기의 허름한 민박집 방 한 칸을 빌릴 수 있었다.

그리고 당시 나는 수족관에서 일하기 위해서는 어떤 자격들이 필요한지 전혀 알지 못했었기에, 그다음 날에도 별다른 걱정이랄 것도 없이 수족관으로 찾아가 대뜸 이곳에서 일을 하고 싶다는 바보 같은 말을 내뱉을 수 있었는데, 입구에서 티켓을 끊어 주시던 이치코 선생님은 그런 나의 뻔뻔함에 호탕하게 웃어 보이시더니 변변한 이력서 한 장 없었던 나를 안쪽에 위치한 사무실까지 직접 데려다주셨다. 덕분에 나는 운 좋게도 그곳의 인사를 담당하시는 분과 얼마간 대화를 나눌 수 있었다. 물론 그건 면접이라고 부를 수도 없을 만큼 짧고 간단하게 끝이 났다. 관련 학위나 경험이 전무한 나에겐 외부 청소와 교대로 티켓을 끊어주는 일이 주어질 뿐이었다. 속으로는 아카리와의 약속을 지키지 못해 아쉬웠으나, 당장 이곳에서 지낼 돈이 필요했기에 나는 그마저도 감사히 생각했다.

나는 대신 글을 쓰기로 했던 약속만큼은 지키고자 매일 저녁 일을 끝마치면 곧장 방에 틀어박혀 펜을 손에 꼭 쥐었다. 그렇다고 글을 따로 배운 적 또한 없었던 탓에 한동안은 여태 읽었던 책들의 말투를 흉내 내며 오키나와에 대한 나의 기억들을 먼저 적어 내려가야 했다. 이른 아침부터 기분 좋게 내리쬐는 햇빛과 그 아래 그을린 피부의 사람들. 그들의 호쾌한 성격과 방언. 잠에 들 때면 들려오는 파도의 속삭임. 저 멀리 지평선에서부터 끝을 모르고 솟아난 구름들. 빛으로 만든 그물을 던져 놓은 듯 투명하게 일렁이는 수면. 새벽이면 창문에 매달린 이슬과 동시에 바다로 떨어지는 수백 개의 유성우들. 그 궤적을 잊지 않으려 애쓰다 잠드는 밤.

이런 것들에 대해 두 달에 가까이 적어 가다 보니 조금씩 자신감이 붙어, 마침내 세 번째 월급을 받던 날에는 아카리의 이름을 적어보기로 마음먹을 수 있었다.

하지만 새로 산 먹색 노트에 고작 한 줄을 적어 내려가자 몇 달이나 꼭 쥐고 있던 펜은 그 사이 잉크를 다 썼는지 그다음부터는 아무리 눌러써 봐도 종이 위로 희미한 발자국만을 남겼다. 물론 서랍에는 같은 브랜드의 펜이 몇 개나 있기는 했지만, 나는 오히려 그 닳아버린 펜을 놓지 않았다. 엉망인 글들을 누가 볼까 신경을 쓸 필요가 없었으니 더 자유롭게 우리의 지난날들을 헤엄치듯 적어 내려갔다.

그리고 펜을 쥔 손에 굳은살이 군데군데 자리를 잡자, 아카리를 처음 만난 날로부터 꼬박 일 년이 지나 어느새 8월의 무더운 여름이 되어 있었는데, 그때부터 나는 터덜터덜 힘없이 돌아가는 선풍기 아래에 앉아 하루에 한 장씩 아카리의 편지를 내 노트 위로 옮겨 적기 시작했다. 그리고 그다음 날이 오면 반드시 다 쓴 부분을 해변가로 가져가 파도에 흘려보냈다. 아카리가 남긴 것이 백삼십 장에 가까웠으니 마지막 장을 바다에 흘려보내자 나는 어느새 쓸쓸한 겨울의 문턱에 서 있었다.

달력을 보니 12월이었다.

*

나는 새벽 라디오를 통해 도쿄에 첫눈이 내리고 있다는 소식을 듣고는 그날 아침 바로 일을 그만두었다. 그게 정확히 12월 29일이었다. 섬 전체가 비수기였던 탓에 당장 일손이 부족하거나 하지는 않았다. 덕분에 반나절에 걸쳐 오키나와에서의 생활에 도움을 주었던 분들을 찾아가 밝은 얼굴로 감사 인사를 전할 수 있었다.

그 뒤로 나는 나하 공항으로 가기 전, 버려진 자전거를 타고 매일같이 들렀던 그 작고 아름다운 해변으로 향했다. 그곳은 풀에 가려진 오솔길만이 유일한 출입구인 탓에 언제나 아무도 찾아오질 않았지만, 그날 나의 등 뒤로 매달린 녹색 백팩에는 아카리의 머리카락 뭉치가 깊이 잠들어 있었다. 나는 언제까지고 혼자가 아니었다.

아카리와 나는 따뜻한 겨울을 반으로 가르며 기분 좋게 내달렸다. 그날 역시 이따금 마주치는 신호등은 전부 초록색으로 물들어 있었고, 아주 얕은 내리막이 등을 밀어주려는 듯 계속해서 이어졌다. 하지만 우리의 자리만큼은 반대로 바뀌어 있었기에 나는 속으로 크게 소리쳐야 했다.

'아카리. 위험하니까, 꼭 잡아.' 하고. 뺨을 스쳐가는 바람 안에서 나는 지난 우리의 여름을 떠올렸다.

그렇게 삼십여 분을 더 달려 해변에 도착하자 나는 어느새 땀으로 흠뻑 젖어 있었다. 아카리도 일 년 만에 깨어난 탓인지 눈부신 햇빛 아래서 한동안 힘없이 축 처져 있었지만, 보기 좋게 그을린 손바닥 위에 누워 투명한 바닷물로 목을 축이자 일렁이는 물결에 따라 몸을 움직여가며 조금씩 생명을 되찾아 갔다.

그리고 마침내 커다란 파도가 보기 드문 새하얀 포말과 함께 다가왔을 때였다. 아카리는 오래도록 그것만을 기다렸다는 듯 아주 힘차게 헤엄을 치기 시작했다.

흔들리는 검은색의 머리카락이 고래상어의 지느러미를 떠올리게 할 만큼 우아하고, 자유로워 보였다.

그것은 누가 뭐래도 파도와 고래가 수년 만에 재회하며 선보이는 아름다운 춤이었다.

나는 그 앞에 눈을 감았다. 시든 국화 잎이 겨울 바람에 흩어지듯 모래 위로 하얗게 부서지는 파도 소리를 들었다. 바다는 여름에 흘린 우리의 그 모든 땀과 눈물을 숨겨주려는지, 고개를 숙인 채 서서히 멀어져 갔다.

수족관
すいぞくかん

水族館

초판 1쇄 인쇄 2023년 12월 29일
초판 3쇄 발행 2025년 08월 17일

지은이 | 유래혁
펴낸이 | 유래혁

펴낸곳 | ⓒpostershop
출판신고 | 제 2023-000256 호

주소 | 서울시 마포구 성산동 200-30, 3F postershop
전화 | 02-6952-6995
이메일 | Postershopkr@naver.com SNS | @postershop.kr

ISBN 979-11-985475-1-4

· 이 책은 저작권법에 따라 보호 받는 저작물이므로 무단 전재와 무단 복제를 금합니다.
· 책값은 뒤표지에 있습니다.
· 잘못된 책은 구입하신 곳에서 바꾸어 드립니다.